Oetinger

Andreas Götz

DENN MORGEN SIND WIR TOT

Verlag Friedrich Oetinger
Hamburg

Mehr von Andreas Götz bei Oetinger:

Stirb leise, mein Engel
Hörst du den Tod?

MIX
Papier aus verantwortungsvollen Quellen
FSC® C083411
FSC www.fsc.org

Einband von Suse Kopp
Satz: Dörlemann Satz, Lemförde
Druck und Bindung: CPI books GmbH, Leck, Germany
Printed 2015
ISBN 978-3-7891-3617-7

www.oetinger.de

So was wie ein Vorwort

Es war Martinas Idee, dass ich alles aufschreibe. Dass es jetzt veröffentlicht wird und alle es lesen können, war nicht geplant. Hat sich irgendwie ergeben. Martina ist übrigens meine Therapeutin. Sie meinte, es würde mir helfen, mit allem besser klarzukommen. Ich komme schon klar, hab ich zu ihr gesagt, so gut, wie man mit so was halt klarkommen kann. Jedenfalls waren die Therapiesitzungen nicht für'n Arsch. Ich weiß verdammt gut, was wir getan haben und dass mich das begleiten wird, solange ich lebe. Manchmal kommt es mir so vor, als ob Martina mir das noch immer nicht ganz abnimmt. Dann frage ich mich, was sie an mir sieht, das mir selbst entgeht. Gibt es irgendwo einen blinden Fleck in meiner Wahrnehmung?

Vielleicht seht ihr ihn ja auch, diesen Fleck. Und wenn nicht (weil es nämlich keinen gibt), dann bringt mein Bericht hoffentlich die unter euch, die gerade selbst eine Dummheit planen, von dem Scheiß wieder ab. So hätte das Ganze wenigstens etwas Gutes. Obwohl ich es nicht unbedingt cool finde, als abschreckendes Beispiel zu dienen.

Ich hoffe, dass sie euch nicht zwingen, meine Story in der Schule zu lesen und hinterher darüber zu diskutieren oder einen Aufsatz zu schreiben. Das wäre echt ätzend, und dafür haben sie keine Genehmigung von mir, damit das klar ist! Aber die machen ja sowieso, was sie wollen, ich entschuldige mich schon mal im Voraus und fang einfach an …

NICHTS DEUTETE DARAUF HIN, dass dieser Sommer anders werden würde als der Sommer davor. Wir würden am Ende ein Jahr älter sein, aber, wenn wir unseren Eltern und Lehrern glaubten, höchstens ein halbes Jahr reifer, wir würden gute oder schlechte oder mittelmäßige Noten kassieren, ein paar von uns würden sitzenbleiben, andere mit Ach und Krach die nächste Runde schaffen, und der große mittelmäßige Rest würde irgendwie durchrutschen. Pärchen würden sich finden und trennen, die Hässlichen und Verklemmten auch in diesem Sommer vergeblich weiterträumen. Einige würden ihr erstes Mal erleben, mit all den Peinlichkeiten, von denen sie noch gar nicht wussten, dass es welche waren, weil ihnen schlicht der Vergleich fehlte.

Mir selbst kam es nicht drauf an, ob es in diesem Sommer passierte oder im nächsten. Es sollte bloß was Besonderes sein, das heißt, *ER* sollte was Besonderes sein: der Junge, mit dem ich es machte. Außerdem hätten meine Eltern mich umgebracht, wenn sie erfahren hätten, dass ich schon Sex hatte, vor allem mein Vater. Bei den meisten anderen Mädchen waren auch die Väter am schlimmsten, aber meiner toppte alle, manchmal kam es mir so vor, als würde er seine süße Siri lieber tot sehen als entjungfert. Ich konnte ihm noch so oft erklären, dass ich es nicht eilig hatte (ich war schließlich nicht Anna-Lena), aber er sagte jedes Mal nur mit todernstem Gesicht: »Gelegenheit macht Liebe«, und ich sagte jedes Mal total angepisst: »Danke für dein Vertrauen – Daddy!«

Ich liebe meinen Papa, nur damit das klar ist. Das habe ich immer getan. Und er liebt mich. Irgendwie war das wohl das Problem. Oder ein Teil davon. Manchmal wäre ich gerne wieder in die Eierschale geschlüpft, die seine Liebe immer für mich war. Sie hat mich gehalten und beschützt, schenkte mir Geborgenheit und Vertrauen, denn das Leben draußen kann einem manchmal ganz schön Angst machen. Aber wenn man zu groß wird für die Schale, dann bricht sie eben, und das Küken schlüpft, und es gibt kein Zurück mehr. Er wusste es, ich wusste es, aber weh tat es trotzdem. Uns beiden.

Doch für mich – für uns – hat sich alles auf eine Weise verändert, die niemand erwartet hat. Du weißt erst, was du hattest, wenn es verloren ist. Da ist schon was dran.

So ziemlich alle aus meiner damaligen Clique haben sich von mir zurückgezogen. Na ja, hat mich wenig überrascht. Für die war ich nur eine Mitläuferin, eine, die lacht, wenn alle lachen, die selbst aber nur selten einen Witz reißt, schon gar keinen guten, eine, die zwar bei jedem Mist dabei ist, aber nie die Initiative ergreift. Trotzdem haben ein paar von meinen sogenannten Freunden hinterher so getan, als hätten sie schon immer gewusst, dass mit mir was nicht stimmt, so nach dem Motto: Stille Wasser sind tief. Ist natürlich Quatsch. Die wissen gar nichts über mich, die wollen sich bloß wichtigmachen. Sollen sie ruhig, mir egal. Mit denen bin ich fertig.

Wirklich enttäuscht hat mich nur, dass Anna-Lena nichts mehr von mir wissen will. Wir waren seit dem Kindergarten beste Freundinnen, wir haben so viel Schönes miteinander erlebt und so viel Scheiß gemacht. Und wir haben uns alles erzählt, wirklich alles. Ich weiß, Anna-Lena, in dem Punkt hab ich dich zuerst enttäuscht, und es tut mir total leid. Ich hab dich ausgeschlossen und belogen. Aber ich war einfach in diesem krassen Film, und da bin ich nicht mehr rausgekommen. Okay, ich hab's auch nicht gewollt, aber es war trotzdem anders, als du denkst. Das hab ich dir alles geschrieben, in jedem einzelnen meiner Briefe aus Aichach. Warum hast du keinen davon beantwortet? Kannst du mich nicht wenigstens ein bisschen verstehen? Es zumindest versuchen? Menschen machen Fehler. Und Freunde verzeihen einander. Wir haben uns doch sonst auch immer wieder versöhnt, wenn eine mal Mist gebaut hat. Warum ist das nicht mehr so?

Ich hab erst nicht verstanden, warum der schöne Niklas ausgerechnet mich wollte. Er konnte jede haben, so wie er aussah, und außerdem waren seine Eltern reich. Was das anging, lebte er den Traum von uns allen, er kriegte immer, was er sich wünschte, und zwar sofort. Klamotten, Handys, Schmuck – alles kein Problem und alles nur vom Feinsten. Und zum Führerschein ein schickes Cabrio, man gönnt sich ja sonst nichts. Außerdem war er nicht nur Veganer, es hieß auch, dass er an illegalen Aktionen von Tierschützern beteiligt war. Niemand wusste was Genaues, und fragte man ihn selbst danach, kam nur ein Spruch wie: »Wenn ich dir das erzähle, müsste ich dich töten.« Das machte ihn supergeheimnisvoll, und so ziemlich alle Mädchen fanden das megacool. Sogar Anna-Lena war neidisch, als sie, noch vor mir, merkte, dass er auf mich stand. »Sieh zu, dass du ihn klarmachst«, sagte sie, »sonst schnappt ihn sich eine andere.«

Ich konnte es trotzdem nicht glauben. Sicher, er saß in der Creative-Writing-AG neben mir und empfing mich jedes Mal mit dem süßesten Lächeln, er simste viel mit mir und rief mich dauernd an, aber ich dachte, er braucht mich nur zum Reden, weil ich eine der wenigen war, die sich für Bücher und fürs Schreiben interessierten. Wir redeten ja auch meistens über solchen Kram – das heißt, er redete hauptsächlich, ich hörte zu –, aber er machte nie übertriebene Komplimente oder Annäherungsversuche oder so. Offen gesagt, habe ich fest damit gerechnet, dass er mich irgendwann fragt, wie er an Anna-Lena rankommt. Die hat ihre Schüchternheit perfekt als Arroganz getarnt, und das schreckte die Jungs ab und machte sie zugleich heiß.

Ich war nie richtig in Niklas verliebt. Das hab ich aber erst viel später kapiert. Ich war verliebt in das Drumherum. Die Aufmerksamkeit, nicht nur die von ihm, sondern auch die von den anderen. Schon irre, wie schnell man von einem Niemand in die Top Ten aufsteigen kann. Leute, die bisher nicht mal bemerkt hatten, dass ich existierte, beobachteten mich oder suchten sogar meine Freundschaft. Ich war interessant. Pausengespräch. Ich kam mir fast schon vor wie ein Schulhofpromi. Ich weiß, das ist total albern und oberflächlich, aber ich hab's genossen. Na ja, nicht alles. Manche Gerüchte, die über mich rumgingen, fand ich ganz schön doof. Dass sich zum

Beispiel alle fragten, welchen geheimen Qualitäten ich es wohl verdankte, dass ich mit dem heißesten Typen der Schule was am Laufen hatte. Dabei wusste keiner, was das genau war, was wir da am Laufen hatten. Ich auch nicht. Wir spazierten ja nicht Händchen haltend über den Pausenhof oder verdrückten uns in dunkle Ecken zum Knutschen, sondern redeten nur ohne Ende.

Fragte mich jemand direkt nach unserem Beziehungsstatus, hielt ich mich bedeckt, ohne was zu dementieren, und das machte uns natürlich erst recht interessant. Niklas war weniger zurückhaltend. Er erzählte schon bald überall rum, dass wir zusammen waren, sogar auf Facebook und WhatsApp hat er es gepostet, dabei hatten wir uns noch nicht mal richtig geküsst. Als wir uns endlich trauten, kriegte Niklas den Mund kaum auf, so als fürchte er, sich bei mir eine ansteckende Krankheit zu holen. Er drückte bloß seine Lippen auf meine, mehrmals hintereinander, und wenn ich ehrlich bin: Ein bisschen Zunge hätte ich mir schon gewünscht, denn so küsste mich auch mein Vater. (Na ja, nicht ganz.)

Im Lauf der Zeit ist es dann besser geworden, er wurde lockerer, ich wurde lockerer, die Zunge kam ins Spiel, es war schön, aber nie so, dass ich total geflasht gewesen wäre. Ich sagte mir, dass ich wohl mit zu hohen Erwartungen rangegangen war. Doch tief in mir drin wusste ich: Ich belüge mich selbst. Nur mein Herz, das ließ sich nicht belügen. All die falschen Küsse weckten in mir die Sehnsucht nach echten. Und nach noch viel mehr. Aber das würde ich nicht von Niklas bekommen.

Andere Sachen waren dagegen superschön mit Niklas. Er konnte sehr charmant und zuvorkommend sein und einfallsreich, und großzügig war er sowieso, ich durfte mein eigenes

Geld nicht mal anfassen. Wir hatten einen ähnlichen Humor, mochten dieselbe Musik, dieselben Filme, und er tanzte genauso gerne wie ich, nur um einiges besser. Bloß bei Büchern – und das war komisch, weil Bücher uns ja irgendwie zusammengebracht hatten und eigentlich unser gemeinsames Ding waren – war unser Geschmack verschieden. Ich mag Geschichten, die Spaß machen und spannend sind und meinetwegen auch ein bisschen kitschig. Bücher, die einen die Welt vergessen lassen. Also Sachen wie *Twilight* oder noch mehr *Tribute von Panem* oder *Rubinrot*. Er las richtig ernste Romane, Bücher für Erwachsene, und er sagte dazu immer: *Literatur*. Zum Teil war das echt altes und langweiliges Zeug, die Dinger eben, zu denen sie uns in der Schule immer zwingen mussten. Und das machte er freiwillig!

Ich weiß nicht, ob ihn diese Schwarten wirklich interessierten oder ob er damit nur angeben wollte. Er erzählte mir jedenfalls immer, was er gerade las, und ich erwähne das überhaupt nur, weil er mir einmal von einem Buch erzählte, an das ich später immer wieder denken musste. Ich erinnere mich nicht mehr an den Titel, aber es handelt von einem Mann, der einen Mord begeht, an einer alten Frau, die er gar nicht kennt und gegen die er auch nichts hat. Er macht das aus dem Gefühl heraus, dass er ihr millionenfach überlegen ist und deshalb das Recht hat, ihr den Schädel einzuschlagen, mit einer Axt. Aber er kommt damit nicht klar und zeigt sich selbst an oder verheddert sich bei der Polizei in Widersprüche, so genau weiß ich es nicht mehr. Coole Story eigentlich, dachte ich, könnte man was draus machen.

»Der Punkt ist«, erklärte mir Niklas in diesem Klugscheißerton, der mich einerseits nervte, mir andererseits aber irgendwie auch imponierte, »dass der Mörder glaubt, es gibt eben Opfer und Täter und das Leben selbst will es so und teilt die Menschen ein. Moral oder Schuld existieren in Wirklichkeit gar nicht. Wir sind frei, zu tun, was wir wollen. Aber wir müssen dann halt auch damit leben können.«

Ich hatte damals nur so was wie »Na ja« parat, aber im Nachhinein betrachtet liegt natürlich eine krasse Ironie darin, dass er mit mir über etwas redete, das mich nicht interessierte und das ich zu der Zeit auch gar nicht richtig verstand, und zwei, drei Monate später würde er vor mir liegen, in seinem Blut, mit eingeschlagenem Schädel.

Da ist eine Sache, die ich richtigstellen muss. Zu einem Gerücht, das über Niklas umging, vor allem unter den Jungs, von denen später einige behauptet haben, ich hätte es in die Welt gesetzt. Das stimmt aber nicht! Wer das behauptet, lügt!

Ich hab davon zum ersten Mal über Anna-Lena erfahren. Es war nach einem Serien-Marathon, den eine Freundin bei sich zu Hause veranstaltet hatte, mit noch zwei, drei anderen Mädels. Es gab die ersten vier oder fünf Staffeln am Stück, von welcher Serie, weiß ich gar nicht mehr, dazu Chips und Cracker, und ein paar Cocktails waren auch im Spiel. Wir waren alle ziemlich gut drauf. Als Anna-Lena und ich später Arm in Arm nach Hause stiefelten, hätte die Stimmung also kaum besser sein können. Bis Anna-Lena das Sex-Thema aufbrachte. Dauernd wollte sie wissen, ob zwischen mir und Niklas in der Hinsicht schon was gelaufen war. Entweder merkte sie nicht, wie sehr mich das inzwischen nervte, oder es war ihr egal. Ich hatte mir schon überlegt, sie einfach anzulügen und ihr zu erzählen, dass es passiert war und dass es das reinste Feuerwerk gewesen war und so, aber ich war mir nicht sicher, ob ich das überzeugend rüberbringen konnte, und selbst wenn sie mir geglaubt hätte, hätten die Fragen damit nicht aufgehört. Details, hätte sie gesagt, gib mir Details – und zwar alle!

»Du musst ihn irgendwann ranlassen, Siri«, redete mir Anna-Lena an dem Abend mal wieder zu. »Die Rühr-mich-nicht-an-Nummer zieht nicht ewig.«

Ich hatte ihr bis dahin erzählt, dass ich mir nicht sicher sei, ob ich schon bereit dafür war, und dass ich noch mehr Vertrauen aufbauen wollte. Was man halt so sagt, wenn man nicht zugeben will, dass eigentlich der richtige Kick fehlt. Aber es war an der Zeit, die Sache auf den Tisch zu bringen.

»Ich würde vielleicht sogar wollen«, sagte ich gewunden, obwohl das nicht stimmte. »Aber Niklas macht null in die Richtung.«

Anna-Lena guckte ungläubig. »Echt jetzt?«

Ich nickte.

Sie überlegte ein paar Momente lang, dann sagte sie betont langsam: »Dann stimmt es also doch.«

»Was?«

»Ein paar Jungs haben mir das erzählt. Ich hab's nicht geglaubt, aber … na ja …«

»Was denn?«

»Sie sagen, er ist schwul.« Sofort schob sie nach: »Das muss natürlich nichts heißen. Das sagen sie über jeden, der nicht ein Mädel nach dem anderen anbaggert.«

Mir fiel dazu nichts ein. Stumm stand ich da und fragte mich, warum ich nicht längst selbst auf den Gedanken gekommen war.

»Obwohl …«, grübelte Anna-Lena, »Sinn machen würde es. Das würde auch erklären, warum er sich dich ausgesucht hat. Sorry, nicht falsch verstehen, Siri-Maus, du bist super, aber eher der jungenhafte Typ, und ziemlich schüchtern bist du auch. Also keine Bedrohung für ihn. Du bist perfekt als Alibi-Beziehung!«

Ich der *jungenhafte Typ*? Wo guckte die hin? Mein rundes Gesicht wirkte kindlich, okay, aber ich hatte Busen (nicht so viel wie Anna-Lena, aber genug, fand ich), und Hüften hatte ich auch! Und Adrian fand später, ich hätte den sinnlichsten Mund der Welt! Mir lag der Protest schon auf der Zunge, aber da blieb er auch, weil das Wort *Alibi-Beziehung* mich nicht losließ. Ja, genau so fühlte es sich an. Ich war ein Alibi. Und Anna-Lena hatte recht: Plötzlich fielen alle Puzzleteile an ihren Platz und ergaben ein Bild. Niklas, der so viel auf Äußerlichkeiten achtete, seinen schönen Körper trainierte und pflegte, der gerne und gut tanzte und sich für so vieles interessierte. Der Mannschaftssport hasste, sich schwertat mit dem Gehabe der Jungs und deshalb mit Mädchen besser konnte. Natürlich sind das alles Klischees, aber sie passten so schön und hätten so einiges erklärt.

Das Ganze hatte nur einen Schönheitsfehler: Es stimmte nicht. Niklas war nicht schwul. Nach allem, was noch passieren sollte, vor allem wie er mich und Adrian verfolgt hat, kann ich das mit ziemlicher Sicherheit behaupten. Damals aber bot mir Niklas' vermeintliches Schwulsein die Erklärung, nach der ich gesucht hatte. Anna-Lena gegenüber stritt ich es allerdings ab.

»Wir wissen das nicht. Dass er schwul ist, meine ich. Und ich glaub's auch nicht. Das hätte ich gemerkt.«

Anna-Lena grinste bloß. Ich hielt ihr den ausgestreckten Zeigefinger vors Gesicht und sagte: »Glaub, was du willst. Aber du wirst nichts rumerzählen, klar?«

»Na, logisch!« Anna-Lena zog einen virtuellen Reißverschluss über ihrem Mund zu, drehte einen ebenso virtuellen Schlüssel um und warf ihn über die Schulter.

Sie dachte wohl, dass ich maßlos enttäuscht war. War ich aber nicht. Im Gegenteil. Ich war irgendwie erleichtert. Und machte mir gleichzeitig Sorgen um Niklas. Bloß weil es in Filmen und im Internet von lustigen Schwulen nur so wimmelt, heißt das nicht, dass Schwulsein heutzutage total easy ist. Schwul ist cool – wer glaubt, dass unsere Generation so tickt, der war schon lange auf keinem Schulhof mehr. *Schwul* ist dort ein Schimpfwort, und wenn einer auch nur in den Verdacht gerät, er könnte schwul sein, wird er sofort gedisst. Und stellt es sich als richtig raus, ist er voll am Arsch. An so was kann ein Mensch zerbrechen. Es gab deshalb schon Selbstmorde. Nicht bei uns, aber anderswo. Ich würde nicht zulassen, dass so was mit Niklas passierte. Was sprach also dagegen, erst mal seine Freundin zu bleiben? Zumindest so lange, bis mir der Richtige über den Weg lief.

Für meine Eltern war Niklas anfangs nur ein Schulfreund, der mich ab und zu nach dem Unterricht in seinem Angeberauto heimbrachte. Mein Vater traute dem Frieden zwar nicht, aber das tat er nie, deshalb machte ich mir keine großen Sorgen. Allerdings fing Niklas irgendwann an, mich zu bedrängen. Er wollte mehr. In meinen Augen tat er natürlich nur so. Oder er machte sich damit selber was vor. Jedenfalls war für mich klar, dass er auf meine Verklemmtheit vertraute und meine Leier: *Ich bin noch nicht bereit dafür.* Ich tat ihm den Gefallen, und wir waren beide fein raus. (Wie schnell man *dafür bereit ist,* wenn einen der Richtige fragt, sollte ich bald schon erfahren.) Was meine Eltern angeht: Die glaubten nicht an die Möglichkeit dauerhafter Freundschaft zwischen den Geschlechtern. Schon gar nicht bei hormongesteuerten Jugendlichen, wie mein Vater immer wieder betonte. Na ja, man muss zugeben: Die beiden wussten, wovon sie redeten. Als sie mich kriegten, waren sie erst sechzehn.

Auch an jenem Nachmittag, von dem ich jetzt erzählen will, brachte Niklas mich nach Hause. Ich hatte ihm gleich zu Beginn unserer »Beziehung« erklärt, dass meine Eltern nicht wissen durften, was zwischen uns lief, und er hatte das sogar witzig gefunden. »Verbotene Liebe«, hatte er grinsend gesagt und mich dann jedes Mal brav mit einem Wangenkuss verabschiedet. Aber an diesem Tag nahm er mich plötzlich in den Arm und drückte seinen offenen Mund auf meinen, als wollte er mich mit Haut und Haaren auffressen, wie so ein ausgehungerter Piranha. Und meine Eltern standen höchstens zehn, zwanzig Meter entfernt im Garten! Total sauer machte ich mich von ihm los, riss die Autotür auf und sprang raus. »Wir telefonieren«, rief er mir nach und düste davon.

Mein Vater war nie einer, der gleich losbrüllt, wenn ihm was nicht passt. Das Ruhige, Verschlossene habe ich von ihm, sagen alle meine Onkels und Tanten. Aber bei ihm wie bei mir ist unter diesem Ruhigen, Verschlossenen etwas Explosives. Und manchmal, wenn man schon nicht mehr damit rechnet, bricht es aus. Papa tat erst so, als hätte er nichts gesehen, und schnippelte weiter mit der Heckenschere an seinem geliebten Buchsbaum in seinem geliebten Garten herum. Er würdigte mich keines Blickes, dabei starrte mich außer seinen Augen alles an ihm an. Meine Mutter war gerade dabei, ihre teuren Höschen von der Wäschespinne zu pflücken, und lauerte auf Blickkontakt mit mir, den ich ihr natürlich verweigerte. Ich versuchte ins Haus zu gelangen, ohne mehr als nötig von den Schwingungen abzukriegen, die in der Luft lagen. Wenn ich es bis zur Tür schaffte, ohne dass mich jemand ansprach, hatte ich eine Chance. An Papa kam ich vorbei, der blieb erst mal bei seinem stummen Protest, aber meine Mutter folgte mir nach drinnen und stellte mich an der Garderobe. Sie hatte ein rosa Panty in der einen Hand und eine quietschgelbe Wäscheklammer in der anderen, und ich weiß nicht warum, aber das machte mich aggressiv.

»Was war das denn eben?«, fragte sie in diesem Große-Schwester-Ton, den ich nur peinlich fand. Es war der gleiche Ton, in dem sie mich immer bat, ihr ein Shirt oder einen Rock oder mein geilstes Paar Schuhe auszuleihen. »Ich dachte, du und Niklas, ihr seid nur Freunde?«

»Sind wir auch.«

»So sah das eben aber nicht aus.« Sie stupste mich an und säuselte, als ginge es nur um einen pikanten Tratsch: »Ach, komm, jetzt sag schon! Was läuft da?«

»Gar nichts!«

Ich ließ sie stehen und rannte nach oben in mein Zimmer,

wo ich die Schultasche in die Ecke schleuderte. Ich wusste nicht, wer von beiden mich gerade wütender machte: Niklas oder meine Mutter. »Lasst mich einfach in Ruhe!«, schrie ich die Poster an den Wänden an. Na ja, am wütendsten war ich wohl auf mich selbst. Ich hatte die Situation mit Niklas falsch eingeschätzt. Ob nun schwul oder nicht – Jungs müssen immer was beweisen. Sich selbst und allen anderen. Um nichts anderes konnte es ja wohl bei der blöden Kuss-Attacke gegangen sein. Und ich durfte es ausbaden. Denn wegen dieser blöden Aktion standen mir jede Menge nervtötende Gespräche bevor, die vielleicht nicht gerade in Hausarrest münden würden, mir aber garantiert eine stasimäßige Überwachung durch meinen Vater eintrugen. Sauer, wie ich war, hatte ich große Lust, Niklas anzurufen und die Sache zwischen uns zu beenden. Machte ich aber nicht, weil mir etwas einfiel, das ausgerechnet mein Vater mal zu mir gesagt hatte: Triff nie eine wichtige Entscheidung, wenn du wütend bist!

Adrian Liebknecht möchte mit dir auf Facebook befreundet sein. – So fing es an mit uns. Total banal. Der Name sagte mir nichts, und das Profilfoto war ein Witz, weil das Gesicht vom Schirm eines Basecaps verdunkelt wurde. Oder kannte ich den Typ doch und erinnerte mich bloß nicht? Jemand aus der Schule vielleicht? Von einer Party? Ein Freund von einem Freund? Ich ging auf seine Seite, aber dort waren nur Links zu YouTube-Videos öffentlich, die ein paar krasse Skateboard-Stunts zeigten. Was mich neugierig machte, weil ich Skateboarder cool fand. Jungs, die nicht bei jeder Schramme heulen. Genau mein

Fall. (Nicht dass ich mich jemals auf freier Wildbahn an so einen coolen Jungen herangetraut hätte.)

Adrian Liebknecht – den Vornamen fand ich schön, den Nachnamen kacke. Hörte sich irgendwie nach Vertreter oder Politiker an. Aber dafür konnte er ja nichts. Ich akzeptierte die Anfrage und war gespannt auf das Private in seiner Chronik, auf seine Einträge und Fotoalben und was er so an Musik oder Filmen oder Büchern mochte. Aber große Enttäuschung. Nicht mal wer seine Freunde waren, konnte ich sehen, ich erfuhr nur, dass wir keine gemeinsamen hatten. Der Rest war Kram, den er geteilt hatte, witzige Clips, Cartoons oder Fotos. Immerhin waren die meisten wirklich lustig, anscheinend hatten wir einen ähnlichen Humor. Pluspunkt für ihn.

Ich schrieb ihm eine Nachricht: *Eigentlich stellt man sich vor, wenn man jemandem eine Freundschaftsanfrage schickt. Du hast Glück, weil ich normalerweise solche Anfragen lösche.* Was nicht stimmte. Manchmal nahm ich an, manchmal lehnte ich ab, je nach Laune.

Keine zwanzig Sekunden später war Adrian eingeloggt, und er stieg sofort in den Chat ein:

Wieso hab ich Glück? Bist du das tollste Mädchen der Welt? ;-)

Frech auch noch, was? Bist du Skater?

Nicht mehr. Warum?

Dachte nur, wegen der Links. Wieso hast du aufgehört?

Bin übel gestürzt. Und zu viele Angeber unterwegs. Hatte keine Lust mehr.

Und was machst du so?

Mit dir chatten. (Was übrigens Spaß macht. ☺)

Ha-ha. Nicht jetzt. Allgemein, meine ich.

Bin in Ausbildung. Und du?

Schule. Ätzend.

Und wie!

Wie alt bist du?

Volljährig. Yeah! ☺

Cool. Ich muss noch zwei Jahre warten. Dann geht die Party ab.

Du stehst auf Party? Da bist du bei AL genau an der richtigen Adresse.

Heißt das, du willst mit mir auf Partys gehen? Wo bist du denn?

München. Du?

Tiefste Provinz. Aber Bayern.

Null Problem. Ich hab ne Karre.

Chill mal. Erst nicht mal ne Nachricht fertigkriegen und dann gleich losziehen wollen.

Klar. Versteh ich. Ein Mädchen muss aufpassen in diesen finsteren Zeiten. Aber auch nicht zu sehr. Oder?

Nee, bloß aufpassen ist auch öde. No risk, no fun.

Kann es sein, dass du in Wirklichkeit cooler bist als auf deinen Fotos?

Möglich wärs. Apropos Foto. Dein Profilbild ist ja wohl ein Scherz, oder?

Ha-ha! ☺

Im Ernst. Gibt es ein Bild von dir, auf dem man auch was von dir sieht?

Sorry, muss leider unterbrechen. Nicht weggehen. Bin gleich wieder da!

Weg war er. Und ich seltsam aufgeregt. Ich hatte schon mit Jungs gechattet, auch mit fremden, aber das eben war anders gewesen. Die meisten Jungs kriegen kaum einen geraden Satz hin, schon gar nicht schriftlich. Und jetzt der hier: ein halbwegs wortgewandter Ex-Skater – praktisch eine Unmöglichkeit! Ich las mir den Chat noch mal durch. Und noch mal. Und noch mal. Mein Gesicht wurde wärmer und wärmer und dann heiß. Wann kam Adrian endlich zurück? *Bin gleich wieder da*, hatte er geschrieben. Was war für einen achtzehnjährigen Jungen *gleich*? Fünf Minuten? Zehn? Eine halbe Stunde? Wo war er überhaupt hin? Hatte seine Mutter ihn gerufen? Oder seine Freundin? Jedenfalls war es ein Scheißgefühl, dazusitzen und zu warten. Besser, ich hörte auf, das Display anzustarren wie hypnotisiert.

Ich rief Anna-Lena an, aber die nahm nicht ab. Typisch! Immer, wenn man sie brauchte. Ein Blick auf die Uhr: Okay, Volleyball-Training. Ich lief im Zimmer auf und ab, trat ans Fenster und schaute runter in den Garten, um zu sehen, wie die Stimmung bei meinen Eltern war. Es war nur eine Frage der Zeit, bis Papa mich wegen Niklas in die Mangel nehmen würde. Er stand bei meiner Mutter, sie unterhielten sich angeregt. Die Gartenschere in seiner Hand zeigte mehrmals genau in meine Richtung. Kein Zweifel: Sie redeten über mich. Das hohe Gericht tagte also schon. Kriegte ich bloß lebenslänglich oder gleich den elektrischen Stuhl? Irgendwie war es mir fast schon egal. Im Moment interessierte mich nur, wann Adrian endlich in den Chat zurückkehrte.

Die Predigt kam als Vorspeise zum Abendessen. In zwei Teilen. Teil eins lieferte meine Mutter. Während ich noch immer auf Adrians Rückkehr wartete, wartete sie darauf, dass ich endlich den Tisch deckte. Nachdem sie mich zum dritten Mal gerufen hatte, waren alle Deadlines ausgereizt. Ich lief runter. Meine Mutter war zum Glück rausgegangen, vielleicht schaffte ich es, bevor sie zurückkam, und konnte noch mal kurz nach oben verschwinden. Ich knallte die Teller auf den Tisch, warf das Besteck daneben, riss Blätter von der Küchenrolle, faltete sie einmal und legte sie als Servietten hin. Innerhalb von einer Minute war ich fertig und schon wieder auf dem Sprung, aber in der Tür lief ich in meine Mutter rein, die meine kleine Schwester Svea auf dem Arm hatte.

»Wo willst du hin? Wir essen.«

»Papa ist auch noch nicht da«, hielt ich ihr entgegen. »Nur eine Sekunde. Will bloß was nachschauen.«

Sveas kleine Hände fassten in meine langen Haare, als wären sie das Wunderbarste und Faszinierendste auf der ganzen Welt. Sie war damals gerade drei Jahre alt, ein richtiger kleiner Engel mit ihren Löckchen und den großen blauen Kulleraugen. Immer wenn sie mich erblickte, strahlte sie übers ganze Gesicht und wollte sofort zu mir. Ich hatte nichts getan, um diese Aufmerksamkeit zu verdienen. Die Itziditzi-dududu-Nummer, die alle mit ihr abzogen, war nicht mein Ding. Ich hielt mich lieber zurück. Klar, ich fand mein Schwesterlein auch megasüß, aber ich hatte halt keinen Sinn für Puppen, Bauklötze und Kleinkindsprache. Weil meine Eltern noch so jung waren, glaubten alle meine Freunde, sie wären auch cool und wir hätten eher ein kumpelhaftes Verhältnis. War aber nicht so. Mein Vater ist bei der Raiffeisenbank Leiter der Privatkundenkreditabteilung (oder wie das heißt), meine Mutter arbeitete damals Teilzeit in einem Nagelstudio. (Was sie jetzt macht, weiß ich gar nicht.) Also, noch Fragen? Damit mich keiner falsch versteht: Im Grunde fand ich das schon richtig so. Eltern sollen Eltern sein. Drum hat es mich derart genervt, dass meine Mutter irgendwann anfing, einen auf große Schwester zu machen.

»Was läuft denn nun mit diesem Niklas?«, fragte sie mich, zum Glück wieder in ihrem normalen Mama-Ton, während sie Svea in ihren Hochstuhl setzte.

»Gar nichts«, leugnete ich wie zuvor.

Sie glaubte mir nicht. Hätte ich an ihrer Stelle auch nicht getan.

»Es ist völlig in Ordnung, wenn du einen Freund hast. Verliebt bist. Ist doch toll. Das sind so wunderbare Erfahrungen. Ihr müsst bloß aufpassen, verstanden? Du weißt, was ich meine. Sonst gibt es ein böses Erwachen.«

Kann ja sein, dass sie mich um das, was vor mir lag, beneidete. Die erste Liebe. Der erste Sex. Aber ich mochte es nicht, dass sie darüber redete wie über etwas, das so normal war wie Pickel kriegen. Was es natürlich ist, klar. Aber es deprimierte mich trotzdem. Weil ich raushörte: Was du erlebst, ist für den erwachsenen Teil der Menschheit nichts Besonderes. Nur für dich, weil du halt ein dummes, unerfahrenes Kind bist. Versteht ihr, was ich meine? Ich hatte Angst, dass die große Liebe am Ende nicht viel anders sein würde als die halb echte, die ich mit Niklas schon hatte, bloß mit ödem Sex.

»Ich finde«, legte meine Mutter nach, »du solltest dich nicht zu früh zu fest an einen Jungen binden. Probier was aus. Dich selbst. Das Leben. Die Liebe.«

Sie strich mir übers Haar, während ich mich fragte, ob sie

schon vergessen hatte, wo Mädchen, die so was machten, auf der Respektskala rangierten.

»Wie gesagt, es gibt Dinge, die zu beachten sind. Verhütung ist jetzt erst mal das Thema. Wir sollten auf Nummer sicher gehen und uns nicht auf die Geschicklichkeit grüner Jungs beim Überziehen von Kondomen verlassen. Ich mach dir einen Termin beim Frauenarzt.«

»Mama!«, schrie ich empört. Ich wäre am liebsten im Erdboden versunken. Am meisten regte mich auf, dass sie dauernd »wir« sagte und »uns«. So als wollte sie auch noch danebenstehen, wenn es passierte, um mir Anweisungen zu geben. Ich hatte genug und ergriff die Flucht.

»Wo willst du hin?«, rief sie mir nach. »Wir essen!«

Ich rannte in mein Zimmer, schaffte es aber nicht, zu checken, ob Adrian online war, weil plötzlich Papa dastand.

»Was machst du?«, fragte er. Er kam aus der Dusche, seine dünner werdenden Haare klebten nass an seinem Kopf, und der künstliche Apfelduft seines Duschgels verbreitete sich im Zimmer.

»Schon mal was von Anklopfen gehört?«, sagte ich und klappte den Laptop zu.

»Die Tür war offen.«

Ich beließ es bei einem genervten Schnauben.

Er kam noch weiter rein, trat an meinen superbequemen Lesesessel, hob die Klamotten an, die dort lagen, und ließ sie gleich wieder fallen, mit diesem leicht angewiderten Blick. Okay, ich bin nicht der ordentlichste Typ, aber es war schließlich mein Zimmer, oder?

»Es gibt gleich Essen«, sagte ich.

»Mamas Bolognese kann noch ein paar Minuten köcheln«, erwiderte er. »Ich muss mit dir reden. Du weißt, worüber.«

»Ooch, Papa ...!«, maulte ich.

»Was läuft da zwischen diesem Angeber und dir? Niklas. So heißt er doch, oder?«

»Da läuft gar nichts. Wir sind nur Freunde.«

»Nach Freundschaft sah der Kuss aber nicht aus.«

Ich zuckte wieder bloß mit den Schultern. Was sollte ich sagen? Der Anschein sprach gegen mich.

»Du denkst vielleicht, du weißt schon alles und hast alles im Griff. Das hast du nicht, klar? Du willst bloß Spaß haben, logisch, aber es geht um viel mehr.« Er war mit jedem Satz eindringlicher geworden. »Klar, du kannst sagen: Was willst du, Alter, du und Mama, ihr wart mit sechzehn Eltern! Du kannst mich verlogen finden oder heuchlerisch.«

»Tu ich doch gar nicht.«

»Es ist nur ... man denkt, es geht um Spaß oder Romantik, aber am Ende geht es um dein ganzes Leben! Alles kann sich so schnell ändern. Die Dinge, die wir tun, haben Folgen!«

War ja nett, dass er sich bemühte, einfühlsam zu sein und nicht gleich so emotional wie sonst. Ich sah ihm an, wie schwer ihm das fiel. Anscheinend hatte meine Mutter ihn da unten im Garten ordentlich bearbeitet. Doch wenn ich was verlogen und heuchlerisch fand, dann dieses aufgesetzte Verständnis. Ich weiß nicht, wie ihr es seht, aber ich werde lieber ehrlich angebrüllt als pseudo-verständnisvoll eingelullt. Vor allem, wenn das Ergebnis dasselbe ist.

»Sag doch einfach, dass ich euer Leben versaut hab.«

»Komm mir nicht so!«, brauste er auf, zügelte sich aber sofort wieder. »Wir haben dich immer gewollt. Gegen den Widerstand einiger anderer.«

»Dann muss ich euch also gleich doppelt danken. Dafür, dass ihr mich gemacht habt, und dafür, dass ihr mich nicht gleich wieder im Klo runtergespült habt.«

Ihr hättet seine Augen sehen sollen! Seine Blicke! Wie Nadeln, die er in eine Voodoo-Puppe stieß. »Ich hätte große Lust, dir eine runterzuhauen«, sagte er mühsam beherrscht, was es noch bedrohlicher klingen ließ.

Okay, was ich gesagt hatte, war wirklich ziemlich heftig gewesen. Es tat mir auch sofort leid. Nur, er und meine Mutter hatten mir einfach ein paarmal zu oft unter die Nase gerieben, wie dankbar ich sein müsste für all die Opfer, die sie meinetwegen auf sich genommen hatten. »Wann konnten wir mal einen draufmachen?« Solche Sprüche halt. Natürlich liebten sie mich, das wusste und spürte ich, aber was ein echtes Wunschkind ist, erkannte ich erst, als ich sah, wie sie Svea behandelten. Ein Engel auf einer Wolke – so ließen sie sie ins Leben hineinschweben. Mich hatten sie eher in einem alten Buggy auf holpriger Strecke reingeschoben. Svea war ein Geschenk, ich war eine Verpflichtung gewesen. Egal, wie viele schöne Worte sie drum herum machten, genau so war es, und genau so fühlte es sich auch an.

»Wir machen uns halt Sorgen um dich, Siri«, sagte Papa, nachdem er mein böses Foul verdaut hatte, »ist das so schlimm?«

»Wieso vertraut ihr mir nicht einfach? Wäre doch auch eine Möglichkeit.«

»Wie sollen wir dir vertrauen, wenn du nicht einmal sagen willst, was mit diesem Niklas wirklich läuft?«

»Hab ich doch.«

Er zog die Brauen hoch, so als hätte er mich bei der dümmsten Lüge der Welt erwischt, einer Lüge, die seine Intelligenz beleidigte.

Okay, dachte ich bloß, das ist hoffnungslos.

Papa drückte seinen Rücken durch und verkündete: »Von jetzt an kommst du nach der Schule sofort nach Hause. Und wenn du zu einer Freundin willst, sagst du uns vorher, wo ihr seid und was ihr macht und wer dabei ist.«

Obwohl ich mit so was gerechnet hatte, traf es mich wie ein Hieb in die Magengrube. Meine Laune war am Boden.

»Also hab ich Hausarrest, oder was?«

»Nein. Hörst du mir nicht zu?«

»Und wie nennst du das dann?«

»Die elterliche Aufsichtspflicht wahrnehmen.« Er spitzte immer den Mund und machte die Lippen schmal, wenn er so was sagte. So als stünde das Gesetz, der Staat, der Papst und die ganze Welt hinter ihm. Dabei hatte er total oft nicht mal meine Mutter auf seiner Seite.

WÄHREND MEINE ELTERN AM Küchentisch ausdiskutierten, ob ich die Pille oder einen Keuschheitsgürtel kriegen sollte, verzog ich mich in mein Zimmer. Mit einer angebrochenen Tüte Chips und einem Buch fläzte ich mich aufs Sofa, schaute aber immer wieder zum Laptop, in der Hoffnung, dass wenigstens mein neuer Freund Adrian mich nicht im Stich ließ. Zum Glück, so dachte ich bockig, muss man heute nicht mehr aus dem Haus gehen, um was Verbotenes anzustellen. Weil ich zum Lesen viel zu aufgewühlt war, legte ich das Buch nach ein paar Minuten weg.

Da hörte ich ein vertrautes *Blopp* vom Laptop und fuhr hoch.

Bist du da, Siri?

Adrian! Natürlich wusste er, dass ich da war, er sah es ja in seiner Chatleiste. Mein Herz machte einen Satz.

Bin da! Wo warst du so lange?

Sorry. Hat doch länger gedauert.

Ja, ja. Ich schrieb: *Hab gerade voll den Stress mit meinen Eltern. Ich bin praktisch eine Gefangene.* Aber das löschte ich gleich wieder. Wie sah das aus? War ich ein Kleinkind, das über seine bösen Eltern jammerte? Also schrieb ich: *Was ist jetzt mit einem Foto von dir? Krieg ich eins?*

Es dauerte ein wenig, bis er antwortete. Dann sprang das Dialogfeld auf, und ich las: *Klar. Aber nicht über fb. Bekomm ich deine E-Mail-Adresse?*

Ich schrieb sie ihm.

Super. Gib mir fünf Minuten.

Es dauerte keine dreißig Sekunden, bis mein Handy klingelte. Ich erschrak, nicht bloß wegen des Klingelns, sondern weil ich mir absolut sicher war, dass es nur Adrian sein konnte. Keine Ahnung, warum. Es war natürlich nicht Adrian. Es war Niklas. Ausgerechnet jetzt! Eine Welle von Wut brandete in mir auf, weil ich seinetwegen so viel Ärger hatte. Ich überlegte einen Moment, aber da sich weder im Chat noch in meinem E-Mail-Account was tat, nahm ich das Gespräch an.

»Sag mal, spinnst du?!«, fauchte ich los, ohne Gruß oder irgendwas.

»Hä?«, machte er nur, total überfahren.

»Was sollte das? Der bescheuerte Kuss, meine ich. Ich darf praktisch nicht mehr aus dem Haus! Alles gestrichen, außer Schule!« Ich übertrieb absichtlich ein wenig.

Er brauchte zwei, drei Sekunden, bis er sich auf meine Betriebstemperatur eingestellt hatte, dann antwortete er: »Ja, sorry, aber dieses Versteckspiel mit deinen Eltern ist doch scheiße. Hey, du bist sechzehn, und sie sind echt nicht die Richtigen, um dir Jungs zu verbieten. Also, echt nicht.«

»Jetzt sei bloß nicht so arrogant. Mein Vater hat halt Angst, dass ich schwanger werde und mein ganzes Leben verpfuscht ist.«

»Wovon solltest du bitte schön schwanger werden?«

Sarkasmus war das Letzte, was ich jetzt brauchte, und schon gar nicht von ihm. Der machte es sich echt leicht. Ich fand, er sollte ruhig anfangen, sich selbst zu hinterfragen. Deshalb wurde nur mein Ton versöhnlicher, nicht meine Haltung, als ich sagte: »Na, vielleicht kommt es ja nicht so schlimm. Das Problem ist bloß mein Vater. Meine Mutter ist cool. Die will, dass ich die Pille krieg.«

Ein paar Sekunden tiefes Schweigen, dann ein Räuspern und zuletzt ziemlich kleinlaut: »Wow … echt jetzt? …«

Ha-ha, dachte ich, so viel zum Thema Versteckspiel.

»Heißt das, du willst dann gleich … loslegen?«

»Klar. Worauf sollen wir warten?«

»Aber dein Vater … und du darfst doch quasi nicht mehr weg … hast du eben gesagt …«

»Kneifst du?«

»Ich? Quatsch! Ich will nur nicht, dass du Probleme kriegst …«

So, so, auf einmal, dachte ich und gab weiter die Coole. »Da muss ich sowieso durch, früher oder später.« Ich konnte seinen Angstschweiß sogar durchs Telefon riechen.

»Das klang eben noch anders.«

In diesem Moment sah ich auf dem Display meines Laptops, dass ich eine E-Mail erhalten hatte. Von Adrian. Ohne Betreff und Text. Nur ein Bild. Ich scrollte nach unten. Meine Kehle wurde eng.

»Ich … muss … Schluss machen«, flüsterte ich ins Handy und legte auf, während ich dachte: Scheiße, was ist das denn?

In einer Zeitung hiess es, Adrian und ich hätten uns Pornobilder zugeschickt. Also, solche, auf denen wir selbst drauf waren und an uns rumspielten. Aber das stimmt nicht. Nicht mal das erste Foto, das mir Adrian von sich geschickt hat, hatte etwas Pornomäßiges. Schon richtig, sein Oberkörper war nackt, der oberste Knopf seiner Hose offen, und eine Hand steckte vorne im Bund, aber nur halb, und sie lag da auch bloß und machte nichts. Das war nur eine sexy Pose, die mich ein wenig anturnen sollte. Was auch funktioniert hat. Also … mir blieb voll die Luft weg. Der Typ auf dem Foto war normal gebaut, die dunklen Haare waren wuschelig und hingen ihm tief in die Stirn, ein bisschen sah er mit seinem müden Blick aus wie ein Rockstar nach einer heftigen After-Show-Party. Genau mein Fall!

Nach einer gefühlten Ewigkeit klappte ich gewaltsam meinen Laptop zu, damit ich aufhörte, das Bild anzustarren. Mein Herz hämmerte wie das eines Hamsters, der im Laufrad um sein Leben rennt. Atmete ich noch? Ich ließ mich nach hinten auf die Couch kippen und starrte an die Decke, auf dem Gesicht wahrscheinlich das dämlichste Grinsen der Welt.

Dann setzte ich mich wieder auf und öffnete vorsichtig den Laptop. Das Foto war noch da, und ich fand's mindestens genauso geil wie zuvor. Aber es war noch was da. Eine neue E-Mail von Adrian. Ich klickte sie an und las:

Schickst du mir auch so ein Foto von dir?

Wow! Das haute mich endgültig um. Er wollte nicht irgendein Foto, er wollte *so ein* Foto. Von mir! Was sollte ich bloß tun?

In meiner Not rief ich Anna-Lena an. Die musste um die Zeit längst vom Volleyball zurück sein. Während es in mein Ohr tutete, kamen mir aber schon Zweifel, ob ich ihr das wirklich erzählen sollte. Wusste ich nicht auch so, was sie sagen würde? Bist du verrückt, Siri, hätte sie mich angefahren, das machst du nicht, klar! Da kannst du dein Foto gleich selbst ins Internet stellen!

»Hi, Siri, alles okay bei dir?«

»Äh … ja …«, druckste ich herum. »Das heißt … nicht ganz …«

»Was ist denn los?«

»Niklas …«

Ich erzählte ihr von dem Kuss und der Reaktion meiner Eltern, und sie lachte bloß und sagte: »Der Typ ist sexuell so was von verpeilt, das ist fast schon wieder lustig.«

Nachdem ich aufgelegt hatte, betrachtete ich lange Adrians Foto. Vielleicht war es ein Fake und Adrian in Wahrheit ein pickliger Nerd mit fettigen Haaren. Woher sollte ich das wissen? Woher sollte ich irgendwas wissen? Besser, ich ließ die Sache auf sich beruhen, solange ich es noch konnte.

Mein Entschluss hielt ungefähr drei Stunden. Drei Stunden, in denen ich meine Lieblingssongs rauf und runter hörte und mir sagte, dass es richtig war, nichts weiter zu tun. Dann fing das Gedankenkarussell an, sich langsam in die andere Richtung zu drehen. Was wusste schon Anna-Lena. Die redete gern schlau daher, aber, mal ehrlich, was hatte sie schon erlebt? Sie hockte doch auch bloß rum und träumte von der großen Liebe. Ich hatte es so was von satt, dass alle Welt glaubte, mir Vorschriften machen zu müssen. Jeder quatschte in mein Leben rein. War ich nicht alt genug, meine eigenen Fehler zu begehen?

Kurz nach Mitternacht checkte ich meinen E-Mail-Account. Keine neue Nachricht von Adrian. Wartete er ab? Oder hatte er mich aufgegeben, weil von mir nichts kam? Wie auch immer, es war längst Schlafenszeit. Aus dem Augenwinkel beobachtete ich mich in meinem großen Spiegel beim Ausziehen. Wenn ich doch so ein Foto machen würde, wie würde ich mich präsentieren? Allein der Gedanke sorgte dafür, dass mir auf eine schwüle Art warm wurde, so als hätte ich Dampf unter der Haut. Und erst jetzt wurde mir etwas bewusst, das Niklas' Kuss in mir bewirkt hatte, das aber in dem ganzen Ärger untergegangen war: So geküsst zu werden, selbst von ihm, hatte mich irgendwie heißgemacht.

Da fiel mir etwas ein. Ich zog die unterste Schublade meiner Kommode auf, wo ich unter alten Slips, die ich nicht mehr trug, einen süßen Schatz vergraben hatte. Dessous. Schwarz. Spitze. Durchsichtig. Ich hatte sie vor ein paar Monaten im Schaufenster eines Wäschegeschäfts entdeckt, und weil ich nicht mehr aufhören konnte, daran zu denken, hatte ich sie mir gekauft.

Getragen hatte ich sie nie. Das wollte ich in der Nacht tun, in der ich … nun ja, ihr wisst schon. Jetzt schlüpfte ich hinein. Die Spitze war so leicht, dass ich sie kaum auf der Haut spürte. Ich schaltete die Webcam ein und betrachtete mich auf dem Display. Mit schamhaftem Stolz. So durfte er mich natürlich auf gar keinen Fall sehen. Ich holte mir aus dem Bügelzimmer ein verknittertes weißes Hemd von Papa, zog es mir über, schlüpfte in meine Röhrenjeans und stellte mich erneut vor die Webcam. Das Hemd ließ ich offen, hielt es aber mit einer Hand so zusammen, dass ein kleines bisschen von meinem bloß hingehauchten schwarzen BH zu sehen war. Auch den obersten Knopf der Jeans ließ ich offen stehen. Ungefähr hundert Versuche später hatte ich noch immer kein Bild, auf dem ich halbwegs locker rüberkam. Erst mit einer Flasche Wodka-Orange im Blut wurde ich geschmeidiger in den Gelenken, und dann endlich entstand das Foto, auf dem ich mich so sah, wie ich mich fühlte.

Am nächsten Morgen wachte ich mit einem ziehenden Kopfschmerz auf. Der Wodka-Orange. Ein trüber Blick auf die Uhr – Mist! Verpennt! Ich schoss aus dem Bett und wollte ins Bad, aber meine Mutter erwischte mich im Flur.

»Willst du so in die Schule?« Sie kam einen Schritt näher. »Was hast du da drunter eigentlich an? Ist das von mir?«

Okay, peinlicher geht's nicht. Nach meiner intimen Fotosession letzte Nacht war ich wie ein Stein ins Bett gefallen und hatte in Hemd, Röhrenjeans und Spitzendessous geschlafen. Stumm umkurvte ich meine Mutter und schlug die Badezimmertür hinter mir zu.

Zwanzig Minuten später radelte ich zur Schule, selbstverständlich in einem anderen Outfit. Heftiger Gegenwind blies mir ins Gesicht. Der Wodka-Orange hatte mich letzte Nacht nicht so hart ausgeknockt, dass ich gar nichts mehr gewusst hätte, aber ich war mir nicht über alle Details im Klaren. Ich hatte Fotos gemacht, ich hatte Adrian noch mal geschrieben, und ich war mir relativ sicher, dass ich keines der Bilder mitgeschickt hatte. Relativ – das hieß siebzig zu dreißig, dass alles gut war. Oder eher sechzig zu vierzig. Okay, fifty-fifty.

Kacke. Was hatte ich getan?

Ich hielt an. Ob ich zehn Minuten zu spät kam oder fünfzehn, war auch schon egal. Ich musste wissen, wie lächerlich ich mich gemacht hatte, und zwar sofort. Ich tastete alle Taschen nach meinem Smartphone ab. Mist! Ich hatte es in der Hektik nicht eingesteckt! Und jetzt? Den ganzen Tag wie auf Kohlen in der Schule sitzen? Wie sollte ich mich dabei auf irgendwas anderes konzentrieren? Dann konnte ich gleich zu Hause bleiben.

Meine Mutter machte große Augen, als ich nach kaum einer halben Stunde wieder vor ihr stand. »Mir ist total übel«, log ich, »ich hab eben gekotzt. Kannst du in der Schule anrufen?«

Sie betastete meine Stirn. »Kein Fieber. Aber blass bist du.«

Ich hatte mich gerade ins Bett gelegt und den Laptop rangeholt, als meine Mutter mit Kamillentee ankam. »Will nur ein paar Musikclips gucken«, erklärte ich, ehe sie fragen konnte, »zur Ablenkung.«

Sie stellte die dampfende Tasse hin, in der noch der Teebeutel hing, und schaute auf mich herab. »Bist du sicher, dass es nur der Magen ist?«

»Keine Sorge, Mama, ich bin nicht schwanger.«

Sie guckte bedröppelt. »Das … äh … hab ich nicht gemeint …«

»Schon klar.«

Als sie weg war, checkte ich, was ich letzte Nacht an Adrian geschickt hatte. Meine letzte Nachricht lautete:

Für heute Nacht
Und alle weiteren
Süße Träume …

Als Anhang ein Foto mit dem Titel:

Süße Spitzen Träume.

Ich erzählte niemandem, was ich getan hatte, auch Anna-Lena nicht. Ich schämte mich zu sehr. Gleichzeitig rechnete ich jeden Tag damit, dass mein Foto irgendwo im Internet auftauchte. Wahrscheinlich war es längst passiert und nur noch eine Frage der Zeit, bis jemand, der mich kannte, darauf stieß. Von Adrian dagegen kein Wort – für mich das sicherste Zeichen, dass er mich reingelegt hatte. Dieser Scheißkerl!

Wäre ich nicht so sehr mit mir selbst beschäftigt gewesen, wäre mir vermutlich aufgefallen, dass auch mit Anna-Lena was nicht stimmte. Sie war stiller als sonst und dauernd in Gedanken. Was es damit auf sich hatte, sollte ich noch erfahren. Niklas versuchte indes, seine Scharte auszuwetzen. Nachdem ich ihm ein paar Tage lang die kalte Schulter gezeigt und alle seine Anrufe weggedrückt hatte, fand ich eines Morgens auf meinem Platz eine langstielige rote Rose und aus gelben Gummibärchen gelegt das Wort *Sorry*. Eigentlich total süß, aber was Jungs bei solchen Aktionen nicht bedenken, ist das Getuschel und die

Witzeleien, denen sie die Mädchen und sich selbst aussetzen. Romantische Gesten haben ihren Ort und ihren Moment – ein Klassenzimmer um Viertel vor acht ist es nicht. Trotzdem erkannte ich die gute Absicht an, und wir redeten in der Pause. Er entschuldigte sich und war total lieb, aber unsere Beziehung fühlte sich für mich noch weniger echt an als je zuvor. Etwas war zerbrochen, und das würde nicht mehr heil werden. Im Nachhinein wünschte ich, ich hätte da schon die Konsequenz gezogen, vielleicht wäre uns allen viel erspart geblieben.

Es war anscheinend der Tag der unverhofften Wendungen, denn wieder zu Hause, fand ich in meinem E-Mail-Account eine Nachricht von Adrian. Mein Herz sackte ab. Mein Gott, wie meine Hände zitterten, als ich die E-Mail öffnete.

Bist du total bekloppt?! Wie kannst du einem Wildfremden so ein Foto schicken!?

Adrian

PS: Geiles Foto übrigens.

Mein eben noch schweres Herz tanzte plötzlich Samba in meiner Brust. Alles war vergessen: die quälende Ungewissheit, die Scham, die Selbstzweifel. Er hatte sich gemeldet. Er tadelte mich wie jemand – mein Atem stockte bei dem Gedanken – jemand, dem ich was bedeutete. Und das Foto fand er geil. *Mich* fand er geil!

Idiot, dachte ich, besoffen vor Glück, und schrieb:

WO WARST DU, DU ARSCH!!!

Er: Weg und ohne Internet. Sorry. Bist du sauer?

Ich: Ja. Nein. Mach das nie wieder, klar?

Er: Klar. Lass uns telefonieren, Siri. Jetzt! Gibst du mir deine Nummer?

Wow! Darauf war ich nicht vorbereitet. Sollte ich Ja sagen? Oder ihn ein wenig zappeln lassen? Ach, ich hatte keine Lust auf Spielchen. Deshalb gab ich ihm meine Nummer. Aber dann klingelte das verdammte Handy nicht, es war tot wie ein Stück Holz. Was, wenn er mich wieder hängen ließ, so wie nach dem Bild?

Und dann klingelte es doch. Eine unbekannte Nummer im Display. Ich ließ es ein paarmal läuten, bevor ich ranging. Mit galoppierendem Herzschlag und erstickter Stimme sagte ich: »Ja?«

»Hi«, kam es zurück, »hier ist Adrian.«

Ich konnte hören, dass er auch aufgeregt war, und das nahm mir viel von meiner eigenen Unsicherheit. Seine Stimme klang unerwartet tief und voll, irgendwie viel männlicher als Niklas oder alle Jungs, die ich kannte. Das gefiel mir total.

»Hallo, Adrian«, sagte ich. »Du bist es also. Ich dachte schon, dich gibt's gar nicht.«

Er lachte kurz auf. »Tut mir leid, dass ich dich hab warten lassen. Aber du darfst keine solchen Fotos schicken. Nicht an jemanden, den du nicht kennst. Du kannst dich damit echt in die Scheiße reiten.«

»Du hast mir auch so ein Foto von dir geschickt. Und du hast mich aufgefordert.«

»Na und? Machst du alles, was man dir sagt?«

»Eigentlich nicht, aber … ich hatte das Gefühl, dass ich dir trauen kann.« Dass eigentlich der Alkohol schuld gewesen war, behielt ich lieber für mich.

Adrian schwieg, aber ich hörte ihn atmen.

»Warum sagst du nichts?«, fragte ich nach einer Weile.

»Ich schaue gerade dein Bild an und stelle mir vor, wie du da jetzt sitzt, in deinem Zimmer, Poster an den Wänden, ein zerknülltes Bett, Klamotten überall, Plüschtiere …«

»Kommt hin. Woher weißt du das? Warst du schon mal hier? Oder hast du Kameras installiert?«

»Schön wär's. Ich würde dich jetzt echt gerne sehen.«

»Wir könnten skypen, wenn du Lust hast. Du müsstest mir allerdings fünf Minuten geben. Ich sehe im Moment nicht ganz so sexy aus wie auf dem Bild.«

»Nee, geht leider nicht, meine Webcam ist im Arsch.«

»Schade. Wie bist du eigentlich auf mich gekommen?«

»Keine Ahnung. Ich hab dich gefunden, ohne dich gesucht zu haben. Oder vielleicht hab ich dich ja gesucht und es bloß nicht gewusst.«

Wow. Ich kannte keinen Jungen, der so schöne Dinge auf so beiläufige Weise sagen konnte. Auch nicht Niklas. Der schon gar nicht. Bei dem hörten sich Komplimente immer so an, als ob er ewig darüber nachgedacht, sie zigmal verbessert und dann auswendig gelernt hatte.

»Hast du einen Freund?«, fragte Adrian da. »Oder bist du gerade in jemanden verliebt?«

Du meinst, in jemanden außer dir?, wollte ich schon zurückfragen, sagte aber bloß: »Nicht so richtig. Und du?«

»Bei mir passiert gerade was, aber ich weiß nicht, was daraus wird.« In meinen Ohren klang es so, als meine er damit mich, oder besser uns, aber ich wollte lieber nicht fragen, weil ich den Traum noch ein wenig behalten wollte. Ich wäre auch gar nicht mehr dazu gekommen nachzuhaken, denn er sagte: »Du, ich muss jetzt Schluss machen. Wir können ja wieder mal reden. Ich melde mich, oder du rufst an, du hast ja jetzt die Nummer.«

»Ich fand's echt schön, dass wir uns gesprochen haben. Man kennt sich gleich ein wenig besser, oder?«

»Stimmt. Bis hoffentlich bald, Siri. Mach's gut.«

»Du auch.«

Jetzt musste ich Anna-Lena einfach von Adrian erzählen. Wie sollte ich so was meiner besten Freundin verschweigen? Wir hatten unverhofft eine Freistunde, und die nutzten wir gewöhnlich, um in der Cafeteria bei einer Schokomilch den neuesten Schulklatsch durchzuhecheln. Diesmal aber ging es um meinen heißen Internetflirt. Auch von den Fotos erzählte ich ihr, allerdings ohne die delikaten Details. Sie machte Riesenaugen und kriegte fast den Mund nicht zu. Und natürlich wollte sie gleich alles über Adrian wissen. Die wichtigste Frage aber war: »Wann seht ihr euch?«

»Vielleicht schon bald«, sagte ich. »Wir lassen es eher langsam angehen.«

Anna-Lena sah mich eine Weile stumm an und kaute auf ihrer Unterlippe. Ich rechnete damit, dass sie mir vorhalten würde, wie naiv und leichtsinnig ich war. Aber dann sagte sie nur: »Pass bloß auf, Siri. Es passieren echt krasse Dinge.«

»Weiß ich doch. Ich bin vorsichtig. Und rechne mit allem.«

»Und was ist mit Niklas?«

»Das hat eh keine Zukunft.«

»Er weiß also nichts?«

Ich seufzte schwer. »Noch nicht. Es ist echt kompliziert mit ihm.«

»Kann ich mir vorstellen. Apropos kompliziert. Ich muss dir

auch was erzählen.« Noch bevor sie weitersprach, liefen ihre Backen rot an. Da ahnte ich schon, was kommen würde, und richtig: »Ich hab mich verliebt.«

Daher also ihre Milde. Eine verliebte Krähe hackt der anderen kein Auge aus.

»Sag bloß! In wen?«

»Sebastian. Unser neuer Volleyballtrainer. Der ist total süß. Und er guckt immer so zu mir rüber. Als ich mir letzte Woche das Knie aufgeschlagen hab, hat er meine Wunde versorgt, da war er so lieb. Und er hat meine Wade gestreichelt. So.« Sie fasste unter den Tisch und berührte sanft meine Wade. »Ich sag dir: Das war Sex pur.« Ihre Stimme war ganz dünn und zittrig geworden. »Ich glaub, er mag mich«, fügte sie an, und ihr Gesicht wurde fast schon violett.

Ach, Anna-Lena!, seufzte ich innerlich.

Ich kannte Sebastian vom Sehen. Er gab auch Kurse in dem Fitnessstudio, in dem meine Mutter ihren Body in Form hielt. Und er war nicht bloß uralt, er hatte außerdem seit Jahren eine Freundin. Das wusste auch Anna-Lena. Eigentlich tragisch, aber ich musste trotzdem lachen über uns beide mit unseren beknackten Liebesgeschichten. Als sie mich fragte, was los sei, fiel ich ihr um den Hals und küsste sie auf den Mund. »I kissed a girl and I liked it …«, sang ich dann, und sie stimmte ein, denn das war so was wie unser Lied, oder besser gesagt ein Running Gag zwischen uns.

WENN ES NACH MEINEM Vater gegangen wäre, hätte ich ungefähr bis zu meinem sechzigsten Geburtstag überhaupt niemanden geküsst. Oder zumindest kein männliches Wesen. Nach der Sache mit Niklas musste ich von der Schule immer gleich nach Hause. Also kein Abhängen mehr mit den anderen in Tinos Eisbar und auch kein Bummeln durch die Läden in der Innenstadt. Wenn ich nachmittags Unterricht hatte und wegen dem Wetter oder meiner Faulheit nicht mit dem Rad fuhr, holte er mich persönlich ab oder schickte meine Mutter. Das war wie Stasi hoch drei! Zumindest hatte ich ihn dazu gekriegt, dass er nicht vorne am Hof auf mich wartete und mich zur Lachnummer der ganzen Schule machte, sondern um die Ecke. Es war auch so peinlich genug.

Ein Gutes hatte es immerhin: Mein Vater lieferte mir das perfekte Alibi für meinen allmählichen Rückzug von Niklas. Was aber nur halb funktionierte, weil Niklas nicht einsehen wollte, dass ich mir das bieten ließ. Einmal fing er mich in der Pause vor dem Mädchenklo ab und zog mich in ein leeres Klassenzimmer. »Was ist eigentlich mit dir los?«, fuhr er mich an. »Warum gehst du nicht ans Handy? Oder darfst du jetzt nicht mal mehr telefonieren? Und wieso machst du sogar in der Schule einen Bogen um mich, wo dir dein Alter gar nicht im Nacken sitzt?«

Ich schaute an ihm vorbei, und in diesem Moment kapierte ich, dass auch die Wahrheit manchmal eine Lüge sein kann. Deshalb zuckte ich bloß mit den Schultern. »Was soll ich denn machen?«

»Um uns kämpfen, zum Beispiel. Oder bist du wirklich so feige?«

Ich sah ihn an, in seinem Sechzig-Euro-Shirt von Ralph Lauren, den Levis-501-Jeans und den Nike-Air-Max-Sportschuhen, und all das Teure an ihm ärgerte mich plötzlich, sogar seine wirklich schönen blauen Augen, die er zwar umsonst gekriegt hatte, die aber genauso exklusiv aussahen wie alles andere. »Was willst du eigentlich von mir?«, schimpfte ich. »Du hast doch null Ahnung, was los ist. Und es interessiert dich auch nicht.«

»Woher willst du das wissen? Du redest ja nicht mit mir.«

Ohne Vorwarnung sprang er auf mich zu, packte mich an den Schultern und schüttelte mich. Ich kriegte richtig Angst, weil er mich auch noch so ansah. Wie ein kleiner Junge, der das kaputte Spielzeug gleich an die Wand knallt. Weniger aus Wut, mehr aus Verzweiflung.

In diesem Moment ging die Tür des Klassenzimmers auf, und mein Französischlehrer stand mit einer angebissenen Wurstsemmel in der Hand vor uns. Er überlegte ein paar Sekunden lang, wo er da wohl reingeplatzt war, dann war es ihm schon wieder egal. »Pause ist im Hof«, sagte er nur kauend und wies uns mit einer Bewegung des Kopfes die Richtung. Ich befreite mich aus Niklas' Griff und lief weg.

Im Hof wartete Anna-Lena auf mich. »Wo warst du?«, wollte sie wissen, doch als sie Niklas rauskommen sah, erübrigte sich die Antwort. »Okay, alles klar.«

»Sag mal ehrlich«, fragte ich, »bin ich ein feiges, gefühlloses Miststück?«

»Hat er das gesagt?«

»Nein, aber … irgendwie fühle ich mich gerade so.«

»Ach was«, sagte sie und zog mich mit sich fort. »Liebe ist Krieg.«

Nach der Schule verschwand ich möglichst unauffällig, aber wer nicht in der Seitenstraße auf mich wartete, war meine Mutter. Ich setzte mich auf eine Treppenstufe vor einem Hauseingang und hörte meinen Musik-Mix. Niklas' Angriff hatte mich erschreckt, aber ich war auch über mich selbst erschrocken. Wieso machte ich nicht endlich Schluss? Mit dem Herzen war ich längst bei Adrian, wir hatten inzwischen öfter telefoniert, und eine Menge Flirt-SMSen flogen hin und her. Trotzdem ging für mein Gefühl zu wenig voran. Von einem Treffen war zum Beispiel noch keine Rede gewesen. Adrian schnitt das Thema einfach nicht an, und ich wollte ihn nicht bedrängen, weil ich wusste, dass viele Jungs es nicht gerne haben, wenn ein Mädchen allzu aktiv ist. Hielt ich mir Niklas warm, für den Fall, dass sich mein Internetflirt doch im Sande verlief? Ich hab so was immer für total unfair gehalten, und das ist es auch. Was soll ich sagen? Vielleicht habt ihr ja die Stärke, euch immer nach euren Prinzipien zu verhalten. Glückwunsch dazu. Ich hatte sie nicht. Mir saß bloß eine fiese kleine Angst im Nacken, die Angst davor, dass alle meine Träume auf einmal platzen könnten und dass ich dann mit nichts dastand außer dem Gefühl, ein totaler Loser zu sein.

Meine Mutter kam mit einer satten Verspätung und telefonierte lachend, während sie um die Ecke bog. Außerdem hatte sie die Musik aufgedreht. Achtziger-, Neunzigerjahre-Deutschrock, total ätzend. Nach einer sportlichen Bremsung rief sie mir durch das offene Fenster zu: »Spring rein, Kleine.« Ihr Haar war vom Wind zerzaust, sie war verdächtig gut drauf und strahlte wie eine Glühbirne. »Wartest du schon lange?«

»Na ja, seit vier, wie verabredet.« Ich drehte die Musik leise. »Wie bist du denn drauf?«

Sie schaute mich groß an. »Wer? Ich? Ganz normal. Wieso?«

Dann fuhr sie los.

Ich war in Gedanken längst schon wieder bei Adrian. Ich wollte ihn sehen. Riechen, schmecken, spüren. Ich wollte, dass er endlich zu was Echtem, Wirklichem wurde. Aber wie sollte das gehen, wenn ich praktisch eine Gefangene meiner Eltern war! Schöner Mist.

»Unter uns gesagt: Ich finde das auch bescheuert.«

Ich schaute meine Mutter an. Was meinte sie? Oder konnte sie seit Neuestem Gedanken gelesen?

»Dass du so gegängelt wirst, bloß weil du verliebt bist, meine ich. Ist doch das Normalste von der Welt. Du musst deinen Vater aber auch verstehen. Wir hatten eine harte Zeit die ersten Jahre, und jetzt läuft alles so gut, und drum darf sich bloß nichts ändern. Keine Probleme mehr. Aber, hey, das Leben ist nun mal Veränderung. Wäre doch auch langweilig sonst. Oder?«

Ich hatte keine Ahnung, worauf sie hinauswollte, und zuckte nur mit den Schultern.

»Wir können einen Deal machen. Du darfst deinen Niklas sehen, sagen wir einmal die Woche, für einen Nachmittag.«

Hatte ich mich verhört? Während ich mich noch fragte, wo der Haken war, legte sie nach.

»Papa sagen wir natürlich nichts, er würde bloß ausrasten. Wir denken uns einfach eine Geschichte aus.«

»Mit Geschichte meinst du … Lüge?«

Sie lächelte, und ich sah auf einmal den frechen Teenager in ihr, der die Schule schwänzte, heimlich auf Partys ging, kiffte und wer weiß was sonst noch alles an Verbotenem getan hatte.

»Ich hab 'ne Idee. Wir führen einen Mutter-Tochter-Nachmittag ein. Offiziell. Du kannst deinen Niklas sehen, und ich geh zum Wellness oder ins Kino. Und wenn du mir versprichst, dass du nicht schwanger wirst, und vielleicht sogar noch die eine oder andere Note verbesserst, können wir Papa irgendwann davon überzeugen, dass eine Teenager-Liebe nicht zwangsläufig in einer Katastrophe enden muss.«

Das hörte sich super an. Zu gut eigentlich. Was mir hätte auffallen müssen. (Ihre Verlogenheit macht mich noch immer wütend.) Ich fragte aber nicht nach, sondern freute mich nur, dass mein Gefängnistor eben ein großes Stück aufgegangen war.

IRGENDWIE HATTE ICH KEINE Lust mehr, immer nur auf etwas zu warten, was vielleicht nie passierte. Ich wollte Adrian endlich sehen, und da von ihm nichts in der Richtung kam, musste ich eben doch aktiv werden. Aber als ich ihn nach einem Treffen fragte, war alles, was er sagte: »Klar ... cool.« Und damit fing das Rumgeeiere an. Er hatte keine Zeit, aus München wegzufahren, auch nicht für einen Nachmittag, war total im Stress, konnte aber nicht mal genau erklären, was denn nun so stressig war. Tausend Freunde, die ihn brauchten, viele Jobs, die er so nebenher machte, Verpflichtungen, Familie.

»Willst du mich überhaupt sehen?«, fragte ich irgendwann, zugleich genervt und enttäuscht.

»Natürlich will ich«, kam es sofort.

Davon merkte man gerade wenig. Oder war ich zu empfindlich? Jedenfalls wollte ich nicht zu schnell aufgeben. Deshalb schlug ich vor: »Wenn du nicht zu mir kommen kannst, dann komme ich eben zu dir.«

»Nach München?«

»Klar. Eine oder zwei Stunden wirst du ja wohl für mich haben.«

»Das würdest du tun?«

»Wieso nicht? Ist doch kein Problem.«

War es natürlich sehr wohl. Aber das würde ich lösen.

»Okay«, sagte er. »Tut mir leid, dass ich so … Ich will dich wirklich gerne sehen. Eigentlich habe ich nur Angst, dass du …«

»Was?«

»Von mir enttäuscht sein könntest.«

»Wieso? Ein bisschen kennen wir uns ja schon. Wir wissen, wie wir aussehen, haben miteinander gesprochen …«

»Stimmt.« Nach kurzem Schweigen sagte er: »Die Details klären wir die Tage. Ich muss Schluss machen. Und noch mal: Ich freue mich total darauf, dich zu sehen. Das wird super.«

Sein anfängliches Zögern vergaß ich rasch. Ein einziger Gedanke löschte es völlig aus:

Ich würde Adrian treffen!

Ich würde Adrian treffen!!

Ich würde Adrian treffen!!!

EIN MUTTER-TOCHTER-NACHMITTAG würde nicht für eine Fahrt nach München und zurück reichen. Deshalb musste ich einen ganzen Schultag opfern. Ich konnte die Unterschrift meiner Mutter ziemlich gut nachmachen, das hatte ich schon bewiesen, aber nur in absoluten Notlagen. (Hey, tut nicht so! Ihr habt das auch schon getan. Und wenn nicht, dann bloß, weil eure Eltern eine unnachahmliche Klaue haben. Stimmt's?) Das war aber nicht das Hauptproblem. Auch nicht, wie ich nach München kommen würde. (Mit dem Bus nach Ingolstadt, von dort weiter mit einer Mitfahrgelegenheit.) Das Hauptproblem war mein Outfit. Was sollte ich anziehen? Wie mich zurechtmachen? Nicht zu sexy, das war klar. Nach dem gewagten Foto sollte er nun meine seriöse Seite kennenlernen. Aber zu brav war auch schlecht. Der Typ war ein Ex-Skater, das musste ich bedenken. Frech wollte ich rüberkommen, wenn auch nicht zu sehr, und sexy auf die subtile Art. So wie diese Französinnen in den alten Filmen, die ohne große Aufmachung Klasse versprühen. Alle meine Überlegungen – und es waren wirklich viele – führten mich jedoch nur immer wieder zurück auf meine Ausgangsfrage: WAS SOLL ICH ANZIEHEN??

Anna-Lena war keine große Hilfe. Während ich auf dem Bett und der Couch mögliche Outfits zusammenstellte, fläzte sie in meinem Sessel und blätterte lustlos in einer Zeitschrift. Sie war schlecht drauf, weil ihr Wadenstreichler keine weiteren Annäherungsversuche unternommen hatte und jede ihrer Charmeoffensiven ins Leere laufen ließ. Ich konnte mir die Bemerkung nicht verkneifen, seine Zurückhaltung könnte vielleicht damit zu tun haben, dass er eine Freundin hatte und außerdem viel zu alt für sie war. Beziehungsweise sie zu jung für ihn.

»Andere Typen haben auch Freundinnen und verlieben sich trotzdem neu«, widersprach sie, »und wenn man sich liebt, spielt das Alter doch keine Rolle, oder?« Unglücklich Verliebten ist nicht zu helfen, das wusste ich aus eigener Erfahrung. Also drückte ich sie nur und verschonte sie vor billigem Trost und superschlauen, aber nutzlosen Ratschlägen.

In der Frage meines Outfits entschied ich mich für eine schlichte Tunika, eine dunkle Leggins und Ballerinas, in die ich barfuß schlüpfen konnte. Passend dazu dezentes Make-up. Für die Fahrt band ich die Haare zu einem Pferdeschwanz, aber vielleicht würde ich sie später offen tragen, das war noch nicht entschieden. In irgendeiner Zeitschrift, die meine Mutter las, hatte ich einen Spruch aufgeschnappt, der ging ungefähr so: Eine Frau muss nicht zu allem entschlossen, aber auf alles vorbereitet sein. Das leuchtete mir ein. Deshalb zog ich drunter die Spitzendessous an.

ALLES KLAPPTE WIE AM Schnürchen. Der Bus war pünktlich in Ingolstadt, das giftgrüne Auto Marke Keine-Ahnung rollte in dem Moment an die Haltestelle, in dem ich ausstieg und mir die Sonnenbrille auf die Nase schob. Wir waren zu dritt, drei Mädels. Die Fahrerin, eine Lehramts-Studentin namens Effie, bretterte in einem Affenzahn über die Autobahn und lud mich in München am Odeonsplatz ab. Hier war ich im Café Tambosi mit Adrian verabredet. Allerdings erst in drei Stunden. Na ja, dachte ich, in einer Stadt wie München wird man wohl etwas Zeit totschlagen können.

Klar konnte man. Das wusste ich ja bereits von den Ausflügen, die ich mit meiner Mutter und Anna-Lena unternommen hatte. Ich lief von einem Modeladen in den nächsten und fühlte mich großartig. Nicht, weil sie so tolle Sachen gehabt hätten, es war das gleiche Zeug wie bei uns auch, bloß mehr davon. Aber ich fühlte mich so erwachsen. Hey, ich hatte ein Date! Ein echtes Date! Die ganze Zeit stellte ich mir vor, dass Adrian neben mir herlief, leicht genervt schon, weil seine Freundin nicht genug kriegen konnte von all den Fetzen und Fummeln und den Ringen und Kettchen, doch ich hielt ihn mit Küssen und kleinen Streicheleinheiten bei Laune, und irgendwann würde auch ich genug haben von dem ganzen Kram, und wir würden verschwinden, zu ihm, in seine kleine Wohnung, und dort würden wir ins ungemachte Bett fallen und … nun ja, genau das machen, was ihr denkt.

Die letzte halbe Stunde bis zum schicksalhaften Moment war Horror. All meine hochfahrenden Träume verflüchtigten sich, ebenso mein Elan und meine Leichtigkeit. Ich bewegte mich, als hätte ich Steine an den Füßen und im Bauch. Ach was, als wäre ich komplett aus Stein. Und dauernd musste ich aufs Klo. Was hatte ich mir eigentlich bei der ganzen Sache gedacht? Dass so ein trendiger Junge aus der Stadt auf ein Landküken wie mich abfahren würde? Bestimmt würde ich kein einziges Wort rauskriegen, Adrian würde mich für eine totale Langweilerin halten. Lässig würde er dasitzen und endlos gut aussehen und eine coole Sache nach der anderen sagen, und ich würde bloß nicken und ihn angucken wie eine Eule. Und je schlechter es lief, desto mehr würde ich mich in ihn verlieben, um schließlich mit der schrecklichen Gewissheit heimzufahren, dass er sich ganz sicher nie wieder meldete, während ich den kompletten Sommer über schmerzvoll an ihn denken würde. Und Anna-Lena würde schadenfroh grinsen und sagen: Willkommen im Klub!

So viel kann ich schon verraten: Die Sache lief dann doch etwas anders.

Das Café lag genau an der Ecke des Hofgartens. Bei dem tollen Wetter saßen die Leute natürlich draußen. Weil Mädchen nicht auf Jungs warten, sondern Jungs auf Mädchen, kam ich exakt acht Minuten zu spät. (Fünf Minuten wäre praktisch noch pünktlich gewesen, bei zehn Minuten gehen manche schon oder sind zumindest sauer. Deshalb acht.) Es waren einige Tische frei, ich schaute mich kurz um, und als ich Adrian nicht entdeckte, überlegte ich, ob ich später wiederkommen sollte, aber dann setzte ich mich doch und schaute mich noch einmal genauer um. Nee, er war wirklich nicht da. Frechheit!

Ich hätte gerne eine Cola bestellt, aber dann entschied ich mich für einen Cappuccino, weil das erwachsener aussah. Ich entspannte mich ein wenig. Okay, er kam nicht. Versetzte mich. Mir fiel wieder ein, wie sehr ich ihn zu diesem Treffen hatte überreden müssen. Alles klar. So machte man das also in der Stadt.

»Siri?«

Ich schaute hoch. Jemand stand neben mir, der nicht Adrian sein konnte, der ihm aber ähnelte. Mein erster Gedanke: Er schickt seinen älteren Bruder, damit der mich ein paar Stunden bespaßt und dann in den Zug setzt.

»Wo ist Adrian?«, fragte ich.

Und er sagte: »Ich bin Adrian.«

Wow. Da war ich erst einmal platt.

Klar, er war es. Die lockigen Haare, die Augen, die Lippen, das Kinn. Alles wie auf dem Foto, und doch anders. Älter. Wie Mitte zwanzig, schätzte ich.

»Ich war schon hier, aber du warst nicht da, deshalb hab ich eine Runde im Hofgarten gedreht.«

Während die Bedienung kam und er einen Kaffee bestellte, hatte ich Zeit, meine widerstreitenden Gefühle zu beruhigen.

»Du bist aber keine achtzehn mehr, oder?«

»Äh … nein. Hab ich auch nicht behauptet.« Ehe ich etwas erwidern konnte, sagte er selbst: »Okay, ich weiß, ich hab den Anschein erweckt. Das ist nicht viel besser.«

»Wie alt bist du denn?«

»Dreiundzwanzig.«

»Aber nicht auf deinem Foto.«

»Nee. Da war ich achtzehn.«

Das musste ich erst einmal verdauen. Immerhin war damit klar, warum er wegen des Treffens so rumgeeiert hatte. Wie hatte er sich vorgestellt, dass das mit uns weitergehen sollte? Wahrscheinlich hatte er gar nicht so weit gedacht. Die meisten Jungs gucken ja höchstens bis zu ihrer Nasenspitze. Und jetzt? Im Gegensatz zu Anna-Lena wollte ich einen Jungen, der höchstens ein kleines bisschen erfahrener war als ich. Der auf einer Ebene mit mir stand, damit ich mich nicht als dummes Küken fühlen musste, das von nichts eine Ahnung hat. Rückblickend betrachtet wäre es natürlich besser gewesen, wenn ich aufgestanden und gegangen wäre. Aber ich entschied mich dafür, zu bleiben und ihn ein wenig zu quälen.

»Und du machst wirklich eine Ausbildung? Als was? Türsteher, Mädchenhändler, Zuhälter?«

Mein Sarkasmus amüsierte ihn offenbar, denn der Anflug eines Lächelns spielte um seine Mundwinkel. »Sehe ich so aus?«

»Nee, aussehen tust du eher wie ein Mathe-Lehrer, aber bei einem Lügner weiß man nie.«

»Lügner – das ist hart. Den Begriff Ausbildung hab ich nur weit ausgelegt. Ich studiere Jura.«

Okay, jetzt verstand ich das Abwiegeln und Ablenken bei allen Fragen dazu. Aber etwas anderes verstand ich noch nicht: »Warum hast du mich angeschrieben? Ich bin nämlich wirklich erst sechzehn. Oder stehst du auf Schulmädchen?«

»Nee, so ist das nicht. Wirklich nicht.« Sein Blick huschte über mich hinweg und blieb an meinen Augen hängen. »Ich hab deine Bilder gesehen, sie haben mir gefallen, drum hab ich dir geschrieben. Ist doch nichts dabei.«

»Okay, klar. Nichts dabei. Dann machst du das vermutlich dauernd.«

»Nee, echt nicht. Ich schwöre!« Er hob eine Hand zum Schwur und berührte mit der anderen die meine. Ich zog sie reflexartig weg. »Ich wollte dir das mit meinem Alter sagen, wirklich. Aber ich hatte Angst, du würdest den Kontakt abbrechen.«

»Das hätte ich auch gemacht.«

»Eben. Aber wir haben uns gut verstanden. Da hat was gepasst. Oder findest du nicht?«

Ich zuckte mit den Schultern.

»Was ändert mein Alter? Die Dinge passieren so, wie sie wollen. Wenn wir sie lassen. Und morgen sind wir eh alle tot.«

Ich zuckte zurück. »Was soll das jetzt bedeuten?«

»Dass es besser ist, heute zu leben, weil du nie weißt, was morgen ist.«

Der macht es sich einfach, dachte ich. Sicher, sein Schummeln war kein Weltuntergang. Es gibt schlimmere Lügen, gerade im Internet. Aber verarscht fühlte ich mich trotzdem. Eigentlich sogar doppelt. Zum einen durch seine Flunkerei. Zum anderen dadurch, dass er nicht der coole Typ war, den ich mir vorgestellt hatte. (Okay, dafür konnte er nichts.) Er wirkte nett, aber auch ein bisschen blass. So ganz genau weiß ich selbst nicht, was ich vermisste. Einfach dieses gewisse Etwas. Ihr versteht, was ich meine. Wenn einen ein Junge (oder ein Mann) anschaut, und sofort brennt die Luft. Wenigstens ein bisschen. Hier brannte gar nichts. Außer der Zigarette, die er sich nach einer Weile anzündete. Auch noch Raucher, dachte ich.

Wir spazierten später ein wenig im Hofgarten herum, er erzählte mir, dass er der jüngste von drei Brüdern und so was wie das schwarze Schaf in der Familie war, aber das machte ihm nichts aus, seine Brüder und seine ganze Familie hielt er sowieso für komplette Langweiler, denen es nur um Karriere und Status ging. Das Leben war bei denen ein einziger Plan, der nacheinander abgearbeitet wurde. So wollte er nicht leben. An der Uni war er bloß, weil seine Familie ihn ohne Studium nicht unterstützt hätte, aber er studierte nicht wirklich, und Jura hatte er lediglich deshalb gewählt, weil man dort relativ lange bleiben konnte, ohne Leistungsnachweise erbringen zu müssen, und außerdem hörte es sich solide an. Solide – das Wort kam öfter vor, es war ein Hasswort für ihn. Ich wusste nicht, was ich von alldem glauben konnte. Nicht nur, weil seine anfänglichen Täuschungen mich misstrauisch gemacht hatten, sondern weil er überhaupt nicht wie ein Rebell oder ein Außenseiter auf mich wirkte. In seiner abgewetzten Jeans und dem verknitterten weißen Hemd sah er aus wie jeder andere Student auch.

Er bot an, mich mit dem Auto nach Hause zu fahren, aber

das lehnte ich dankend ab. Deshalb brachte er mich wenigstens zum Bahnhof und bezahlte sogar mein Zugticket, was ich echt nobel fand. Bevor ich einstieg, ließ ich mich von ihm auf die Wange küssen. Dann verabschiedete ich mich. Von ihm und zugleich von meinen wilden Träumen.

Der Zug war kaum aus dem Bahnhof gerollt, als ich eine SMS bekam.

War schön mit dir, Siri. Ich hoffe, wir sehen uns bald wieder.

Adrian.

Ich wollte ihm antworten, aber mir fiel nichts ein, deshalb ließ ich es. Ich würde ihn sowieso nicht wiedersehen. Also was sollte es?

WENN EIN TRAUM STIRBT, tut das weh. Nicht so, dass es einen umbringt oder verzweifeln lässt, man leidet eher still und leise. Die Welt ergraut wie unter einer feinen Ascheschicht. Anna-Lena bedauerte meinen Flop sicher nicht ganz so sehr, wie sie vorgab, aber das war okay. Mich im Glück zu sehen, hätte sie in ihrem Liebeskummer natürlich noch einsamer gemacht. Hört sich vielleicht blöd an, aber ich beneidete sie sogar ein wenig um diesen Kummer, denn zumindest liebte sie jemanden mit ganzem Herzen.

Meine Mutter kriegte nicht viel von meiner Traurigkeit mit. Papa schon. So wie er überhaupt mehr mitkriegte als sie. Okay, er traf meist nicht den richtigen Ton, wenn er die Dinge ansprach, aber er versuchte es zumindest, während meine Mutter zwar interessiert tat, aber dann stets über alles hinwegging, was man ihr an Problemen erzählte.

»Bist du noch immer sauer wegen der kurzen Leine?«, fragte er mich anderthalb Wochen nach meinem München-Besuch. Wir saßen am Küchentisch, Papa las den *Spiegel,* ich sah Svea beim Ausmalen eines Tierparks in ihrem Malbuch zu. Fehlte nur noch meine Mutter, die Socken strickte oder so was, und Papas Bild von der glücklichen Familie wäre perfekt gewesen. Aber meine Mutter war beim Yoga, ihrem neuesten Spleen. »Ich meine bloß, weil du so still bist die letzten Tage«, fügte er hinzu, als ich nicht antwortete.

»Na und? Was juckt es dich?«, gab ich schnippischer zurück, als ich beabsichtigt hatte.

»Du weißt aber, warum wir das tun, oder?«

»Jetzt solltest du noch das zweite Nilpferd ausmalen«, sagte ich zu Svea und deutete auf den Umriss. »Das andere möchte doch bestimmt einen bunten Freund haben. Oder was meinst du?«

Sie nickte heftig und griff nach einem braunen Farbstift.

»Du hast zwei wichtige Schuljahre vor dir, Siri. Und du bist nicht der Überflieger, der die guten Noten nur so aus dem Ärmel schüttelt. Du kannst dir keine Ablenkung leisten.«

»Ist schon gut, Papa.«

»Außerdem ... ich kann diesen Niklas nicht leiden. Er ist ein Angeber. Die ganze Familie ist ... angeberisch.«

Ich seufzte in ergebenem Trotz. »Wenn du das sagst.«

Wieder Schweigen. Das Umblättern seiner Zeitschrift. Das weiche Schaben von Sveas Malstift auf dem Papier. Das Ticken der Küchenuhr.

»Wie war eigentlich euer letzter Mutter-Tochter-Nachmittag?«, fragte er schließlich.

»Ganz okay«, log ich, ohne ihn anzusehen.

Eigentlich war es überhaupt nicht okay gewesen. Da ich nichts vorhatte, wollte ich den Nachmittag tatsächlich mit meiner Mutter verbringen. Aber sie gab mir einen Korb. Hatte andere Pläne. Trotzdem sollte ich sagen, dass wir im Kino gewesen waren. Und auf keinen Fall ans Handy gehen, wenn Papa anrief. Ganz wichtig. Als ich sie fragte, was sie denn vorhatte, zögerte sie erst. »Na schön, ich sag's dir«, kam sie dann langsam heraus. »Du darfst aber auf keinen Fall was verraten. Ich hab wieder Kontakt zu Olivia aufgenommen.« Olivia war eine alte Freundin meiner Mutter, die mein Vater hasste. Da wurde mir klar, dass meine Mutter von Anfang an nicht für mich das Alibi hatte geben wollen, sondern ich sollte für sie das Alibi sein. Was wieder super ins Bild passte. Obwohl ich mich missbraucht fühlte und total sauer auf sie war, spielte ich mit. Papa hatte es nicht anders verdient. Es konnte nicht angehen, dass er jedem in unserer Familie diktierte, wen man sehen durfte und wen nicht.

»Ich finde es schön, dass ihr mehr zusammen macht«, sagte er. »Ihr seid gerade beide in so einer komischen Phase. Da tun ein paar Frauengespräche sicher gut.«

Was du eine komische Phase nennst, ist schlicht und ergreifend das Leben, dachte ich, sagte aber nichts.

Meinen nächsten freien Nachmittag verwendete ich auf Niklas. Nach seinem Ausbruch, für den er sich tausendmal entschuldigte, bemühte er sich wieder sehr um mich. Wegen meiner Enttäuschung mit Adrian hatte ich eine Zeit lang keine

Lust mehr gehabt, überhaupt einen Jungen zu treffen. Aber irgendwann wurde mir klar, dass es unfair war, Niklas den Frust über meinen gefloppten Internetflirt ausbaden zu lassen. Ich dachte sogar daran, ihm eine zweite Chance zu geben. Dass er schwul war, behaupteten schließlich nur Anna-Lena und ein paar Jungs in der Schule, und was wussten die schon?

Als ich in Niklas' Auto stieg, war noch nicht entschieden, was wir machen würden. »Wir könnten zu mir fahren«, schlug er vor. »Meine Eltern sind nicht da, wir haben das Haus ganz für uns.« Mir wurde ein wenig unbehaglich. Trotzdem sagte ich Ja. Wenn nicht jetzt, dachte ich, wann dann? Mir schoss ein Spruch in den Sinn: Morgen sind wir alle tot. Adrian hatte das gesagt. Und recht hatte er.

Das Haus war der absolute Hammer. Alles war teuer, alles war exklusiv, alles war vom Feinsten. Irgendein Stararchitekt, ein Freund der Familie, hatte es entworfen. Es wirkte wie aus mehreren Würfeln kombiniert, viel Glas, die Böden aus Teakholz, in den Bädern (ja, es gab mehrere) viel Marmor. Die Räume waren gespickt mit exotischen Dingen aus allen Ecken der Welt. »Den Kram haben meine Alten von ihren Reisen mitgebracht«, erklärte Niklas, die Hände lässig in den Hosentaschen. »Keine Ahnung, was das alles ist und wo es herkommt. Die sammeln so schräges Zeug.« Es interessierte ihn anscheinend nicht besonders, während all die Masken, Speere, Instrumente und Stoffe auf mich eine tiefe Faszination ausübten. In einer Ecke im Wohnzimmer lehnte eine reich verzierte Streitaxt, deren Stiel vom Boden bis an meine Hüfte reichte. Ich fragte Niklas, aus welchem Indianerfilm die stammte. Er lachte bloß. »Du kannst sie ruhig anfassen«, forderte er mich auf, aber ich traute mich nicht, aus Angst, etwas kaputt zu machen. Deshalb nahm er das Teil, hielt es wie einen Golfschläger und tat so, als wollte er gleich einen Ball ins Loch schlagen. »Damit wurden keine Menschen gekillt«, sagte er dann, »die Axt diente nur irgendwelchen rituellen Zwecken.« (Fühlt sich komisch an, das alles zu schreiben, wenn man weiß, was später passiert ist, an diesem Ort, mit diesen Dingen.)

Die Tour endete am himmelblauen Pool. Das Wasser war so glatt, es sah aus, als wäre eine durchsichtige Folie darübergespannt. Ich konnte nicht widerstehen und steckte meinen Finger rein.

»Wenn du Lust auf Schwimmen hast«, sagte er, »bitte.«

Ich richtete mich wieder auf und wischte den Finger an meinem Shirt an. »Hab leider keine Badesachen mit.«

»Meine Mutter hat tausend Badeanzüge, einige sind bestimmt noch kein einziges Mal getragen.«

Ich schüttelte den Kopf.

»Komm, ich zeig dir mein Zimmer.«

Was er sein Zimmer nannte, war ungefähr viermal so groß wie meines und hatte – natürlich – ein eigenes Bad. Darauf war er besonders stolz. Das riesige Bett, Möbel, Lampen und was sonst noch so rumstand (alles in Weiß) stammten bestimmt von Top-Designern, der Monitor auf seinem Schreibtisch natürlich von Apple. Großer Fernseher, top Musikanlage, überdimensionales Bücherregal – egal was, er hatte es, und von allem nur das Beste.

Ich ging raus auf den Balkon, von wo aus man einen Blick auf den Pool hatte. Das blaue Wasser war immer noch spiegelglatt, aber ein Blatt von einem der Bäume im Garten schwamm jetzt darauf. Von drinnen drang Musik heraus. Nichts, was ich kannte. Klaviermusik, wie aus dem Soundtrack zu einem Film. Und so kam mir das alles auch vor: wie ein Film, und ich mittendrin. Ich schloss die Augen, und hinter meinen Lidern sah ich alles neu, ich befand mich nicht mehr auf dem Balkon, ich schwebte über den Dingen.

»Gefällt dir die Musik?«

Ich öffnete die Augen und drehte mich um. Niklas stand vor mir, zwei Schritte entfernt. Er sah gut aus. Besser denn je. Diese Luxusumgebung brachte ihn erst richtig zur Geltung. Aber wieso kam er nicht näher? Wenn er jetzt alles richtig machen würde, dachte ich, dann … Was dann? Ich wusste ja selbst nicht, was dieses Richtige gewesen wäre.

Wir sahen uns an, in die Augen, ewig lang, und es ging mir unter die Haut. Doch Niklas zerstörte den Moment, indem er sagte: »Ich habe nachgedacht. Darüber, wie wir das Problem mit deinem Vater lösen könnten. Ich finde, wir sollten es frontal angehen. Wir tun nichts Verbotenes. Also, wieso stellst du mich deinen Eltern nicht einfach vor? Wir beweisen ihnen, dass wir keine Dummheiten machen.«

Halt den Mund, dachte ich. Ich musste nachdenken. Nicht über meinen Vater. Sondern darüber, was hier gerade passierte. Mit mir.

»Ich muss mal einen Moment für mich sein. Okay? Bin gleich wieder da.«

So verschwand ich nach drinnen. Sackte schwitzend auf die Kante seines Betts. Mein Herz wummerte wie verrückt, ein Knoten in meinem Bauch zog sich immer fester zu und wurde dabei heißer und heißer. Adrian war plötzlich in meinem Kopf.

Wo kam er her? Ausgerechnet jetzt! Um mich auf andere Gedanken zu bringen, schaute ich mich um, ich nahm den gesamten Raum noch einmal mit allen Sinnen auf und blickte dann hinter mich, auf das schneeweiße Laken, das so stramm und glatt war wie die unsichtbare Haut auf dem Poolwasser, ich strich mit meiner Hand über das Laken und dachte nur ... Ach, ich weiß nicht mehr, was ich dachte, was besonders Schlaues wird es nicht gewesen sein, denn als Nächstes rannte ich nach unten, zum Pool.

Niklas stand noch am Balkongeländer und schaute herunter. Ich winkte ihm und rief: »Komm, wir gehen schwimmen!« Ich hatte plötzlich Lust, mich auszuziehen und ins Wasser zu springen. Einfach so, als wäre nichts dabei. Aber es war was dabei. Um genau zu sein: jemand. Niklas und ich hatten geknutscht und ein bisschen gefummelt auch, doch nackt gesehen hatten wir uns noch nie. Feigling!, sagte ich zu mir selbst, als mein Schamgefühl mir einen flauen Magen machte.

»Hier!«, hörte ich Niklas von oben rufen, und im nächsten Moment landete etwas neben mir auf dem Boden: ein silberner Badeanzug. Der konnte nur von seiner Mutter stammen! Geht's noch?, dachte ich. Ich zieh doch keine Sachen von deiner Mutter an!

»Ich komm runter!«, rief er.

Als er weg war und mich nicht mehr beobachtete, zog ich mich rasch aus und stellte mich an die Seite des Pools. Die Sonne kribbelte auf der Haut. Die Scham war weg, ich fühlte mich plötzlich total frei. Ich fixierte das Blatt im Pool, das ungefähr fünf Meter von mir entfernt war, betrachtete die Wasserhaut, die ich gleich durchstoßen würde, und hechtete hinein.

Ich liebe das Wasser, und das Wasser liebt mich. War schon immer so. Ich tauchte genau vor dem Blatt auf, schnappte danach, legte es an den Beckenrand, und dann schwamm ich los, eine Bahn nach der anderen. In mir war eine Energie, eine Kraft, die mit der Anstrengung nicht schwächer wurde, sondern immer stärker.

»Ist es nicht noch ziemlich kalt?«

Ich drehte mich auf den Rücken und sah Niklas kommen. Er hatte Badetücher für uns beide.

»Überhaupt nicht! Es ist super! Aber das da geht gar nicht!« Ich deutete auf seine Shorts.

»Du hast den Badeanzug nicht angezogen?«

»Hör mal, von deiner Mutter! Wir sind doch unter uns, oder?«

»Sicher.« Er nestelte am Bund seiner Shorts, ließ sie aber an.

»Und wer ist jetzt hier das Mädchen?«, rief ich.

Er lachte, spannte den Bizeps an, schlug sich mit beiden Fäusten auf die Brust und überspielte so seine Verlegenheit. Eins musste man ihm aber lassen: Sein Körper war optimal trainiert, wie aus dem Katalog.

Während er langsam über die Leiter ins Wasser stieg, holte ich das Blatt, das ich am Beckenrand abgelegt hatte, und schwamm zu ihm.

»Oh, das ist aber nett«, sagte er lächelnd. »Ich heb es auf, dann kannst du es nachher als Feigenblatt benutzen. Oder ist das Siegfrieds Lindenblatt?«

»Siegfrieds was? Und wer ist überhaupt Siegfried? Ist der auch hier?« Ich schaute mich nach allen Seiten um.

Mein Gag zündete, denn er lachte. »Nibelungenlied. Siegfried badet im Drachenblut und wird dadurch unverletzlich.

Zwischen seinen Schulterblättern klebt allerdings ein Lindenblatt, und deshalb ist er an der Stelle ungeschützt. Das wird ihm zum Verhängnis. Sein Feind Hagen durchbohrt ihn genau dort mit einem Speer.«

»Blablabla!«, rief ich und schlug ins Wasser, dass es nur so spritzte.

Ich sog meine Lungen mit Luft voll und tauchte ab, bis runter zum Boden, hockte mich mit angezogenen Beinen auf die Fliesen und schaute von dort zu ihm hoch. Ab und zu ließ ich ein paar Blasen steigen. Niklas schwamm nicht, sondern hing einfach so im Wasser, die Zehenspitzen ungefähr zwanzig Zentimeter über mir. Dass ich mich getraut hatte, nackt zu baden, machte mich erst richtig übermütig. Ich brachte die Füße auf den Boden und drückte mich mit voller Kraft ab. Dicht vor ihm schoss ich hoch, schlang meine Arme um seinen Hals und drängte ihn an den Beckenrand. Es erregte mich, seine Haut an meiner zu spüren. »Du spielst nicht fair, mein Junge«, flüsterte ich ihm zu, ließ mich wieder wie ein Stein ins Wasser sinken und zog ihm die Shorts runter. Er trat nach mir, aber ich war schneller und tauchte in sicherer Entfernung mit meiner Trophäe auf.

»Das ist nicht witzig!«, schrie er.

»Finde ich schon!« Ich wedelte mit dem roten Ding herum. »Hol's dir doch! Oder traust du dich nicht gegen ein Mädchen?«

Er winkte ab und stieg aus dem Wasser.

»Du hast einen tollen Hintern«, rief ich ihm nach, »den kannst du jederzeit zeigen!«

Das stimmte wirklich. Zu schade, dass er ihn ganz schnell in eines der Badetücher einpackte und sich auf eine Liege setzte.

Ich ging auch raus, warf ihm seine Badehose zu und wrang am Beckenrand mein Haar aus. Natürlich entgingen mir seine verstohlenen Blicke nicht, ich genoss sie sogar. »Sauer?«, fragte ich. »War doch nur Spaß.«

Er schüttelte den Kopf und reichte mir das Badetuch. »Schon okay.«

Ich wickelte mich ein und setzte mich neben ihn. Dann nahm ich seine Hand, verschränkte meine Finger mit seinen und schaute auf den langsam wieder ruhiger werdenden Pool.

»Ist echt cool hier«, sagte ich. »Danke, dass du mich hergebracht hast.«

Er schwieg. Und da hielt ich die Ungewissheit nicht mehr aus, ich musste jetzt einfach was klären.

»Mal angenommen, ich würde dich fragen, ob du mit mir schlafen willst … was würdest du antworten?«

»Du meinst, jetzt gleich?«

»Ja.«

Er löste seine Hand aus meiner und sagte: »Ich würde sagen, dass wir deinem Vater dann recht geben.«

»Wäre das ein Ja oder ein Nein?«

Er schaute mich an. »Was mich stört, ist bloß, dass es immer nur um Sex geht. Die ganze Welt dreht sich nur darum. Muss das wirklich so sein? Zwischen uns ist doch noch so viel unklar. Sollten wir nicht das zuerst klären? Sollte Sex nicht besser am Ende stehen statt am Anfang?«

Einen Moment lang fragte ich mich, ob sich hinter all dem Gerede nicht bloß Angst verbarg. Aber damals konnte ich mir nicht vorstellen, wovor ein Typ wie er Angst haben sollte. Ich meine, er hatte alles, sah super aus, die Mädchen himmelten ihn an, die Jungs waren neidisch. Nein, so jemand brauchte vor nichts Angst zu haben, schon gar nicht vor einem Mädchen wie mir, das nur Durchschnitt war. Und in seinem Auftreten wirkte er ja auch kein bisschen ängstlich.

»Du kapierst nicht, worauf ich hinauswill, oder?«, fragte er, weil ich nichts sagte.

Ich zuckte die Schultern.

Er schien eine Weile mit sich zu ringen, wahrscheinlich überlegte er, wie er seine super durchdachte Weltsicht einem dummen Ding wie mir klarmachen könnte, aber dann fragte er nur: »Heißt das denn, dass du mit mir schlafen willst? Ich meine, jetzt?«

»Äh … keine Ahnung. Vielleicht.«

»Und warum fängst du davon an, wenn du dir nicht einmal sicher bist?« Er stand auf, schaute auf mich herab. »Ist das nur ein Spiel für dich? Oder so was wie ein Test? Oder eine Verarsche?«

»Nein, aber …«

»Du bist doch die, die sich nicht ganz auf mich einlässt. Die dauernd Rückzieher macht und gefühlsmäßig abblockt. Die nicht kämpfen will. Und dann fragst du mich plötzlich so was?«

Okay, da hatte er nicht ganz unrecht. Aber er war auf seine Weise auch nicht besser. »Du weichst mir genauso aus«, hielt ich ihm vor. »Körperlich. Und dann tust du wieder so, als wolltest du doch mehr. Wie soll ich da wissen …?«

»Doch bloß, weil ich glaube, dass du das erwartest. Aber ich hab nachgedacht, und ich finde, das ist Quatsch. Der entscheidende Punkt ist doch nicht, wer was von wem erwartet, sondern ob die Beziehung passt. Ob es der richtige Moment ist. Oder was denkst du?«

Wie sollte ich ihm widersprechen? Im Grunde sah ich es ja genauso. Deshalb sagte ich bloß: »Was soll ich groß denken? Das ist doch alles eine Sache des Gefühls.«

»Sicher«, sagte er nur, anscheinend unzufrieden über meine vage Antwort. »Wird es nicht allmählich Zeit für dich?«

Ich folgte ihm nach drinnen. Es ärgerte mich, dass er so von oben herab war.

»Du würdest also nicht mit mir schlafen. Okay. Aber bloß nicht mit mir oder überhaupt mit keinem Mädchen?«

Er blieb stehen, drehte sich um und sah mich an, das Blau in seinen Augen war zu Eis gefroren. »Was soll das denn jetzt heißen?«

Ich zuckte mit den Schultern und lauerte auf ein Anzeichen von Unsicherheit. Doch da war keines.

»Ich liebe dich, Siri«, sagte er schließlich. »Beantwortet das deine Frage?«

AUF DER FAHRT IN die Stadt redeten wir kaum ein Wort. Jeder hing seinen Gedanken nach. Niklas ließ mich an der Stelle raus, an der meine Mutter mich abholen wollte, und brauste mit heulendem Motor davon. Er war kaum weg, als meine Mutter anrief, um mir zu sagen, dass sie sich um eine Viertelstunde verspätete. Ich setzte mich auf den Rand eines Blumentrogs. War das nun ein toller oder ein verlorener Nachmittag gewesen? Auch wenn mich die Arroganz, die er manchmal an den Tag legte, nervte, mochte ich Niklas. Und ich spürte, dass er mich mochte. Natürlich. Aber mögen war nicht genug. Nicht einmal lieben war genug. Ich wollte von einem Jungen begehrt werden. So sehr, dass es ihn wahnsinnig machte. Das war mir selbst erst in letzter Zeit so richtig klar geworden. Taktgefühl und Vernunft waren ja schön und gut, aber wo blieb die Leidenschaft? Wusste Niklas überhaupt, was das war? Für Augenblicke spürte ich wieder die Sonne auf meiner nackten Haut und das kühle Wasser. Und dann sah ich seine roten Badeshorts vor mir, und es passte so gar nicht.

Wie aus dem Nichts kam die Frage, ob Adrian wohl auch mit Badehose ins Wasser gekommen wäre. Sie löste ein eigenartiges Kribbeln in mir aus. Zum zweiten Mal an diesem Nachmittag schon dachte ich an Adrian. Was hatte das zu bedeuten? Nach unserem Treffen hatte er sich nicht mehr gemeldet. So wenig wie ich mich bei ihm. Ich suchte seine letzte SMS auf meinem Handy heraus. Las sie. Mehrmals. Eigentlich war es doch ein ganz netter Nachmittag gewesen. Selbst wenn es nicht die große Liebe war, konnte man doch befreundet sein. Ich würde jemanden in München kennen, den ich für einen Tag besuchen konnte, um mir eine schöne Zeit in der Stadt zu machen. Mal rauskommen aus dieser Enge und Muffigkeit.

Was soll's, dachte ich und drückte auf *Antworten*, morgen sind wir alle tot.

WENN ICH HEUTE IN meinen Tagebüchern aus der Zeit lese, wundere ich mich stellenweise, wie weit weg die damalige Siri von mir ist. Und dann ist sie mir wieder ganz nah. Genau wie manche Ereignisse. Dass dieses erste Treffen mit Adrian in

München zum Beispiel so enttäuschend war, war mir gar nicht mehr bewusst. Ich wusste noch, dass meine viel zu hohen Erwartungen unerfüllt blieben, aber ich war mir sicher, wenigstens ein kleiner Funke wäre da schon übergesprungen. Nichts davon in meinem Tagebuch. Erst beim zweiten Treffen sind Erleben und Erinnern praktisch identisch.

Wir trafen uns nicht in München, Adrian fuhr zu mir aufs Land. Als ich nun zum zweiten Mal auf ihn wartete, war ich fast genauso nervös wie beim ersten Mal. Ich verstand selbst nicht, wieso. Was wusste mein Körper, das ich nicht wusste? Diesmal ging es doch um nichts mehr. Nur Freunde wollten wir sein, das hatte ich am Telefon klargestellt, und Adrian hatte zugestimmt. Doch als er in seiner alten Karre auf den Platz fuhr, die eine Hand lässig zum Gruß aus dem Seitenfenster gestreckt, und als er näher kam und ich immer mehr von seinem Gesicht sah, seine wilden Haare zuerst, dann die kräftige Nase, die Lippen und zuletzt die Augen – da kribbelte es in meinem Bauch wie von tausend Ameisen. Nein, ich war noch nicht voll verliebt oder so, aber irgendwas passierte mit mir. Ein Schalter wurde umgelegt, eine Tür aufgestoßen, ein Rollladen fuhr hoch – so was in der Art. Vielleicht lag es auch nur daran, dass ich ihn zum ersten Mal so wahrnahm, wie er war, ohne ihn an meinen übersteigerten Erwartungen zu messen. Er hatte was, musste ich zugeben. Wie hatte mir das entgehen können?

Adrian stieg aus – er trug diesmal ein schwarzes Hemd, das eng an seinem Körper lag, und dazu eine ausgewaschene Jeans mit Riss –, und ich weiß noch, wie meine Knie plötzlich zittern und wie mein Herz klopft, und als er mich dann in den Arm nimmt und ich seinen Duft tief einatme, da dringt noch etwas anderes in mich ein, eine Art Droge vielleicht oder ein Virus.

»Du siehst toll aus in dem Kleid«, sagte er.

Seit ich wusste, dass wir uns bei mir treffen würden, hatte ich mir den Kopf zerbrochen, was wir unternehmen könnten. Eis essen? Kino? Kaffee trinken? Alles zu langweilig, fand ich. Ich wollte ihn beeindrucken. Aber womit? Da fiel mir die alte Kapelle ein. Als Kind war ich ein paarmal mit Papa dort gewesen. Schon der Weg durch den Wald war total schön. Adrian fand Picknick eine super Idee. Wir kauften im Supermarkt rasch was zu essen und zu trinken, und schon waren wir unterwegs. Ich fand es toll, dass er hier war, und staunte selbst darüber, wie wenig ich noch an den Altersunterschied dachte, der mich zuerst so gestört hatte. Nicht einmal dass er ab und zu eine Zigarette rauchte, machte mir was aus. Er sah gut aus, wenn er rauchte, und das wusste er auch.

Wir stellten das Auto an einer Feldstraße ab und marschierten los. Unsere Sachen und eine Decke hatten wir in einem Rucksack verstaut, den Adrian im Kofferraum gehabt hatte. Es war ziemlich warm, und weil es an manchen Stellen stark bergauf ging, fing er an zu schwitzen. Sport war offenbar nicht sein Ding. »Scheiß Zigaretten«, keuchte er und steckte sich eine an. Ich lachte bloß und fragte, ob ich den Rucksack übernehmen sollte. Für mich war die Anstrengung ein Klacks. »Spinnst du?«, wies er mich mit gespielter Empörung zurück. »Aber wenn du willst, kannst du mich huckepack nehmen.«

Ich liebe den Wald. Der Geruch nach feuchter Erde und Moos, nach Tannenzapfen, Holz und Harz. Das Knacken und Rascheln in den Bäumen. Und wenn einzelne Sonnenstrahlen durch die Wipfel brechen und wie Leitern aus Licht den Himmel mit der Erde verbinden, fühle ich mich selbst wie ein Engel oder wie eine Fee. Aber diesmal kam noch etwas hinzu, weil Adrian meine Hand nahm, während wir dastanden und ehrfürchtig guckten, und ich zog sie nicht weg. Spätestens da kapierte ich, dass sich die Freundschaftsnummer, auf der ich am Telefon bestanden hatte, erledigt hatte. Alles war offen. Alles konnte passieren.

DIE KAPELLE STAND AM Waldrand. Man konnte von der Stelle aus weit über die angrenzenden Hügel schauen. Auf einer verblassten Steintafel an der Wand hatte Papa vor Jahren entziffert, dass die Kapelle als Dank an die Gottesmutter errichtet worden war, weil sie irgendwen gerettet hatte. Da sich niemand mehr um den Erhalt kümmerte, war sie ziemlich verfallen. Der Putz war abgeblättert, die Wände voller Risse. Die Fenster waren von innen mit Brettern vernagelt, die Tür mit einem schweren Balken versperrt. An dem hing ein amtlich aussehendes Schild: *Betreten verboten! Einsturzgefahr!*

»Ich würde zu gerne mal schauen, wie's da drinnen aussieht«, sagte ich. »Wahrscheinlich total gruselig.«

»Okay«, gab Adrian zurück. »Sehn wir's uns an.«

»Hallo! Kannst du nicht lesen?« Ich deutete auf das Schild.

»Jetzt mach dir mal nicht ins Hemd. Von ein bisschen Gucken wird die Bude schon nicht zusammenkrachen.«

Er rüttelte an dem Balken vor der Tür, aber da war nichts zu machen. Die Bretter an den Fenstern sahen dagegen ziemlich morsch aus. Ich versuchte noch einmal, Adrian zurückzuhalten, doch als ich das Krachen eines riesigen Steinbrockens hörte, den er gegen die Bretter geworfen hatte, und sah, dass sie sich ein bisschen lockerten, packte mich die Abenteuerlust. Ich suchte mit Adrian im Wald ein großes Stück Holz, das wir als Rammbock verwenden konnten, und wir fanden auch eines: einen ziemlich krummen Ast, der selbst schon am Verfaulen war, für unsere Zwecke aber reichte. Adrian nahm das Teil vorne, ich fasste hinten an. »Wenn ich gewusst hätte, dass wir wo einsteigen, hätte ich kein Kleid angezogen«, sagte ich. Wir stießen unseren Rammbock mit Wucht gegen die geschwächten Bretter. Schon beim zweiten Versuch gaben sie mit einem ergebenen Knarren nach und machten den Weg frei. Lachend klatschten wir ab.

Ich wollte nur hineinschauen, aber Adrian meinte: »Nach der ganzen Mühe sollten wir auch reingehen. Nenn mich Indiana Jones. Und du bist Lara. Lara Croft.« Zwinkernd fügte er hinzu: »Na ja, nicht ganz.« Und dann zeichnete er mit den Händen vor seiner eigenen Brust eine gewaltige Oberweite in die Luft.

»Hey«, protestierte ich lautstark, »ich bin noch im Wachstum!«

Adrian stieg als Erster rein und half mir. »Pass auf«, sagte er, »hier am Fensterrahmen ist noch Glas.« Drinnen roch es modrig, das Dach hatte ein Loch, durch das Licht hereinfiel. Golden glänzte der Staub, den wir aufgewirbelt hatten, in der Luft. Der Raum war nicht viel größer als ein normales Zimmer, nur etwas höher. An einer Seite stand ein wurmstichiger Altar mit dem Bild der Madonna, die ihre Hände schützend über eine Gruppe Waldarbeiter hielt. Einer von ihnen lag unter einem Baum. Vielleicht war das der, den sie gerettet hatte.

»Nicht besonders spektakulär«, fand ich.

Adrian starrte schon eine Weile auf das verblichene Altarbild und sagte schließlich: »Gott, was hab ich diesen Scheiß gehasst.«

»Was meinst du?«

»Diese ganze heuchlerische Religion. Meine Eltern haben mich in ein streng katholisches Internat gesteckt. Drei Jahre lang! Das war wie Knast für mich.«

Ich spürte, dass etwas in ihm brodelte. »Essen wir was«, versuchte ich ihn auf andere Gedanken zu bringen. »Ich hab Hunger.«

»Warte mal.« Er durchsuchte die Seitenfächer des Rucksacks, bis er einen schwarzen Fettstift fand. »Genau, was ich brauche!«

»Was hast du vor?«

Er ging zum Altar und zeichnete der Madonna auf dem Bild Hörner an den Kopf. Und darunter ein Pentagramm. Ich bin zwar nicht religiös erzogen worden und auch nicht besonders spirituell veranlagt, aber Papa hat mich Respekt vor Dingen und Symbolen gelehrt, die anderen Leuten was bedeuten. Deshalb fühlte ich mich ein wenig unwohl.

»Mach doch mal ein Foto!«, verlangte Adrian. »Ich vor dem Altar.«

»Och, nee …«

»Jetzt mach schon!«

Ich zog mein Handy raus. Er streckte mir beide Arme mit gehörnten Händen entgegen, züngelte wie eine Schlange aus dem breitesten Grinsen, das er hinkriegte. Ich machte ein paar Bilder und fragte ihn, ob er Satanist oder so was sei.

»Quatsch!«, wehrte er ab. »Das ist nur was für Gestörte. Ich glaube an gar nichts. Nur an mich. – Komm, essen wir.«

Ich machte eine Stelle so gut wie möglich sauber, breitete die Decke aus und richtete das Picknick an. Wir hatten Brot, Wurst und Käse, Wasser und Wein, Trauben und Melonenstücke. Eine Weile aßen wir schweigend, bis Adrian mit halb vollem Mund meinte: »Hab ich dir eigentlich schon gesagt, dass du sehr schöne Fesseln hast?«

»Schöne was?«

»Fesseln. Du weißt doch, was Fesseln sind?«

Klar wusste ich, was Fesseln sind. So lange war meine Pferdephase auch noch nicht her. Er nahm meinen Fuß in die Hand und hob ihn hoch. »Wunderschön«, sagte er und küsste meine superschöne Fessel. Und das wiederum fand ich ganz schön erregend. Er stellte meinen Fuß wieder hin und aß weiter. Als wir satt waren, fragte er: »Und was machen wir jetzt?«

»Unser Zeug einpacken und verschwinden.«

»Wie langweilig.«

»Was schlägst du vor?«

»Wir könnten ein wenig rummachen.«

»Rummachen?«

»Na, du weißt schon. Küssen, fummeln und so.«

Er grinste. Meinte er das ernst, oder wollte er mich provozieren? Ich schlug die Augen nieder und fing an, die Überreste unseres Essens einzupacken, während mein Puls raste und mir der Schweiß ausbrach. Er beugte sich zu mir, aber ich wich zurück und stand auf. Nicht, weil ich es nicht auch gewollt hätte. Ich hatte einfach nur Angst. Vor ihm. Vor dem, was alles passieren konnte.

Er trat dicht vor mich hin. Sein Atem traf mich im Gesicht. Obwohl er nach Zigarette roch, erregte mich das noch mehr. Er war so unglaublich männlich! Ich machte einen Schritt nach hinten und spürte den Altar an meinem Hintern.

»Ich weiß nicht, Adrian«, sagte ich zögerlich.

»Was weißt du nicht?«

Er berührte meine Wange.

Gar nichts wusste ich. Rein gar nichts.

Da spürte ich seine Hände an meiner Taille, und ehe ich kapierte, was er machte, saß ich schon auf dem Altar. Ich wollte etwas sagen, ich weiß nicht mehr, was, ach, ich wusste es damals schon nicht. Wieso glaubte ich überhaupt, ihn von mir fernhalten zu müssen, da ich im Grunde meines Herzens doch genau das wollte, was passierte: dass wir uns küssten? Leidenschaftlich. Atemlos. So ließ ich es zu, und es geschah, und, mein Gott, wenn ich an das dachte, was ich bis dahin für Küsse gehalten hatte. Erst jetzt kapierte ich, wie wenig ich wusste.

EIN PAAR TAGE SPÄTER stand alles in der Zeitung. Also, nicht *alles*. Nur dass jemand unbefugt in die Kapelle eingedrungen war. Ein Foto zeigte den aufgebrochenen Fensterverschlag, ein anderes das beschmierte Altarbild. Papa las den Artikel beim Abendessen vor, mit Empörung in der Stimme. Von Vandalismus war die Rede. Über Satanismus und schwarze Messen wurde gemutmaßt, wegen der Hörner und des Pentagramms. Die Leute sind manchmal so dumm! Es bereitete mir eine diebische Freude, dass alle wild spekulierten, wer hinter der Aktion steckte, während ich einer von nur zwei Menschen auf der ganzen Welt war, die die Lösung des Rätsels kannten. »Was die Leute immer haben«, sagte meine Mutter nur, »da haben sich ein paar dumme Kinder einen Scherz erlaubt. Jetzt leg die Zeitung weg, Chris, wir essen.«

Natürlich musste ich Adrian das gleich bei unserer nächsten Skype-Session erzählen. Okay, ich übertrieb die Reaktionen ein wenig und tat so, als würden hier alle darüber reden. Adrian fand's zum Schießen. »Jetzt sind wir bei dir da draußen wohl so was wie Bonnie und Clyde, oder?«, scherzte er.

»Hier ist so wenig los, da braucht nur ein Sack Kartoffeln umfallen und alle zerreißen sich darüber das Maul.«

»Wir müssen zusammenhalten, Baby«, sagte Adrian mit tiefer, heiserer Mafiosi-Stimme, »sonst sind wir geliefert. Und wehe, du denkst dran, mich zu verpfeifen. Dann muss ich dich leider zum Schweigen bringen.«

Ich sah ihm zu, wie er sich eine Zigarette anzündete. Mein Gott, er war so cool! Und er war mein – ja, was eigentlich?

»Ich fand's echt schön mit dir«, sagte ich vorsichtig, während er die erste Rauchwolke in Richtung seiner Webcam blies. »Aber …«

»Aber was?«

»Wo führt das hin? Mit uns, meine ich.«

»Wen interessiert's? Du und ich, das ist es. Mehr muss ich nicht wissen.«

GANZ SO EINFACH WAR es für mich nicht. Da war schließlich noch Niklas. Wie sollte ich ihm sagen, dass es aus war? Immer wieder schob ich die fällige Aussprache raus. Aber irgendwann musste es sein. Ich verabredete mich mit ihm in einer Mittagspause hinter der Turnhalle, wo wir ungestört waren, von wo ich aber leicht wegkonnte, falls die Situation ungemütlich werden sollte.

Als ich eintraf, war Niklas noch nicht da. Auch sonst niemand. Nur auf dem Basketballplatz warfen drei, vier Jungs ein paar Körbe. Ich beneidete sie um ihre Unbeschwertheit, denn auf mir lag eine Last, so schwer wie die ganze Welt. Hört sich blöd an, wenn ausgerechnet ich das sage, aber es war mir schon immer unendlich schwergefallen, einem anderen wehzutun. Vor allem jemandem, den ich eigentlich gernhatte.

Endlich tauchte Niklas auf der anderen Seite der Halle auf. Er wirkte nicht so, als halte er unser Treffen für eine romantische Verabredung. Nachdem ich mich in der letzten Zeit rargemacht hatte, ahnte er wahrscheinlich, was ihn erwartete. »Na?«, sagte er bloß und steuerte halbherzig auf mich zu, um mich zu küssen. Ich hielt ihm die Wange hin.

Wir standen uns einen Moment in peinlichem Schweigen gegenüber, dann sagte ich ohne lange Vorrede: »Ich möchte, dass wir nur noch Freunde sind. So wie früher. Wenn das geht.«

Nein, er sah nicht so aus, als treffe ihn die Botschaft völlig unerwartet. »Und wenn nicht?«, fragte er bloß.

»Dann liegt es bei dir, ob wir uns weiter sehen oder ob wir Fremde sind. Wobei ich hoffe …«

Er winkte ab. Schnaubte ein bitteres Lachen. »Und warum? Warum jetzt?«

Ich schaute hinüber zu den Basketballern, einer dribbelte über das ganze Feld, sprang unter dem Korb hoch und versenkte den Ball. Sein nackter Oberkörper glänzte vor Schweiß.

»Irgendwas fehlt einfach. Verstehst du? Ich rede nicht von … na ja, du weißt schon. Das ist es nicht.«

»Was dann?«

»Das Gefühl ist einfach … es fühlt sich nicht richtig an. Schon länger nicht. Eigentlich nie so ganz.«

»Es ist nicht vielleicht, weil du einen anderen hast?«

»Nein!« Ich schüttelte heftig den Kopf. Er konnte unmöglich von Adrian wissen. Außer Anna-Lena hatte gequatscht. Aber das hätte sie nie getan. »Es gibt niemanden. Wirklich nicht.«

»Okay, ich glaube dir.« Er sah mich enttäuscht an. »Ich hätte mehr erwartet, Siri. Wirklich. Ich dachte, du bist was … Besonderes. Aber du bist so gewöhnlich wie alle anderen.«

»Klar. Und du bist zu gut für mich. Dann sei doch froh, dass du mich los bist.«

»Bin ich auch.«

Ich hatte nicht gewollt, dass unser Gespräch so lief, aber seine herablassende Art ging mir gegen den Strich. Damit kein offener Streit ausbrach, wünschte ich ihm nur noch, dass er das Mädchen fand, das seiner würdig war, und machte mich genervt davon.

Ich verdrängte das Gespräch mit Niklas schnell wieder. In meinem Kopf war nur einer: Adrian. Wann würde ich ihn wiedersehen? Wir telefonierten und skypten täglich, aber es war natürlich nicht dasselbe. Zu gerne wäre ich zu ihm nach München gefahren, aber ich konnte nicht schon wieder die Schule schwänzen. Und nicht mal meine liberale Mutter würde mich decken, wenn sie erfuhr, wer mein neuer Freund war.

(Zu alt, zu sexy, zu sehr ihr Typ.) Also trafen wir uns für einen Nachmittag in Ingolstadt. Anna-Lena war zwar ein wenig neidisch, gab mir aber ein Alibi. Mit meiner Mutter hatte ich mich inzwischen darauf verständigt, dass sie mich nicht mehr von der Schule oder anderen Aktivitäten abzuholen brauchte, und da ich offiziell wieder Single und damit ein braves Mädchen war, bestand selbst Papa nicht mehr auf Totalüberwachung.

Als ich am Bahnhof aus dem Bus stieg, war Adrian schon da und empfing mich mit weit ausgebreiteten Armen. Er wollte mich gar nicht mehr loslassen. Noch ein Kuss, noch einer und noch einer … Nicht dass ich mich groß gewehrt hätte. Hand in Hand spazierten wir später Richtung Innenstadt, ich erinnere mich noch, dass ich ohne Unterbrechung redete – was für mich total ungewöhnlich ist, ich bin eher der stille Typ –, bis Adrian mich mit einem Mal packte, gegen eine Haustür drängte und ungestüm küsste. Und gleichzeitig, das vergesse ich nie, war seine Hand an meinem Oberschenkel und wanderte immer höher, unter meinen Rock. Ich denke noch: Was passiert da? Tun wir es gleich hier? Da geht hinter mir die Haustür auf, wir fallen beinahe in den Flur, übereinander, und neben uns steht so ein mittelalter Typ, schaut uns an, als wären wir irgendwelche Assis, und sagt: »Geht's noch?« Ich murmelte nur: »Sorry«, als Adrian schon seinen starken Arm um meine Schulter legte und mich fortzog. Wieder draußen, sagte er: »Ich halte das nicht mehr aus, Siri. Nicht mehr lange.«

Wir blieben stehen. »Was hältst du nicht mehr aus?«, fragte ich. Ich hatte Angst, dass irgendwas zwischen uns stand, seine Familie oder etwas anderes, dass er mich verlassen würde, und schon der bloße Gedanke schmerzte, aber er nahm mein Kinn in seine Hand und sagte so ernst, als ginge es um Leben und Tod: »Ich muss mit dir zusammen sein. Verstehst du? Mit dir schlafen. Sofort.«

Ich erschrak. Und spürte, dass ich bis in die Haarspitzen rot wurde. Total überwältigt und verwirrt antwortete ich: »Ja. Nein. Ich meine … ich will es auch, aber …«

»Wir gehen zurück zum Auto. Fahren in einen Wald. Wo kein Mensch ist. Und dann … im weichen Moos oder … von mir aus auf dem Rücksitz …«

Er war wie besessen. Nein, nicht *wie* besessen: Er *war* besessen. Die Kraft seiner Gefühle, die Gewalt seines Begehrens machten mir Angst. Und sie erregten mich. Ich konnte nicht begreifen, dass ich es war, die das in ihm auslöste. Die ihn in Raserei versetzte. Die diese Macht über ihn hatte. Ich. Siri Dahlke. Sechzehn Jahre alt und in Sachen Liebe ein blutiger Anfänger.

»Nein«, hörte ich mich sagen und glaubte es kaum, denn nichts wollte ich so sehr, wie ihn zu spüren, auf eine Weise, wie ich noch nie einen Menschen gespürt hatte. »Nein. Kein Rücksitz. Und auch nicht zwischen Tannennadeln und ekligen Käfern. Nicht so.«

Er sah mich an. Enttäuscht. Verwirrt. Hatte ich einen Fehler begangen? Ließ er mich jetzt fallen? Verlor ich jeden Reiz? Wurde ich langweilig? Uninteressant? Spießig?

»Du hast recht«, sagte er. »Klar. Es tut mir leid. Ich bin so ein Idiot. Natürlich muss es was Besonderes sein. Was ganz Besonderes.«

»Ja, weil … nämlich …« Ich schlug die Augen nieder. »Es ist überhaupt mein erstes Mal.«

»Wirklich?«

Ich schaute wieder auf und nickte.

Da sah er plötzlich richtig glücklich aus. Er nahm mich in den Arm, vorsichtig wie ein junges Kätzchen, und wiegte mich. »Siri, Siri«, flüsterte er. »Ich liebe dich so. Es muss etwas Besonderes sein. Etwas ganz Besonderes. Und das wird es auch. Vertrau mir. Vertraust du mir?«

Wie hätte ich ihm nicht vertrauen sollen bei diesen Augen? Diesem Blick, mit dem er mich ansah? Mein ganzes Leben hätte ich in diesem Moment in seine Hände gelegt, und irgendwie tat ich das ja auch. »Natürlich vertraue ich dir«, sagte ich deshalb, schmiegte meinen Kopf an seine Schulter und war einfach nur … glücklich.

»DU BIST SO WAS von das Letzte, Siri.« – So begann mein erstes Gespräch mit Niklas seit unserer Trennung. Als Nächstes schob er mich hinter eine der wuchtigen Säulen in der Aula unserer Schule, damit nicht jeder, der vorüberstiefelte, unseren Streit mitkriegte. Noch nie hatte ich in so hasserfüllte Augen gesehen. Ich war wie gelähmt.

»Wenn du mich abservierst, ist das eine Sache«, legte er los, »aber dass du Lügen über mich verbreitest, das … das …«

»Was denn für Lügen? Ich hab überhaupt nichts über dich erzählt. Niemandem.«

»Hör bloß auf!« Er schubste mich gegen die Säule. Mein Hinterkopf stieß an den rauen Beton.

»Spinnst du?!«, schrie ich auf. »Das tut weh.«

»Jetzt mach hier ja keinen auf empfindliches Mädchen!«

Ich rieb mir die Stelle am Kopf. »Was soll ich denn überhaupt gesagt haben?«

Er zögerte. Sein Blick begann zu flackern. Anscheinend war er sich nicht mehr sicher mit seinen Anschuldigungen.

»Dass ich es nicht bringe. Keinen hochkriege. Zumindest nicht bei Mädchen.«

Das hätte mich an seiner Stelle auch auf die Palme gebracht. Aber ich hätte trotzdem erwartet, dass er kurz nachdenkt, bevor er auf mich losgeht wie ein wilder Stier. Schließlich sollte er mich gut genug kennen, um zu wissen, dass ich nie der Typ gewesen bin, der schlecht über andere redet. Nicht mal über Leute, die ich nicht ausstehen konnte. Und ihn mochte ich ja!

»So einen Scheiß würde ich nie rumerzählen! Wer behauptet das denn?«

Er zuckte mit den Achseln. »Daniel hat Anspielungen gemacht. Er hat's von Fritzi, und die hat's angeblich von dir.«

»Na klar, ausgerechnet Fritzi! Der blöden Kuh würde ich nicht mal sagen, welches Datum heute ist.« Ich berührte ihn vorsichtig an der Schulter. »Du musst mir glauben, Niklas! Ich würde nie schlecht über dich reden. Schon gar nicht, wenn es um so was … Sensibles geht. Weil selbst wenn es so wäre … Das sind Dinge, die keinen was angehen.«

Er wischte meine Hand weg wie eine eklige Spinne. »Und was soll das heißen? *Selbst wenn es so wäre?*«

Ich zuckte mit den Achseln. »Na, ich weiß es doch nicht. So weit sind wir gar nicht gekommen.«

Mist, dachte ich sofort, falsche Antwort. Er sah mich wieder an, als wollte er mich mit Haut und Haaren auffressen.

»Das hat man davon, wenn man ein Mädchen respektiert!

Wenn man einfühlsam sein will und nicht drängeln. Wenn einem die Beziehung wichtiger ist als Sex.«

»Das fand ich auch supersüß. Wirklich.«

»Ja, ja, schon klar.« Einen Moment wirkte es, als hätte er sich beruhigt, aber dann fing er wieder an: »Raus damit, wem hast du erzählt, dass zwischen uns nichts gelaufen ist?«

»Keinem … na ja, Anna-Lena schon. Sie ist meine beste Freundin.«

»Also doch. Vorhin hast du noch behauptet …«

»Jetzt sei mal nicht kleinlich. Anna-Lena findet Fritzi genauso bescheuert wie ich.«

Er knabberte ein paar Sekunden lang auf seiner Unterlippe, bis er mir schließlich seinen Zeigefinger entgegenstreckte und drohte: »Wenn du irgendeinen Mist über mich rumerzählst, dann … dann …«

»Was dann?«

Er stieß mich mit der Faust in die Schulter und verschwand.

Ich hoffte bloß, dass er sich schnell wieder einkriegte.

Es fing mit Getuschel an. Getuschel, das verstummte, sobald ich in Hörweite kam. Und Blicken, die man sich verstohlen zuwarf, mit einem kaum verhohlenen Grinsen hinter vorgehaltener Hand. Besonders die Jungs guckten mich auf eine Weise an, die ich mir nicht erklären konnte. Manch einer, der mich noch nie bemerkt hatte, quatschte mich an und fragte, ob wir uns mal treffen könnten. Allerdings auf eine Weise, die keinen Zweifel ließ, worauf dieses Treffen hinauslaufen würde. Sollte das ein Scherz sein? Einmal fand ich auf einer leeren Seite in meinem Geschichtsheft in riesigen roten Buchstaben das Wort *Schlampe!*. Die Leute aus meiner Clique schnitten mich plötzlich. Aber keiner sagte mir, was los war. Immer hieß es: Alles normal. Aber Anna-Lena, die Einzige, die zu mir hielt, merkte auch, dass was im Busch war. Sie kriegte schließlich raus, warum sich alle so komisch verhielten: Anscheinend galt ich auf einmal als sexbesessene Schlampe, die es nicht erwarten konnte, flachgelegt zu werden, egal von wem. Nicht genug damit, angeblich hatte ich auch noch Jungs angebaggert, die längst in festen Händen waren.

Man musste nicht Sherlock Holmes sein, um zu erraten, wer mich so fies verleumdete. Der Einzige, der ein Motiv hatte, war Niklas. Ich schrieb ihm in einer SMS, dass ich ihn sehen wollte, ohne weitere Begründung. Er wusste anscheinend auch so, warum ich ihn sprechen wollte, und bewies mir damit, dass er wirklich hinter dem üblen Klatsch steckte. Ein Treffen lehnte er mit der Behauptung ab, dass wir uns nichts zu sagen hätten. Dann eben anders, dachte ich und fing ihn nach der Schule bei seinem Auto ab. Als er mich sah, lächelte er für einen Moment fast genauso wie zu der Zeit, als er sich noch freute, mich zu sehen. Er wurde aber gleich wieder ernst.

»Was soll der Scheiß?!«, fuhr ich ihn an.

»Keine Ahnung, was du meinst«, spielte er den Unschuldigen.

»Das weißt du verdammt genau. Du verleumdest mich hinter meinem Rücken. Das hätte ich dir nicht zugetraut.«

Er drückte einen Knopf auf der Fernbedienung seines Autos, die Schlösser klackten, und die Blinker flammten kurz auf. Dabei sagte er: »Ich hab dich nicht verleumdet, Siri. Echt nicht. So was ist unter meiner Würde. Überhaupt nicht mein Stil.«

»Wer sollte es sonst gewesen sein?«

»Ich habe nur ein paar Sachen, die über mich erzählt wurden, richtiggestellt. Das kannst du mir nicht vorwerfen«

»Ach, und wie hast du das gemacht? Indem du mich durch den Dreck ziehst! Wie kommst du dazu, zu behaupten, dass ich Jungs anbaggere, die in festen Händen sind? So was hab ich nie gemacht!«

»Hey, das hab ich auch nicht behauptet!« Er machte eine kleine Pause, um dann hinterhältig fortzufahren: »Aber ganz falsch ist es auch nicht. Wenn ich da so an das eine oder andere Geständnis von dir denke.«

»Geständnis? Was für ein Geständnis?«

Er grinste bloß.

Ich hatte wirklich keine Ahnung, was er meinte. Erst viel später fiel mir ein harmloses Gespräch ein, das wir mal geführt hatten. Dabei war es um Jungs gegangen, die ich sonst noch toll fand oder für die ich mal geschwärmt hatte. Ich hatte ein paar Namen genannt, doch als Niklas dran war, meinte er nur: »Ich hab schon immer auf dich gestanden.« Wahrscheinlich war das noch nicht mal gelogen.

»Es war so«, sagte er, ein wenig milder, in mein perplexes Schweigen hinein, »ich hab ein paar Andeutungen gemacht, und irgendwie hat sich das verselbstständigt. Weißt ja selbst, wie das geht.«

»Dann stell es gefälligst richtig!«

»Wie denn? Soll ich in der Schule eine Mitteilung ans Schwarze Brett stecken? Oder eine Rundmail an alle schicken? *Achtung, Achtung! Siri Dahlke ist keine Schlampe!*«

Keine Ahnung, ob er das wirklich ironisch gemeint hat, aber

ich verstand bloß: Siri Dahlke *ist* eine Schlampe. Ich war kurz davor, zu explodieren.

»Sorry«, kam nur noch von ihm, und er stieg ein.

»Schon der Hammer«, sagte ich, »wie man sich in Menschen täuschen kann. Da denkt man, einer ist ein netter Kerl, und dann stellt sich raus, dass er ein blödes Arschloch ist.«

»Ja, das kenne ich.«

Er ließ den Motor an und fuhr los. Und ich blieb zurück mit meiner hilflosen Wut.

Es war mal wieder »Mutter-Tochter-Nachmittag« angesagt. Das Wetter war schön, und da wir offiziell sowieso Baden waren, radelte ich wirklich an den See. Ich lag also auf meiner Decke und lernte Bio (kein Witz!), als mein Handy klingelte. Und wer rief an? Papa. Schöner Mist! Sollte ich rangehen? Oder war es unverdächtiger, wenn ich nicht ranging? Was er wohl wollte? Er war nicht der Typ, der bloß mal Hallo sagte. Wenn er anrief, war es immer wichtig. Zumindest für ihn. Ehe ich mich entschieden hatte, was ich tun würde, hörte das Klingeln auf. Ich rief sofort Mama an, aber die nahm nicht ab. Nicht mal ihre Mailbox war an. Was sollte das denn? Es war abgemacht, dass jeder von uns zumindest über die Mailbox erreichbar war. Zehn Minuten später klingelte mein Handy erneut, und es war natürlich wieder Papa. Diesmal nahm ich ab.

»Wo seid ihr denn?«, schnauzte er mich an, bevor ich Piep sagen konnte. »Wieso geht ihr nicht ans Telefon?«

»Was willst du denn?! Du redest doch mit mir, oder nicht?«

»Und wo ist Mama?«

»Äh … die ist im Wasser.«

»Sie soll mich zurückrufen. Ich hab gestern Unterlagen mit nach Hause gebracht, die ich brauche. Bestimmt hat sie sie wieder irgendwohin getan, wo kein Mensch sie findet.«

»Bist du zu Hause oder in der Bank?«

»Zu Hause.«

»Okay, ich sag's ihr. Kann aber eine Weile dauern, bis sie zurückruft. Sie ist ziemlich weit rausgeschwommen.«

Er sagte nichts, aber er legte auch nicht auf. Irgendwas war. Und dabei ging es nicht um Bankunterlagen.

»Papa? Bist du noch dran? Ist noch was?«

Da fragte er: »Und du bist ganz sicher, dass sie bei dir ist?«

»Ja, klar. Warum? Wo sollte sie sonst sein?«

»Ich dachte nur. Sie soll mich anrufen, wenn sie da ist.«

Ich war wütend auf meine Mutter, weil sie mich in eine solche Situation brachte. Es war aber noch ein anderes Gefühl in mir. Meine Mutter hatte mir klare Anweisungen gegeben, wie und vor allem wo ich den vermeintlichen Mutter-Tochter-Nachmittag verbringen sollte. Wichtigste Regel: Alles meiden, wo ich Freunde von Papa treffen könnte. Aber noch während sie das zu mir sagte, war uns beiden bewusst geworden, dass Papa keine Freunde hatte. Er hatte nur uns. Was ein bisschen armselig ist, oder? Und dieses Armer-Papa-Gefühl, das ich in jenem Augenblick gehabt hatte, das hatte ich jetzt wieder. Wir verarschten ihn, und vielleicht ahnte er es sogar, aber er machte einfach die Augen zu.

Ich rief meine Mutter an, und zum Glück nahm sie endlich ab. Nachdem ich ihr gesagt hatte, was los war, meinte sie nur: »Ich ruf ihn gleich zurück und klär das. Wie weit bin ich denn rausgeschwommen? Wann, schätzt du, bin ich wieder da?«

Sollte das witzig sein? Ich konnte nicht lachen.

»Ich will diese blöden Nachmittage nicht mehr«, sagte ich ziemlich geladen. »Wozu überhaupt? Du kannst eh tun und lassen, was du willst.«

»Du hast doch keine Ahnung. Dauernd fragt er mich aus.« Sie äffte ihn nach: »Wo warst du? Was hast du gemacht? Wen hast du getroffen? Ach, die und die ist blöd, was willst du von der? – Lieber eine große Lüge als tausend kleine. Ist viel einfacher.«

»Für dich schon. Aber für mich?«

»Aha, verstehe. Als ich für dich gelogen hab, war's okay. Aber jetzt ist Lügen plötzlich ganz schlimm. Weißt du, wie man das nennt? Heucheln. Doppelmoral.«

Meine Mutter war echt eine Nummer für sich. »Du gibst gerade ein super Vorbild ab, Mama, ist dir das klar?«

»Jetzt spiel dich bloß nicht so auf, Siri. Also, ich ruf Papa an und damit gut. Und du sagst ihm genau das, was wir ausgemacht haben.«

Und weg war sie.

Wow, dachte ich, die Frau geht über Leichen. Und das bloß für einen Nachmittag mit einer alten Freundin.

Tja, was soll ich sagen? Wäre ich zu der Zeit nicht so sehr mit mir selbst beschäftigt gewesen, hätte mir spätestens da dämmern müssen, dass an der Story was oberfaul war.

Ein paar Tage hatte ich Ruhe gehabt, dann fing der Stress mit Niklas wieder an. Und diesmal schlimmer als je zuvor. Ich war mit dem Fahrrad in der Stadt gewesen und gerade auf dem Weg nach Hause, als er mich in einer filmreifen Aktion abpasste: Er schoss in seinem Cabrio an mir vorbei, riss es einige Meter vor mir mit quietschenden Reifen herum und versperrte mir den Weg. Ehe ich begriff, was überhaupt los war, stand er schon wütend vor mir und schrie mich an: »Hab ich dich endlich!«

»Wusste gar nicht, dass du hinter mir her bist.« Ich tat cool, aber mein Herz war mir tief in die Hose gerutscht. Wenn er mir mit seinem Auftritt Angst machen wollte, dann hatte er sein Ziel erreicht. Ich hatte Todesangst!

Er packte mich am Handgelenk, riss die Hand vom Lenker los, sodass mir mein Rad entglitt und scheppernd auf die Straße fiel. »Aua, spinnst du!?«, schrie ich. Aber er drückte nur noch fester zu.

»Du hast mich nach Strich und Faden verarscht! Und danach auch noch belogen! Du bist so was von zum Kotzen!«

Endlich konnte ich mich losreißen. »Keine Ahnung, was du meinst.«

»Na, was wohl! Du hast einen anderen. Schon eine ganze Weile. Deshalb hast du mich in den Wind geschossen. Und mir lügst du ins Gesicht, dass es keinen anderen gibt.«

»Wer sagt das? Dass ich einen anderen hab?«

»Ist doch egal, wer das sagt! Es stimmt! Oder?«

»Selbst wenn es so wäre, geht es keinen was an. Dich auch nicht. Und zu deiner Beruhigung: Es gibt niemanden.«

Okay, das war gelogen. Aber ich hatte gute Gründe. Je weniger über Adrian bekannt war, desto unwahrscheinlicher war es, dass etwas davon zu Papa durchdrang. Deshalb erzählte ich selbst Anna-Lena kaum noch was.

»Wirklich niemanden?«, hakte Niklas nach.

»Ich schwör! Und jetzt lass mich in Ruhe.«

Ich wollte mich schon nach meinem Fahrrad bücken, aber er stieß mich gegen die Schulter.

»Du lügst, wenn du bloß den Mund aufmachst. Und schwörst auch noch falsch. Ich weiß, dass es jemanden gibt. Sogar seinen Namen kenn ich.«

Wahrscheinlich konnte ich nicht verbergen, wie überrascht ich war, denn er grinste mich selbstzufrieden an.

»Adrian Liebknecht. Das ist doch der Typ, oder?«

Das saß. Woher wusste er von Adrian? Mir wurde heiß, nein, ich kochte innerlich. Bestimmt war ich knallrot im Gesicht. Aber ich log trotzdem weiter. Er kannte seinen Namen, okay, aber vielleicht war das auch schon alles. »Adrian wie? Sagt mir nichts.«

»Und warum bist du dann auf Facebook mit ihm befreundet?«

»Ach, komm! Bist du nicht auch mit vielen befreundet, die du gar nicht wirklich kennst?«

»Was läuft da, Siri? Warum kannst du es nicht einfach zugeben? Ist doch Scheiße, die Lügerei. Vor allem, weil du eh aufgeflogen bist. Voll peinlich, echt.«

»Du kannst mich mal!«

»Fick dich!«

Er sah schweigend zu, wie ich mein Fahrrad aufhob, aufstieg und davonfuhr. Mein ganzer Körper zitterte, schweißnass klebten meine Klamotten an mir. Ich hörte hinter mir, wie Niklas losfuhr, drehte mich aber nicht um. Hoffentlich haut er ab, dachte ich, am besten für immer. Doch den Gefallen tat er mir nicht. Er kam mir nach. Als er auf gleicher Höhe mit mir war, schrie er über das Motorengeräusch hinweg: »Was hältst du davon, wenn ich deinem Vater von deinem neuen Lover erzähle? Glaubst du, er findet das cool? Sollen wir es herausfinden?«

Er trat aufs Gas und schoss davon.

Damit hatte er meinen empfindlichsten Punkt getroffen. Wenn er Papa von Adrian erzählte, legte der mich endgültig in Ketten. In meinem Zorn betete ich zum Himmel: Lieber Gott, lass Niklas gegen den nächsten Baum fahren!

Ich weiss nicht, ob Niklas an jenem Tag Ernst gemacht und Papa alles verraten hätte. Falls ja, rettete mich das pure Glück, dass meine Eltern nicht zu Hause waren. Sie kamen kurz nach mir vom Einkaufen, und Papa war für seine Verhältnisse richtig gut drauf. Sveas sonniges Gemüt hatte die finsteren Wolken, die damals so oft über ihm hingen, zumindest für eine gewisse Zeit vertrieben.

Ich verzog mich in mein Zimmer und rief Anna-Lena an, um ihr wegen ihrer Geschwätzigkeit den Kopf zu waschen. Denn nur von ihr konnte Niklas erfahren haben, dass es Adrian gab. Erst verteidigte sie sich halbherzig, dann gestand sie ihren Fehler ein und entschuldigte sich. »Dir werde ich noch mal was erzählen«, sagte ich unversöhnlich und legte auf. Ich war richtig sauer. Heute hatte Niklas meinen Eltern noch nichts verraten, aber was war morgen oder übermorgen? Von jetzt an hatte er mich in der Hand, und das war kein schönes Gefühl.

Als Adrian am Abend anrief, besserte sich meine Laune. Trotzdem merkte er sofort, dass was nicht stimmte. Ich erzählte ihm, was passiert war, und malte ihm die möglichen Folgen aus, aber er sah es locker. »Darüber machen wir uns Gedanken, wenn es so weit ist. Im Moment steht was anderes auf dem Plan.«

»Ach ja? Und was?«

»Ich soll für meinen Onkel einen Oldtimer nach Italien überführen. Du könntest mitkommen. Mein Onkel hat dort eine Villa, und wir dürfen so lange bleiben, wie wir wollen. Einziger Haken: Für den Rückweg müssten wir den Zug nehmen.«

Ich war wie elektrisiert. Adrian und ich hatten uns seit dem Treffen noch zweimal gesehen, wieder in Ingolstadt, aber immer nur für ein paar Stunden. Und jetzt Italien! Das hieß: Sonne, Meer – und ganz viel Amore! Nur der Onkel störte.

»Und wie ist dein Onkel so drauf?«, fragte ich vorsichtig.

»Der ist cool. Vor allem aber wäre er gar nicht da. Das heißt ...«

Ich wusste verdammt genau, was das hieß! Jede Faser meines Körpers wusste es und sehnte sich danach. Aber ich wollte es mir trotzdem lieber nicht vorstellen. Denn wie sollte dieser Traum wahr werden?

»Ich hab noch zwei Wochen Schule«, wandte ich ein.

»Kein Problem, so sehr eilt es nicht. Wir können in den Ferien fahren. Das Auto muss nur Ende August da sein.«

»Trotzdem. Meine Eltern erlauben das nie. Die würden schon ausflippen, wenn sie wüssten, dass es dich gibt.«

»Was ist los mit dir, Siri?«, blaffte er mich an. »Das ist deine Antwort? Was bist du? Ein kleines Kind?«

Ich war perplex. Und sprachlos. Was sollte ich auch sagen? Das waren nun mal meine Probleme. Ich war ein Teenager!

Aber da wurde mir klar, dass Adrian nicht wegen meiner Teenager-Probleme verärgert war, sondern weil ich auf sie wie ein dummer Teenager reagierte.

»Mir fällt schon was ein«, sagte ich.

Die Lösung meines Problems erschien mir im Nachhinein geradezu genial einfach. Aber vorher musste ich mich noch zwei Wochen lang mit Niklas herumschlagen, der mich zwar nicht bei meinen Eltern verpfiff, aber auch nicht in Ruhe ließ. Mir war schleierhaft, was er eigentlich wollte. Mich fertigmachen? Oder zurückhaben? Konnte er nicht verkraften, dass jemand ihn abserviert hatte? Oder hing er wirklich an mir? Wahrscheinlich wusste er selbst nicht, was ihn antrieb, und wahrscheinlich war es auch mal dies und dann wieder das, denn an einem Tag verhielt er sich total fies, beschimpfte mich oder verbreitete übles Zeug über mich, dann kam vierundzwanzig Stunden später eine zerknirschte SMS, in der er schrieb, dass er wieder daran habe denken müssen, wie ich bei ihm zu Hause war, und dass das für ihn ein ganz besonderer Nachmittag gewesen sei.

An einem Tag kurz vor den Ferien wartete er vor der Schule auf mich. Er lehnte lässig an seinem Auto und sah aus, als würde er in einer amerikanischen Highschool-Serie mitspielen. Die gebieterische Art, wie er mich zu sich winkte, ärgerte mich. So als sei er der Herr über mich und mein Leben. Und das Schlimmste war: Genau das war er!

»Was willst du?«, fuhr ich ihn an. »Ich muss zum Bus.«

»Musst du nicht. Ich bring dich heim.«

»Kein Bedarf.«

»Jetzt stell dich nicht so an. Wir müssen reden.«

»Zwischen uns ist alles gesagt, Niklas. Mehrfach sogar.«

»Und wie steht es mit deinem neuen Freund? Ist da auch alles gesagt?«

»Was soll das heißen?«

Er lächelte hintergründig und machte die Beifahrertür auf. Trotz eines mulmigen Gefühls im Bauch stieg ich ein.

»Ich hab ein wenig nachgeforscht über deinen Adrian«, sagte Niklas, nachdem er losgefahren war. »Der Name Liebknecht kam mir gleich bekannt vor. Er ist erst vor Kurzem in einem Gespräch meiner Eltern gefallen.«

Er grinste, und ich war noch genervter als eh schon.

»Sag endlich, was du so unbedingt loswerden willst.«

»Hat dein Adrian mal einen Onkel Albert erwähnt?«

Natürlich hatte er, das war der Onkel mit dem Oldtimer und der Villa. Ich schüttelte den Kopf und sagte trotzig: »Welcher Adrian?«

Niklas ignorierte meine Reaktion. »Ein neureicher Typ, ziemlich protzig und ordinär. Der Onkel, meine ich. Er hat vergeblich versucht, in gewisse Klubs und Netzwerke aufgenommen zu werden, in denen auch meine Eltern sind, daher kennen sie ihn. Sammelt Oldtimer, heißt es. Hat eine Villa in Italien, eine Ferienwohnung in Südfrankreich, eine Jacht. Der Rest der Familie ist übrigens langweilige Mittelklasse.«

Ich gähnte demonstrativ. Aber auch davon ließ Niklas sich nicht beirren, er redete unverdrossen weiter.

»Dieser Onkel Albert ist eine windige Gestalt. Keiner weiß so genau, wo er sein ganzes Geld herhat. Er treibt sich wohl viel mit dubiosen Russen herum. Und Arabern. Der Typ ist kriminell, verstehst du? Waffen, Drogen, Prostituierte – keine Ahnung, was genau es ist. Vielleicht alles zusammen. Willst du dich mit solchen Leuten einlassen?«

War das sein Ernst? Sah ganz so aus, mit dieser superwichtigen, total besorgten Miene, die er aufgesetzt hatte. Mir kam er damit nur lächerlich vor. Wie verzweifelt und verbohrt musste er sein, um mir mit so einem Quatsch zu kommen? Ich konnte nicht anders, ich musste laut loslachen.

»Du findest das witzig?«

»Nein«, sagte ich, noch immer kichernd, »ich finde das total bescheuert. Und dich finde ich nur noch lächerlich. Wieso lässt du mich nicht einfach in Ruhe?«

Ich hatte ihn eindeutig aus dem Konzept gebracht. Nervös knabberte er an der Unterlippe, ehe er sagte: »Okay, ich gebe zu, dass ich in letzter Zeit ein paar Dinge gesagt und getan hab, die nicht in Ordnung waren. Aus Wut und Enttäuschung. Aber mir geht es nicht darum, dir zu schaden oder dir eins reinzuwürgen. Sonst hätte ich deinen Eltern schon längst alles erzählt.« Er legte seine Hand auf mein Knie. Ich wischte sie weg. »Du bist mir nicht egal, Siri. Das wirst du nie sein. Drum kann ich nicht einfach zusehen, wie du …«

»Lass mich da vorne an der Bushaltestelle raus«, fiel ich ihm ins Wort.

Er sah mich von der Seite an und schüttelte bloß den Kopf. Als wir uns der Haltestelle näherten, ohne dass er bremste, schrie ich: »Halt an oder ich spring raus!« Ich zog den Griff und drückte die Tür ein Stück auf. Niklas erschrak, und auch ich erschrak über mich, denn einen Moment lang war ich wirklich entschlossen gewesen, aus dem fahrenden Auto zu springen. Der Wagen war kaum zum Stehen gekommen, da war ich auch schon draußen. Niklas rief mir etwas nach, aber ich schlug die Tür zu. Erst als er schon weg war, sickerte in mein Bewusstsein, was er gerufen hatte: »Pass bloß auf, Siri!« Ich wusste nicht, ob es eine Drohung war oder eine Warnung.

Zu Beginn der Ferien fuhren Anna-Lena und ich zusammen mit vier anderen Mädels – Mona, Ella, Sophia und Netti – für zwei Wochen zum Zelten an den Gardasee. Das hatten wir schon in den letzten beiden Jahren gemacht. Die Fahrt wurde von der Pfarrgemeinde organisiert und bezuschusst, wir mussten deshalb aber nicht jeden Abend beten und auch nicht am Sonntag in die Kirche gehen oder so. Mona und Ella waren schon Mitte zwanzig, arbeiteten als Erzieherinnen im Pfarrkindergarten und waren unsere Aufpasser. Total coole Aufpasser, muss ich sagen, die so einigen Scheiß mitmachten. Deshalb hoffte ich, dass sie mir keine Steine in den Weg legen würden, wenn ich ihnen meine Pläne offenbarte. Falls doch, musste ich andere Argumente ins Feld führen. Die beiden teilten nämlich eine Schwäche, die ich mir zunutze machen würde.

In einem Kleintransporter mit der Aufschrift *Christus ist der Weg* düsten wir Richtung Süden, über den Brenner, und dann ist man eh schon fast da. Mona und Ella wechselten sich beim Fahren ab, aber der Fahrstil der beiden war so ziemlich der gleiche: immer Vollgas. Sie drehten die Musik bis zum Anschlag auf, wir grölten die Lieder mit, und wenn wir eine Karre mit coolen Jungs entdeckten, hob abwechselnd eine von uns ihr

T-Shirt hoch. (Keine Sorge, wir trugen natürlich alle noch einen BH.) Einige der Typen nahmen die Verfolgung auf, aber egal ob Mona oder Ella am Steuer saß, niemand blieb auf Dauer an uns dran. Ich mochte die beiden Teufelsmädels, die waren echt cool. Sie hatten nicht verdient, was ich noch mit ihnen machte, es tat mir auch leid, aber es ging nun mal nicht anders.

Wie schon in den letzten beiden Jahren kamen wir mit einer Bombenlaune auf unserem Campingplatz an. Bei der Anmeldung kehrten Mona und Ella den Wachhund raus und passten auf, dass auch ja alle Formalitäten korrekt erfüllt wurden. Wir mussten zu Hause anrufen und sagen, dass wir gut angekommen waren. Erst nachdem das erledigt und auch unsere drei Zelte aufgebaut waren (so am späten Nachmittag), packten die beiden ihre Badesachen einschließlich Luftmatratzen und Sonnenschirme und zogen sich an den See zurück, um zu »chillen«, wie sie sagten. Wir fragten nicht, ob wir mitgehen durften, weil wir genau wussten, was mit *chillen* gemeint war. Sie würden sich ein lauschiges Plätzchen suchen und gemütlich einen Joint durchziehen. Ihr christliches Gewissen stand ihnen dabei nicht im Weg, und warum auch? Lautet eines von den Zehn Geboten etwa: Du sollst nicht kiffen?

Als sie weg waren, stahl ich mich davon und folgte ihnen. Sie waren nicht schwer zu finden. Zum einen war es immer dieselbe Ecke, in der sie sich verkrochen, zum anderen war ihr pinkfarbener Sonnenschirm kaum zu übersehen. Aus sicherem Abstand beobachtete ich, wie sie sich einrichteten. Ich konnte genau erkennen – und vor allem filmen! –, wie Mona mit ihren geschickten schlanken Finger einen Joint baute, der fast so dick war wie ein Männerdaumen. Gemütlich rauchten sie das Ding auf, und als nichts mehr da war, dösten sie auf ihren Luftmatratzen dem Abend entgegen. Ich dagegen spazierte zufrieden zurück zu den anderen. Was ich in der Hand hatte, wirkte auf mich nicht weniger berauschend als der Joint für die beiden: Es war mein Ticket in die Freiheit.

Aber ich freute mich zu früh. Anna-Lena kam mir aufgeregt entgegen und rief: »Siri! Wo warst du? Ich dachte, du gehst nur aufs Klo!« Dann wies sie mit säuerlicher Miene hinter sich. »Schau mal, wer da ist!«

Sie war anscheinend vorausgelaufen, denn er stand zwanzig oder dreißig Meter hinter ihr. »Überraschung!«, rief er nun von Weitem und winkte.

»Shit!«, zischte ich. »Was macht der denn hier?!«

Niklas strahlte mich an, als wäre zwischen uns alles total entspannt. Das machte mich erst recht wütend. Mit großen Schritten lief ich auf ihn zu und fuhr ihn an: »Stalkst du mich, oder was?«

Die aufgesetzte Heiterkeit wich aus seinem Gesicht, er sah mich ernst an und verkündete: »Ich will dich vor dir selbst beschützen, Siri.«

Keines der Mädels war von Niklas' Auftauchen begeistert. Der Trip sollte ein Spaß nur für uns sein, und was jungsmäßig maximal ging, war ein kleiner Urlaubsflirt. In dem Punkt waren Mona und Ella streng, es gab keine Ausnahmen und Kompromisse. Deshalb waren sie auch total angepisst wegen Niklas. Zuerst dachten sie, ich hätte das mit ihm zusammen eingefädelt, aber ich konnte sie überzeugen, dass es nicht so war. »Am besten redest du gar nicht mit ihm«, riet Mona. »Lass uns das machen.« Gemeinsam bauten sie sich vor Niklas auf, als der am Abend wiederkam. Ich hielt mich im Hintergrund, zwischen Anna-Lena, Sophia und Netti. »Du verschwindest jetzt«, sagte Mona und stocherte mit ihrem dünnen Zeigefinger vor seiner Brust rum, und Ella rief: »Wir Mädchen wollen unter uns bleiben.«

Niklas sah die beiden gar nicht an, sondern immer nur zu mir. »Ich gehe hier erst weg, wenn ich mit Siri geredet habe. Das könnt ihr mir nicht verbieten.«

»Müssen wir nicht«, konterte Ella kühl, »weil Siri nicht mit dir reden will. Hier ist für dich nichts zu holen, Junge, also steig wieder in dein Cabrio und hau ab.«

Niklas sah weiterhin nur zu mir rüber. »Siri … bitte …«

Ich verschwand ins Zelt und hockte mich mit angezogenen Beinen auf meine Isomatte. Anna-Lena folgte mir. »Krass«, sagte sie ungefähr zum tausendsten Mal. »Der hat sie nicht alle.«

Der Stress mit Niklas wäre mir ziemlich egal gewesen, wenn er nicht meinem Plan mit Adrian in die Quere gekommen wäre. So ein Mist!

»Obwohl ich es ja auch irgendwie süß finde, dass Niklas dir nachreist.«

»Du hast doch überhaupt keine Ahnung!«

Ich sprang auf, lief nach draußen, stürzte auf Niklas zu und schnauzte ihn an: »Also, reden wir. Und dann haust du ab!«

Mona und Ella waren nicht erbaut über meinen Sinneswandel. In gewisser Weise fiel ich ihnen damit in den Rücken. Das war mir in dem Moment egal. Ich wollte einfach nur, dass das aufhörte. Dass Niklas verschwand. Egal wie.

Ich zog ihn mit mir fort, außer Hörweite, aber so, dass die anderen uns sehen konnten.

»Was erhoffst du dir von deinem Auftritt?«, fragte ich ihn. »Glaubst du, du gewinnst mich so zurück?«

»Darum geht es nicht.«

»Richtig, du willst mich ja nur vor mir selbst beschützen. Und was soll das genau bedeuten, wenn ich fragen darf?«

»Ich weiß alles, Siri. Du kannst mir nichts vormachen.«

Die Selbstgewissheit, mit der er mich ansah, verunsicherte mich. Wusste er wirklich, was Adrian und ich planten? Aber wie sollte er es erfahren haben? Niemand außer Adrian und mir wusste davon.

Ich verschränkte die Arme vor der Brust. »Keine Ahnung, was du meinst.«

»Du planst irgendwas, das spüre ich. Mit diesem Adrian.«

Also richtig vermutet! Er wusste rein gar nichts, bluffte nur. Ich atmete erleichtert auf.

»Okay, alles klar. Was du spürst, sind dein Frust und deine Eifersucht, sonst nichts. Und alles, was ich plane, ist ein toller Urlaub mit den Mädels. Den du gerade versaust. Also verpiss dich und lass uns in Ruhe.«

Er schien nachzudenken und meinte schließlich: »Okay, ich hab nicht vor, jemandem den Spaß zu verderben. Ich halte Abstand zu euch. Aber ich bleib hier. Zu deinem Schutz.«

»Du hast doch 'nen Knall!«

Ich wollte schon weg, doch er hielt mich fest. »Es gibt noch einen Grund, warum ich hier bin.«

Was kam jetzt?

»Ich möchte mich bei dir entschuldigen. Was ich in der letzten Zeit gemacht hab … schlecht über dich reden … dir drohen … all das … das tut mir leid, und ich schäme mich dafür. Wirklich. Ich war verletzt. Gekränkt. Bin ich immer noch, ehrlich gesagt. Aber das ist mein Problem.«

Das hörte sich gut an. Trotzdem blieb ich abwartend und sagte nur: »Sehe ich ganz genauso.«

»Außer meinen Eltern bist du der einzige Mensch, der mir jemals was bedeutet hat. Es fällt mir nicht leicht, mit anderen … keine Ahnung … jemanden an mich ranzulassen.«

Er sah mich an, als erwarte er, dass ich etwas sagte. Etwas, das ihm Hoffnung gab. Aber ich wollte ihm keine Hoffnungen machen. Hoffnung war doch genau die Droge, die ihn vergiftete. Vielleicht wärt ihr an meiner Stelle ja gerührt gewesen, dass euch jemand sein Herz öffnet, für den ihr nichts mehr empfindet außer Ärger und höchstens Mitleid. Mir war das Ganze eher peinlich. Ich wollte nur eines von ihm: Er sollte mich in Ruhe lassen!

»Du bist mir wichtig, Siri, und ich kann nicht zusehen, wie du in dein Unglück rennst. Deine Wahrnehmung ist total verzerrt, drum kannst du Richtig und Falsch nicht mehr unterscheiden.«

Meine Wut war sofort wieder da. »Woher willst du denn das alles wissen?«, fuhr ich ihn an. »Du hast doch keine Ahnung, was los ist! Du kennst Adrian nicht. Und mich eigentlich auch nicht!«

»Ich muss mir nur ansehen, wie du dich verändert hast. Das sagt alles.«

Was sollte ich darauf schon erwidern? Nicht meine Wahrnehmung war verzerrt, sondern seine, zumindest dachte ich das damals. Die Veränderung, die er an mir wahrnahm und die er so beängstigend fand, war in meinen Augen nur die von einem Kind zu einer Erwachsenen. Doch es wäre zwecklos gewesen, ihm das zu erklären.

»Auch wenn du mich heute hasst, Siri«, sagte er, »eines Tages wirst du mir dankbar sein.«

Darin irrte er nun wirklich. Ich bin ihm nicht dankbar. Auch wenn seine Sorge um mich berechtigt war.

NIKLAS HIELT SICH AN die Absprache. Er ließ mich in Ruhe, aber das hieß nicht, dass er von der Bildfläche verschwand. Immer wieder sah ich ihn, und das gab mir das ungute Gefühl, dass er auch da war, wenn ich ihn nicht sah. Er tat so, als wäre er mein Schutzengel oder mein schlechtes Gewissen, aber in meinen Augen war er weiterhin nur ein Typ, den ich abserviert hatte und der damit nicht klarkam. Ich musste verdrängen, dass es ihn gab, und mich den wirklich wichtigen Dingen zuwenden.

Was vor mir lag, war schließlich keine Kleinigkeit. Noch immer hoffte ich darauf, dass alles auf die coole Weise über die Bühne gehen würde, ein Teil von mir hasste mich schon für das, was ich tun musste, falls dem nicht so sein sollte. Aber der andere Teil sehnte sich unendlich danach, mit Adrian vereint zu sein. Okay, ich will nicht länger drum rumreden, ich erzähle es einfach, und wenn ihr mich deswegen verurteilt, dann habt ihr recht, denn ich verurteile mich dafür auch.

Es war unser zweiter richtiger Urlaubstag, wir frühstückten gemeinsam auf dem Platz zwischen unseren Zelten, es war wie eine Art Picknick. Die Stimmung war gedämpft, teils wegen der

Dinge, die in den Tagen davor passiert waren, teils weil einige der Mädchen krasse Morgenmuffel waren, die vor zwölf Uhr Mittag keinen Ton rausbrachten. Nach dem Frühstück ging ich auf Mona und Ella zu. »Können wir mal reden? Unter uns?«

»Klar«, meinte Ella. »Was liegt an?«

»Nicht hier, wo dauernd eine von den anderen dazwischenplatzt. Gehen wir ein wenig spazieren.«

»Okay.«

Als wir uns ein Stück entfernt hatten, begann ich: »Ich wollte euch nur sagen, dass ich heute hier verschwinde und erst wieder da bin, wenn wir heimfahren.«

Sie tauschten einen Blick, dann sahen sie mich an, bis eine von beiden fragte: »Verstehe ich nicht. Was soll das heißen: Du verschwindest?«

»Na ja, ich hab andere Pläne.«

»Also doch! Du willst mit diesem Niklas abhauen!«

»Nein. Niklas hat damit nichts zu tun.«

Mona setzte ein ungläubiges Lächeln auf. »Das ist doch ein Witz, oder? Du verarschst uns?«

Ich biss auf meine Unterlippe und schüttelte den Kopf.

Ella packte mich am Arm. »Wenn es nicht um diesen Niklas geht, dann um einen anderen Typen, oder?«

Ich nickte.

Wir waren alle drei stehen geblieben, und während die beiden mich mit ihren Blicken durchbohrten, schaute ich an ihnen vorbei ins Nirgendwo des blauen Himmels.

»Du willst also knapp zwei Wochen mit einem Kerl rumziehen. Wie kommst du auf den abenteuerlichen Gedanken, dass wir das zulassen?«

»Ich hoffe halt, dass ihr es versteht. Oder wart ihr noch nie verliebt?«

Ella lachte. »Du bist echt 'ne Nummer für sich, Siri.« Sie klopfte mir heftig mit ihren spitzen Fingerknöcheln gegen die Stirn. »Was geht in diesem Kopf vor? Du wirst natürlich hierbleiben, ist ja klar. Wir haben die Verantwortung für dich. Wenn was passiert, bleibt das an uns hängen.«

»Da passiert nichts.« Ellas Kopfnuss ärgerte mich, und überhaupt, dass sie mit mir umsprangen wie mit einem dummen kleinen Mädchen. Schlimm genug, dass mein Vater mich einsperren wollte, jetzt war es hier mit ihnen genau dasselbe! Ich hatte die Nase voll davon, wie ein Haustier behandelt zu werden. Deshalb wurde mein Ton spitzer, als ich sagte: »Außerdem frage ich euch nicht, ob ich gehen darf. Ich teile es euch mit.«

Das ließ sie erst recht auflachen. »Hast du irgendwas geraucht, oder was ist mit dir los? Dir ist ja wohl klar, dass wir sofort deine Eltern anrufen, wenn du dich hier verpisst.« Sie grinsten sich an. »Wir sind zwar cool, Siri, aber nicht so cool.«

»Schade.« Ich zögerte noch eine Sekunde, und ich muss zugeben, dass ich das Ganze inzwischen auch ein klein wenig genoss, weil sie für mich in dem Moment nur noch eingebildete Ziegen waren, die ruhig mal eins zwischen die Hörner kriegen durften. »Es ist so: Wenn ihr mich bei meinen Eltern verpfeift, verpfeife ich euch bei euren. Und bei allen anderen.«

»Du willst uns verpfeifen? Womit denn?«

»Na, dass ihr hier einen Joint nach dem anderen durchzieht. Das käme zu Hause sicher nicht gut an. Ich meine, wie sieht das aus? Als Erzieherinnen seid ihr schließlich Vorbilder, oder? Und sitzt dein Vater nicht sogar im Stadtrat, Ella?«

Ich konnte sehen, wie ihre Gesichter von einer Sekunde zur nächsten versteinerten. So als stünde nicht mehr die unbedarfte Siri vor ihnen, die sie eben noch verspottet hatten, sondern ein völlig fremder, schrecklicher Mensch, eine Art Monster.

»Wow«, brach Ella das gespannte Schweigen, »das ist heftig. Du willst uns erpressen.«

»Von *wollen* kann keine Rede sein.«

»Verarschst du uns, du blöde Kuh?!«, fuhr Mona auf. »Wenn wir erzählen, was du vorhast, glaubt dir kein Mensch mehr irgendwas. Das ist doch ein Witz!«

»Es gibt Beweise. Ich hab euch beim Kiffen gefilmt.«

Als sie mich eine halbe Minute davor mit Eiseskälte im Blick angesehen hatten, hatte ich gedacht: Schlimmer geht's nicht. Jetzt merkte ich: Es ging doch.

»Du Miststück«, fauchte Ella, und Mona flüsterte: »Du dreckige kleine Fotze!«

»Wenn wir alle den Mund halten«, fuhr ich fort, »ist alles gut. Ihr verpfeift mich nicht, ich verpfeife euch nicht, und ich verspreche euch, dass ich kein Verbrechen begehe und nicht schwanger werde und auch sonst nichts anstelle, was mich oder euch in Schwierigkeiten bringt. Am letzten Tag bin ich wieder da, und wir fahren gemeinsam nach Hause. Niemand wird je etwas erfahren.«

»Mal angenommen, wir machen da mit«, meinte Ella, »was ist mit ihm?«

Ich folgte ihrem Fingerzeig. Ungefähr hundert Meter entfernt stand Niklas und schaute zu uns herüber.

»Lasst den meine Sorge sein«, sagte ich, obwohl ich keine Ahnung hatte, wie ich dieses Problem lösen konnte.

»Was ist los?«, fragte Anna-Lena, als ich zurück zu unserem Zelt kam. »Wo sind Mona und Ella?«

»Die haben noch was zu bereden«, gab ich zurück. »Lust auf Schwimmen?«

Wegen unseren beiden Wachhunden machte ich mir keinen Kopf mehr. Sie würden einsehen, dass mein Vorschlag für alle das Beste war. Und wenn sie mich für ein Miststück hielten, war mir das inzwischen egal. Nicht egal war mir, was Anna-Lena von mir dachte. Sie war meine beste Freundin, und sie zu enttäuschen tat mir so weh wie ihr. Doch wenn jemand meine Gründe dafür verstehen würde, so hoffte ich, dann sie. Schließlich war sie auch in jemanden verliebt und wusste, was das mit einem machte.

Schweigend zogen wir im Zelt unsere Bikinis an, packten die Badesachen ein und stiefelten los. Sophia und Netti schauten uns nach wie verschreckte Lämmer. Unten am Wasser lagen die Leute bereits dicht an dicht wie Würstchen auf dem Grill. Aber für unsere schmalen Badetücher war noch Platz.

»Du verschwindest, oder?«, fragte Anna-Lena schließlich.

Ich nickte. »Versaut dir das den Urlaub?«

»Irgendwie schon. Vor allem, weil du nichts gesagt hast.«

»Tut mir leid. Ging nicht anders.«

»Wieso? Denkst du, ich hätte jemandem was erzählt?«

»Du hast Niklas von Adrian erzählt.«

»Das war ein Ausrutscher! Vertraust du mir nicht mehr?«

»Doch«, sagte ich rasch, obwohl das nicht zu hundert Prozent stimmte. »Freust du dich denn gar nicht für mich?«

Sie zuckte nur die Schultern.

»Ich würde mich für dich freuen, wenn du mit deinem Sebastian eine schöne Zeit hättest. Du bist meine Freundin, und wenn du glücklich bist, bin ich es auch.«

»Ach, der … der ist total uncool.«

Langsam ärgerte es mich, dass sie mir ein schlechtes Gewissen machen wollte, statt sich für mich zu freuen.

»Wenn du wenigstens was gesagt hättest …«, fing sie wieder an.

Ich fand das nicht fair. Und total kindisch. Am liebsten hätte ich ihr das genau so gesagt. Aber Anna-Lena war meine Freundin, deshalb beherrschte ich mich. Wenn es eine Lüge brauchte, um sie zufriedenzustellen, dann würde ich sie eben belügen: »Adrian und ich haben uns geschworen, dass keiner von uns jemandem was erzählt. Ich kann doch keinen Schwur brechen.«

Sie ließ Steinchen von einer Hand in die andere rieseln. »Ich hätte es dir trotzdem gesagt.«

»Hättest du nicht. Und ich hätte das auch verstanden.«

Schon komisch. Bislang hatte sie immer den Ton zwischen uns angegeben. Irgendwie hatte ich sogar zu ihr aufgeblickt. Aber jetzt kam ich mir viel erwachsener vor.

»Ich hab dir von Sebastian erzählt. Alles.«

»Na, das war ja auch nicht viel«, sagte ich nebenbei, während ich mein Handy rausholte. Ich merkte selbst, dass das ziemlich von oben herab gewesen war. »Sorry, war nicht so gemeint. Außerdem hab ich dir von Adrian sehr wohl erzählt. Nur *das* halt nicht.«

»Und wann haust du ab?

»Gleich nach Mittag. Adrian holt mich im Dorf ab, an dem kleinen Platz hinter der Kirche. Aber keinem was sagen!«

Sie wischte sich über die Augen. Ein sicheres Zeichen, dass

sie kurz davor war, zu heulen. Ich hätte gerne etwas getan, das sie zumindest ein wenig versöhnte, aber da gab es wohl nichts.

»Geh schon mal vor ins Wasser«, sagte ich. »Ich muss noch telefonieren.«

Als sie weg war, rief ich Adrian an, erreichte aber nur die Mailbox. »Ruf mich zurück, mein Retter«, sagte ich. »Und komm pünktlich, ich vermiss dich so.«

Adrian kam in einem himmelblauen Mercedes-Cabrio. Extrem cooler Wagen. Total retro, aber voll chic! Mit weißen Ledersitzen und ganz ohne digitalen Schnickschnack auf dem Armaturenbrett, sondern nur Uhren und Zeiger. »Alles original«, schwärmte er. Er war so begeistert, dass er fast vergaß, mich zu küssen. Aber nur fast. Nachdem ich den Oldie ausgiebig bewundert hatte, machte er den Kofferraum auf, und ich warf meinen Rucksack mit Schwung rein. »Hey, nicht so doll!«, ermahnte er mich ernst. Ich musste lachen. Bevor er losfuhr, schaute er mich über den Rand seiner Sonnenbrille an und fragte: »Bereit für die beste Zeit deines Lebens?« Das hörte sich an, als ginge es nur darum, einen draufzumachen. Spaß zu haben. Aber für mich ging es um viel mehr. Die nächsten elf, zwölf Tage würden mich für immer verändern. Sie waren der Beginn einer Reise ohne Rückfahrtticket.

Der Wagen schwamm mit dem satten Brummen einer Hummel durch die weiche Vormittagsluft. Adrian zündete sich eine Zigarette an. Ich nahm mir auch eine aus der Schachtel. Adrian grinste mich an. »Steht dir.« Als ich sie ansteckte, warnte er mich: »Keine Brandflecken im Sitz oder sonst wo, klar?«

Ich lachte bloß. »Chill mal!«

Auf diversen Partys hatte ich schon die eine oder andere Zigarette versucht, aber Rauchen hatte mir nichts gegeben. Teuer, stinkig, ungesund. Jetzt fühlte ich mich mit meiner Kippe zwischen den Fingern wie ein Filmstar in der Rolle seines Lebens.

Wir hatten die Ortschaft hinter uns gelassen, als Adrian auffiel, dass uns jemand folgte. Ich ahnte Böses und drehte mich um. Ein rotes Cabrio. Niklas. Dabei hatte ich so aufgepasst, dass mir niemand vom Campingplatz zu unserem Treffpunkt gefolgt war. Anscheinend nicht genug.

»Shit!«

»Weißt du, wer das ist?«

»Niklas. Du weißt schon. Ich hab dir von ihm erzählt.«

»Der Schnösel?«

»Genau der.«

»Und was will er?«

»Mich nerven.«

»Soll ich mit ihm reden?«

»Nee, bloß nicht!«

Ich kramte mein Handy aus der Tasche. Dem würde ich was erzählen. Für wen hielt er sich eigentlich?!

»Was soll der Scheiß?«, schnauzte ich ihn an. »Wieso fährst du uns nach?«

»Hab ich dir doch gesagt. Glaubst du, ich red nur blöd rum?«

»Verpiss dich! Zwischen uns ist es aus! Auch die Freundschaft!«

Ein Knacken in meinem Ohr. Er hatte aufgelegt.

Am liebsten hätte ich das Handy aus dem Auto geworfen,

so sauer war ich. Aber ich beherrschte mich. Äußerlich. In mir drin tobte es.

»Alles okay bei dir?«, fragte Adrian nach einer Weile.

»Ach«, machte ich. »Der Typ ist so 'ne Nervensäge. Er will mich angeblich beschützen. Vor mir selber, und vor dir.«

Adrian fand das witzig. »Vor mir?«, fragte er grinsend. »Na ja, vielleicht hat er ja recht.«

»Ha-ha.«

»Ich bin der Typ, vor dem deine Eltern dich immer gewarnt haben.«

»Jedes männliche Wesen ist der Typ, vor dem meine Eltern mich immer gewarnt haben.«

Ich starrte auf mein Handy. Mir dämmerte, dass es ein Fehler gewesen sein könnte, Niklas zu beschimpfen. Das stachelte ihn nur noch mehr an. Ich musste etwas anderes versuchen. Wenn die grobe Art nicht funktionierte, dann vielleicht die nette, vernünftige. Einen Versuch war es wert. Ich rief ihn also noch mal an und entschuldigte mich dafür, dass ich ausgerastet war. Er akzeptierte meine Entschuldigung.

»Irgendwie finde ich es ja süß, dass du dir Sorgen machst und mich beschützen willst«, meinte ich dann, und das war nun wirklich eine Lüge, und zwar die fetteste von allen. »Aber wenn man einen Menschen liebt, dann will man doch, dass derjenige glücklich ist, oder?«

»Klar.«

»Und wenn derjenige nur mit einem anderen Menschen glücklich werden kann, darf man dem nicht im Wege stehen. Das wäre egoistisch, finde ich. Oder was meinst du?«

»Schon möglich.«

Hatte er angebissen?

»Wäre es nicht ein Zeichen echter Liebe, wenn du mir mein Glück einfach gönnst und uns in Ruhe lässt?«

»Würde ich ja. Aber dazu müsste ich das Gefühl haben, dass du auf einem guten Weg bist. Was du nicht bist. Ich spüre das. Wir beide haben eine Verbindung, verstehst du, und ich –«

Ich legte auf. Es hatte keinen Sinn. Und noch mehr von dem Gelaber hätte mich nur wieder zum Ausrasten gebracht.

»Und jetzt?«, fragte Adrian.

»Keine Ahnung. Wenn Niklas meinen Eltern was sagt, flippen die voll aus. Vor allem mein Vater. Der geht zur Polizei. Und dann ist das hier vorbei, bevor es richtig angefangen hat.«

Er zwinkerte mir zu. »Hey, Kleine, wird alles nicht so schlimm werden.«

Seine Coolness fing an, mich zu nerven. »Wie kannst du nur so relaxt sein? Das sind auch deine Probleme. Oder sollten es zumindest sein.«

Er lachte auf. »Kapierst du nicht, was hier abgeht, Süße? Bis jetzt hat dieser Niklas deinen Eltern nichts erzählt. Warum wohl?«

»Keine Ahnung.«

»Na, das liegt doch auf der Hand. Damit du an ihn denkst. Je mehr, desto besser. Wenn er dich verpfeift, versaut er dir zwar die Zeit mit mir, aber er ist auch aus dem Spiel. Und das wäre für ihn das Schlimmste.«

So hatte ich es noch gar nicht gesehen. Adrian hatte recht. Fragte sich nur, was Niklas machen würde, wenn seine Masche nicht mehr zog, weil ich ihn ignorierte. Würde er dann seinen letzten Trumpf ziehen?

Niklas folgte uns bis vor die Tore der Villa. Durch die Staubwolke, die wir aufwirbelten, sah ich noch, wie sein rotes Cabrio vor den eisernen Gitterstäben zum Stehen kam, wie er aus seiner Karre stieg und uns nachschaute. Der Mercedes von Onkel Albert hätte sicher ausreichend PS unter der Motorhaube gehabt, um ihn abzuhängen, doch Adrian hatte mit dem teuren Oldtimer kein Rennen riskieren wollen. Das sah ich ein. Dennoch ärgerte es mich, dass wir ihn nicht loswurden, denn wenn er in der Nähe war, musste ich viel zu oft an ihn denken. Wenigstens hatten wir hier Ruhe vor ihm.

Die Villa ließ ihn mich zumindest für eine Weile vergessen. Sie war ein absoluter Traum. Nachdem wir durch das eiserne Tor gefahren waren, ging es ein paar Minuten lang auf einer von Zypressen gesäumten Auffahrt weiter, bis wir endlich vor uns einen Springbrunnen erblickten und dahinter das Gebäude. Groß, herrschaftlich, gelb gestrichen, mit grünen Läden an Türen und Fenstern. Richtig edel sah es aus, und wenn im nächsten Moment ein Diener aus der breiten Eingangstür gekommen oder meinetwegen eine Pferdekutsche vorgefahren wäre, aus der Frauen in wallenden Gewändern stiegen, hätte mich das nicht überrascht. Und erst drinnen! Zig Räume auf zwei Etagen, stilgerecht mit alten Möbeln eingerichtet, mehrere Bäder und, und, und … Bei all dem Luxus war es schon nichts Besonderes mehr, dass auf der Rückseite der Villa ein riesiger Pool in der Sonne funkelte.

»Und?«, fragte Adrian. »Die Hütte rockt, oder?«

»Und wie!«, rief ich außer mir vor Glück und sprang Adrian in meinem Überschwang an wie ein kleines Äffchen. Weil er nicht darauf gefasst war, stolperte er mit mir auf den Hüften ein paar Schritte rückwärts, bis wir mit einem Riesenplatsch im Pool landeten. Wir kriegten uns kaum ein vor Lachen. Aber irgendwann verflog die Heiterkeit, und eine Art heiliger Ernsthaftigkeit kam über uns. Ich seh uns noch heute da stehen, bis zur Hüfte im Wasser, die Klamotten kleben an unseren Körpern, und uns beiden ist klar, dass gerade was Großes, was Bedeutendes mit uns passiert. Mir wird bewusst: Das da vor mir ist ein echter Mann, und er wird mir einerseits fremd und ist mir zugleich so nah wie nie zuvor. Wassertropfen glitzern in seinen dunklen Haaren, und seine Augen sehen mich an, und sie wollen mich. Und ich will ihn. Nichts will ich in diesem Moment so sehr wie ihn.

Das Spiel ist alt, ich weiß, aber ist es nicht doch immer wieder neu, weil die, die es spielen, immer wieder andere sind? Ich sehe mich die Arme um seinen Hals schlingen und wie ich ihm tief in die dunklen Augen schaue, und ich sage … nein, ich sage gar nichts. Und er sagt auch nichts. Was braucht es Worte? Alles ist so klar, dass es fast schon wehtut. Ich verliere die letzte Scheu vor diesem Mann, ich habe keine Angst mehr vor dem, was passieren, vor dem, was er mit mir tun wird.

SORRY, LEUTE! WENN IHR an der Stelle was Softpornomäßiges erwartet habt, muss ich euch enttäuschen. Ich werde ganz bestimmt nicht vor der ganzen Welt ausbreiten, wie der Sex mit Adrian war. Was wir gemacht haben und wie oft. Geht keinen was an. Es steht zwar in meinem Tagebuch, haarklein, genau wie alles andere, aber dort wird es auch bleiben. Ich sag dazu nur so viel: Adrian und ich ergänzten uns wie Sonne und

Mond, wie Yin und Yang, wie die rechte und die linke Hand. Unsere Herzen, unsere Seelen, unsere Körper – alles schien wie füreinander gemacht. Adrian war kein verschmustes Weichei, das nur Blümchensex im Kopf hatte. Er hat mich gefordert, hat mich an Grenzen geführt und oft darüber hinaus. Manchmal hat er mich auch geschubst. Ich mochte das. Und selbst wenn ich es nicht gemocht hätte, hätte ich alles für ihn getan. Genau wie er für mich. Wir waren zwei Süchtige, und unsere Droge war die Liebe und damit der Sex, weil das nun mal ein Teil davon ist. (Das alles hab ich natürlich erst durch Martina begriffen, die mir erklärt hat, wie das Denken von Abhängigen funktioniert.) Es gab in Italien Tage, an denen wir nur aus dem Bett gestiegen sind, um uns was zu essen zu holen oder um aufs Klo zu gehen. Oder an denen wir uns nicht die Mühe gemacht haben, uns was anzuziehen. Wir kümmerten uns nicht darum, was als normal oder anständig oder angemessen galt. Wir kümmerten uns um gar nichts, außer um uns selbst.

Umso empfindlicher reagierten wir auf Störungen. Einmal rief Adrians Onkel an, weil er wissen wollte, ob mit dem Wagen alles geklappt hatte. Er war zufällig in Italien und überlegte, ob er vorbeikommen sollte, Adrian schaffte es jedoch mit allerlei Lügen und Ausreden, das abzuwenden.

»Onkel Albert ist cool«, sagte er hinterher zu mir, »aber jetzt ertrag ich niemanden. Nur dich.«

Ich fragte ihn, woher sein Onkel eigentlich das Geld für den ganzen Luxus hatte.

»Das weiß keiner so genau«, antwortete er. »Onkel Albert ist ein Spieler. Ein Draufgänger. Schon möglich, dass er auch mal eine krumme Tour gedreht hat.«

Ich musste an das denken, was Niklas mir erzählt hatte. Ob doch was Wahres dran war? Was Adrian anging: Dem schien sein Onkel mächtig zu imponieren.

Ein anderes Mal rief meine Mutter an. Am liebsten wäre ich nicht rangegangen, musste ich aber, weil sie es sonst bei Anna-Lena oder bei Mona und Ella probiert hätte. (Die hatten zwar alle ihre Anweisungen, doch konnte ich sicher sein, dass sie sich dran hielten? Oder dass sich keine verplapperte?) Angeblich wollte sie nur wissen, wie es mir ging, aber ich hörte gleich, dass mehr dahintersteckte. Und es dauerte auch nicht lange, bis sie damit herausrückte. »Papa rutscht gerade wieder in so eine Phase rein«, erzählte sie, »vielleicht rufst du ihn mal an. Das würde ihn bestimmt aufmuntern.« Das war natürlich Unfug. Wenn Papa seine depressiven Phasen hatte, war ich so ziemlich die Letzte, die was für ihn tun konnte. Er moserte dann bloß noch mehr an mir rum als eh schon.

Meine Mutter ärgerte einfach, dass Papa ihr die Stimmung versaute, während ich meinen Spaß hatte (und hätte sie gewusst, was für einen Spaß, wäre sie erst recht angepisst gewesen!). Je länger das Gespräch dauerte, desto irrealer kam es mir vor. Meine Mutter redete mit mir, als wäre ich noch die Siri, als die ich sie verlassen hatte. Wenn sie richtig hingehört hätte, hätte sie gemerkt, dass ich das nicht mehr war. Aber wer war ich dann? Ich wusste es nicht. Weil meine Mutter nicht aufhörte, mich wegen Papa vollzulabern, versprach ich ihr, dass ich ihn anrufen würde. Ich hab es dann aber nicht gemacht. Vergessen. Tut mir leid, aber das kann doch mal passieren, oder?

NACHDEM WIR EINIGE TAGE nur zwischen Bett, Küche, Pool und wieder Bett hin- und hergependelt waren, stand Adrian und mir der Sinn nach Abwechslung. Da passte es, dass wir sowieso Einkäufe machen mussten. Wir beschlossen also, in den nahen Ort zu fahren. Als wir die Auffahrt hinunterdüsten, befiel mich ein mulmiges Gefühl. Ich erinnerte mich daran, wie das Tor sich vor einer gefühlten Ewigkeit hinter uns geschlossen hatte. Und wie Niklas uns nachgeschaut hatte. Ein Gedanke an ihn reichte, und schon war meine Laune verdorben. Wie ich ihn dafür hasste!

Ich rief Anna-Lena an. Ob sie noch beleidigt war? Wahrscheinlich mehr als je zuvor, weil ich bis dahin kein einziges Mal angerufen, nicht einmal gesimst hatte. Schon komisch, wie egoistisch einen die Liebe macht. Ich hätte es sogar verstanden, wenn sie meinen Anruf weggedrückt hätte. Tat sie aber nicht.

»Alles klar bei euch?«, fragte ich sofort. »Habt ihr Spaß?«

»Tu bloß nicht so, als würde dich das interessieren.«

Im Hintergrund hörte ich lärmende Menschen, Planschen, Musik aus einem Gettoblaster. Anscheinend war sie beim Baden.

»Nette Begrüßung«, gab ich zurück.

»Was erwartest du? Mona und Ella sind total mies drauf wegen dir, die zicken bloß rum. Die Stimmung ist echt scheiße.« Sie verstummte für ein paar Sekunden, in denen auch ich nicht wusste, was ich sagen sollte, um dann mürrisch fortzufahren: »Und bei dir? Ich hoffe, es ist den Ärger wert.«

»Ist es. Aber das erzähl ich dir, wenn wir wieder zu Hause sind.«

»Woher willst du wissen, dass es mich interessiert?« Ups,

dachte ich da, sie ist wirklich angefressen. Es würde mich einige Mühe kosten, das wieder auszubügeln. »Etwas solltest du wissen«, sagte sie nach ein paar Sekunden angespannten Schweigens. »Nachdem du weg warst, ist Niklas auch verschwunden.«

»Weiß ich. Er ist uns nachgefahren.«

»Am Abend war er wieder da. Hat endlos mit Mona und Ella gequatscht. Keine Ahnung, ob die nur über dich abgelästert haben oder ob sie dir das irgendwie heimzahlen wollen. Mich hat Niklas wegen dir und Adrian ausgequetscht. Ich hab nichts gesagt. Weiß ja ohnehin nichts. Dann ist er wieder weg. Das war vorgestern. Seitdem haben wir ihn nicht mehr gesehen.«

»Ist er nach Hause?«

»Keine Ahnung. – Oh, ich muss Schluss machen.«

Sie legte auf.

Adrian hatte natürlich mitgehört, sagte aber nichts. Vermutlich hatte er wenig Lust, sich schon wieder Storys über Niklas anzuhören, also ließ ich das Thema ruhen. Nach einer Weile deutete er auf ein Schild am Straßenrand und sagte: »Da gehen wir heute Abend hin.« Ehe ich die Aufschrift entziffern konnte, waren wir schon vorbei.

KNAPPERE SHORTS ALS DIE, die Adrian mir ausgesucht hatte, gab es nicht. Aber da er bezahlte, durfte er entscheiden. Das war der Deal. Dazu zog er ein bauchfreies, mit Pailletten besetztes Tanktop vom Kleiderständer.

»Willst du mich auf den Strich schicken?«, witzelte ich.

Er gab mir einen Klaps auf den Po und grinste. »Mal sehen.«

Als ich mich in diesem Aufzug im Spiegel sah, war ich mir

selber fremd und dachte: Gut, dass mich hier keiner kennt. Adrian aber klappte schier die Kinnlade runter, und das ließ mich alle Bedenken vergessen.

»Genug gesabbert«, entschied ich nach ein paar Minuten und verschwand wieder in die Umkleide. Er hatte ja keine Ahnung, was ihn noch erwartete. Beim Stöbern durch meine Sachen war ich am Morgen auf die Spitzendessous gestoßen, die ich mir für mein erstes Mal gekauft, dann aber nicht getragen hatte, weil so einiges anders gelaufen war als erwartet. Bei der nächsten Gelegenheit wollte ich Adrian damit überraschen.

Aber vorher musste ich meine erste Technoparty überstehen. Ich hatte für diese Art von Musik eigentlich nicht viel übrig. Zu eintönig. Außerdem waren die Neunziger ja wohl schon eine Weile rum. Aber Adrian war ein Fan. Und diese Party hier fand unter freiem Himmel statt! In einer lauen italienischen Nacht! Da musste er natürlich hin, und ich mit ihm, logisch.

So gegen zehn schlugen wir dort auf. Wir waren natürlich nicht im Oldtimer unterwegs, sondern in einem normalen Auto, das der gute Onkel Albert auch noch in seiner Garage rumstehen hatte. Die Musik war schon von Weitem zu hören. Schnelle Beats, darüber eine simple Melodie. Am Horizont verdunstete gerade der letzte Rest Tageslicht, immer mehr Sterne glänzten am Himmel, aber am meisten faszinierte mich die tief stehende Mondsichel. Hatte sie wirklich an ihrer Unterseite einen rötlichen Saum, oder erscheint mir das nur im Nachhinein so? Jedenfalls war es eine Nacht wie Samt, zum Sterben schön. Ich war nervös, aufgekratzt, aber ich hatte keine Angst. Adrian war ja bei mir.

Während ich im Rückspiegel ein letztes Mal mein Make-up

kontrollierte, holte er einen Beutel unter seinem Sitz hervor. »Damit du durchhältst«, sagte er, und erst jetzt sah ich, was genau er da hatte: Tabletten. Eine davon lag für mich auf seiner Hand. Nach kurzem Zögern nahm ich sie und spülte sie mit Wasser runter. Danach nahm er selbst zwei. »Und ich hab noch was Feines für uns.« Er schwenkte ein zweites Beutelchen mit einem weißen Pulver vor meinem Gesicht. Ich kapierte natürlich sofort, was das war. Während Adrian etwas suchte, auf dem er die Lines ziehen konnte, fragte ich: »Verträgt sich das überhaupt mit den Tabletten?«

»Du kannst ja deinen Arzt oder Apotheker fragen«, scherzte er. Dann kniff er mich in die Wange. »Das wird die geilste Nacht deines Lebens, Baby.«

Es wurde auf jeden Fall eine Nacht, die ich ein Leben lang nicht vergessen werde. Obwohl ich mich an so vieles nicht erinnern kann. Ich weiß, ich sollte an dieser Stelle laut und deutlich sagen, dass Drogen scheiße sind und alles ganz schlimm ist, wenn man welche nimmt. Also: Drogen *sind* scheiße, und alles *ist* ganz schlimm, wenn man welche nimmt. Aber ist eine wie ich wirklich die Richtige, um euch schlaue Ratschläge zu erteilen oder zu sagen, was geht und was nicht? Müsst ihr entscheiden. Jedenfalls: Drogen waren bei dem, was später passiert ist, zwar im Spiel, sie waren aber nicht schuld daran. Diese Ausrede können wir nicht für uns in Anspruch nehmen. Leider.

In der Erinnerung kommt mir die Nacht vor wie ein Musikclip in Endlosschleife. Vieles wiederholt sich, harte Schnitte fügen eine Szene an die andere, grelle Lichteffekte verzerren die Wahrnehmung. Der rot gesäumte Sichelmond und die Sterne – immer wieder tauchen sie vor mir auf. Und über allem als Soundtrack ein hektischer, trockener Beat: wie mein rasender Herzschlag. Ich kann nicht aufhören, mich zu bewegen, meine Beine, meine Arme machen, was sie wollen. Adrian und ich … unsere verschwitzten Körper reiben sich aneinander. Wir küssen uns. Wir liegen auf der Erde. Wir sind so geil aufeinander. Wir tanzen. Seine Hände sind überall an mir, verdammt, wie viele Hände hat er eigentlich? Vier? Acht? Zwölf? Ich muss lachen.

Mein Top ist weg. Wo ist es hin? Mein Busen leuchtet. Grell. Es blendet mich selbst. Wie kann mein Busen leuchten? Das Licht kommt aus meinem Innern. Es macht mir Angst. Noch was macht mir Angst: Niklas. Er ist hier. Ich sehe ihn. Hinter einem Baum. Neben mir im Gedränge. Blitze blenden meine Augen. Ich muss weg. Weit weg. Von diesem Licht. Von Niklas. Aber ich muss auch tanzen. Die ganze Zeit tanzen. Kann nicht aufhören. Ich lehne an einem Baumstamm, eine halb gerauchte Kippe zwischen den Fingern, und trinke aus einer Flasche. Wodka-Orange. Woher kommt das Gesöff? Ich weiß es nicht. Wie komme ich hierher? Ich weiß es nicht. Wie viel hab ich gesoffen? Wie viel geraucht? Keine Ahnung. Hey, Siri, alles klar mit dir? Ich bin betrunken. Total betrunken. Willst du noch eine Line? Ich mach mir noch eine. Ich hab genug. Mehr als genug. Ich fasse meinen leuchtenden Busen an. Er ist glatt und mit Pailletten besetzt. Scheiße, nein, das ist ja mein Top. Ich bin gar nicht nackt. Ich muss wieder lachen. Krieg mich gar nicht mehr ein. Wie blöd kann man eigentlich sein? Nein, ich bin nicht blöd. Nur total breit.

Wo ist Adrian? Wie lange sitze ich schon hier? Auf der Erde, die Beine angezogen, das Gesicht auf den Knien, die Arme über dem Kopf. Kommt mir vor wie eine Ewigkeit. Unter mir ist was Feuchtes. Eine Pfütze. Wahrscheinlich ein umgekipptes Getränk.

Eine Hand berührt mich.

»Siri …«

Ich hebe den Kopf. Die Stimme kommt mir bekannt vor. Mein Verstand ist ein bisschen klarer als eben noch.

»Sieh dich mal an, Siri. Ist es das, was du willst?«

Erst denke ich, es ist Adrian. Aber es ist Niklas, der vor mir steht. Und mich ansieht, als wäre ich ein Haufen Dreck. Ein Stück Scheiße.

»Du bist total dicht. Irgendwas hast du eingeworfen, oder? Echt cool, wirklich. Und dafür enttäuschst du alle Menschen, denen du was bedeutest. Ich könnte weinen, wenn ich dich so sehe!«

Seine Worte ritzen meine Haut wie Rasierklingen. Der Schmerz macht mich wütend. Treibt mich hoch. Was will der Typ von mir? Was regt er sich auf? Ich sehe ihn an. Teure Klamotten und nichts darin außer einem sterbenslangweiligen Streber. Der bloß neidisch ist.

»Was willst du eigentlich von mir? Ich hab Spaß, dass du's weißt! Und ich hab Sex. Guten Sex. Und viel. Du bist doch nur ein …« Ich suche nach einer Beleidigung, die alles andere übertrumpft. *Dem* ultimativen Vernichtungswort, das ihn für immer auslöscht. Aber mir fällt nichts ein. Oder doch? Habe ich etwas gesagt, von dem ich nichts mehr weiß? Er sieht mich an, aus großen Augen. »Tu doch was!«, schreie ich ihn an. »Tu endlich was!«

Aber er steht weiter nur da und glotzt. Dass er nichts tut, macht mich so wütend, dass ich auf ihn zuspringe, ihn packe und umreiße, im Fallen hält er sich an mir fest, oder ist es eine Umarmung?, und so schlagen wir hart auf den Boden. »Wieso hast du solche Angst vor mir?«, frage ich ihn, ich weiß selbst nicht, wie ich darauf komme. Und dann packe ich seine Hand und schiebe sie zwischen meine Oberschenkel.

»Oh nee!«, ruft er und verzieht das Gesicht. Ich kapiere nicht, bis er angewidert sagt: »Da ist alles ganz nass! Hast du dich …?«

Ich bin sprachlos. Er hat recht. Meine Shorts sind nass. Wie kann das sein? Ich überlege noch, als Niklas von hinten gepackt und weggezogen wird. Adrian! Er drischt ein auf Niklas, der am Boden liegt, mit Händen und Füßen. Niklas rappelt sich mit Mühe auf und rennt davon. Einen Moment scheint es, als wolle Adrian ihm nach, aber dann besinnt er sich und kommt zu mir. Hebt mich vom Boden auf. »Hat er dir was getan? Blöder Wichser! Das war echt knapp.«

Ich liege in seinen Armen. Klammere mich an seinen Hals. All die guten Gefühle sind weg, ich fühle mich elend und schmutzig und schäme mich. »Ich glaub … ich glaub, ich hab … mich angepisst …«, gestehe ich schniefend. »Und ich hab's … gar nicht … gemerkt …«

Adrian lacht nur. »Das passiert im Suff schon mal, Baby. Nicht schlimm. War alles ein bisschen viel auf einmal, oder?«

Ich heule ungehemmt los und bin so froh, dass er mich trägt. Bis ans Ende der Welt würde er mich tragen, das weiß ich. Und genau da will ich jetzt auch hin: ans Ende der Welt.

Wer von euch schon mal abgestürzt ist, kennt das ja – solange man nicht weiß: *Sterbe ich oder muss ich bloß kotzen?*, schwört man tausend Eide, dass man bis an sein Lebensende keinen Tropfen Alkohol mehr anrührt. Und auch sonst nichts. Geht es langsam wieder aufwärts, fällt einem wieder ein, wie geil alles war. Wie intensiv. Die Musik, das Tanzen, die Drinks. Und vor allem die Spannung. Energie pur. Wer das nie erlebt hat, versteht überhaupt nicht, worum es geht. Deshalb hätte ich trotz der hässlichen Auseinandersetzung mit Niklas und sogar trotz meines oberpeinlichen Malheurs sofort unterschrieben, dass das die geilste Party aller Zeiten war.

Allerdings wollte ich nicht unbedingt Fotos davon auf meiner Facebook-Seite finden. Oder sonst wo im Internet. Fotos, auf denen ich mit einem Drink in der einen und einer Kippe in der anderen Hand total fertig an einem Baum lehne oder wild abtanze, in einem Outfit, das viele in meinem Freundeskreis (von meiner Familie ganz zu schweigen) als meganuttig bezeichnen würden. Fotos, auf denen ich mich an Adrian reibe, während seine Hände auf meinem Hintern liegen oder unter meinem Top stecken. Und wer wollte mir auf diese oberfiese Weise eins reinwürgen? Natürlich Niklas! Zumindest verstand ich ihn so: *Wenn das alles okay ist, dann darf dich die ganze Welt so sehen, oder? Z. B. auf deiner Facebook-Seite?* Das war die Nachricht, mit der die Bilder auf meinem Handy ankamen. Eine ganze Menge Bilder. Und wenn Papa auch nur eines davon zu sehen kriegte, war ich erledigt. Ich guckte natürlich sofort bei Facebook nach, aber da waren die Fotos zum Glück nicht zu finden. Noch nicht.

Ich war stocksauer! Und verzweifelt. Wieso durfte ich nicht einfach mal glücklich sein? Wieso musste mir sofort jemand dazwischenfunken? Was war so schlimm daran, dass ich ein bisschen was vom Leben spürte? Außer mir vor Wut versuchte ich Niklas anzurufen, aber ich erreichte nicht einmal die Mailbox. Dann also per SMS. Doch meine Finger zitterten so sehr, dass ich nicht tippen konnte. Adrian war genauso auf hundertachtzig wie ich. Wir waren beide so neben der Spur, dass wir erst nach einer Weile daran dachten, meine Facebook-Chronik für Postings von Freunden zu sperren (ich wusste gar nicht, wie das geht) und Niklas außerdem aus meiner Freundesliste zu streichen. Aber wenn er die Bilder auf seiner eigenen Seite einstellte oder sie über WhatsApp verbreitete, war ich machtlos. Ein Scheißgefühl.

Ob Adrian den Satz, der eine so verhängnisvolle Bedeutung bekommen sollte, als Erster sagte oder ob ich es war, weiß ich nicht mehr. Im Gegensatz zu Adrians Anwalt, der bei der Verhandlung ewig auf dieser Frage herumgeritten ist, finde ich das auch nicht wichtig. Er war ja erst mal nur so dahingesagt. Wie man so was eben sagt, wenn man total geladen ist. Ohne es wirklich zu meinen. Oder sind etwa bei euch alle tot, von denen ihr irgendwann mal gedacht habt: Den oder die bring ich um?

GEWALT IST KEIN MITTEL, um Probleme zu lösen. Ich weiß das. Gewalt macht alles nur noch schlimmer. War mir völlig klar. Immer schon. Drum war ich nie eine, die zuschlägt, wenn ihr was nicht passt. Oder wenn ihr jemand blöd kommt. Nicht mal ein Gedanke daran, die Faust auszufahren! Ich gehörte eher zu denen, die schweigend weitergehen. Nachgeben. Weglaufen. Das ist okay, solange man weglaufen kann. Aber was, wenn weglaufen nicht mehr geht? Wenn nachgeben bedeutet, dass man sich selbst aufgibt? Oder den, den man am meisten liebt? Stellt euch mal vor, eure große Liebe würde auf dem Spiel stehen oder eure Familie – wie weit würdet ihr gehen, um sie zu retten? Schaden abzuwenden? Sie zu behalten? Ich meine jetzt nicht unmittelbare Notwehr. Also, wenn zum Beispiel einer mit einer Knarre vor euch steht. So was nicht. Ihr wisst bloß: Es wird etwas passieren. Nicht unbedingt heute. Aber vielleicht morgen. Oder übermorgen. Und es wird das, was ihr am meisten liebt, was euch am wichtigsten ist im Leben, zerstören. Für immer. Denkt mal darüber nach. Solange ihr keine Antwort auf diese Frage habt, solltet ihr mich nicht verurteilen.

Eigentlich ist Gewalt in unserem Fall gar nicht das Thema. War sie nie. Das hat nur leider kaum einer kapiert. Deshalb war in den Zeitungen im Zusammenhang mit uns dauernd von *Jugendgewalt* die Rede und von der *Verrohung heutiger Jugendlicher.* (Mein Eindruck ist eher, dass die, die sich sensationsgeil auf solche Ereignisse stürzen und sofort mit derartigen Begriffen um sich werfen, verroht sind.) Nur das Gericht hat von Verirrung gesprochen, und das trifft es eher.

Die Sache mit Niklas' Drohung hat sich rasch geklärt. Ich erreichte ihn am nächsten Tag, ich machte ihn voll zur Sau und beschimpfte ihn, dass so was das Allerletzte sei und dass ich für ihn nur noch Hass empfinde. »Hass!«, schrie ich ins Handy.

Und wisst ihr, was er geantwortet hat? Ich dachte, ich bin im falschen Film. Er sagte: »Ich hab dir nicht gedroht, Siri. Wie kommst du denn auf so was? Denkst du wirklich, ich würde solche Fotos von dir posten?«

Ich war total perplex. »Aber du hast doch geschrieben …?«

Er blieb die Ruhe selbst. »Ich hab dich nur gefragt, warum du solche Fotos nicht auf Facebook postest, wenn es für dich okay ist, dass du dich so gehen lässt. Du tust es nicht, behaupte ich, weil du eigentlich genau weißt, dass es total scheiße ist.«

War das sein Ernst? Oder verarschte er mich? Ich hatte jedenfalls die Schnauze voll und legte auf.

Als ich Adrian von dem Gespräch erzählte, schüttelte der nur den Kopf und meinte: »So ein Arsch! Er wusste genau, wie du die SMS verstehst. Und er wollte dir mindestens einen Scheißtag bescheren. Schon dafür würde ich ihn am liebsten …«

Zwischen Ärger und Wut war ich vor allem erleichtert, dass ich nicht mehr befürchten musste, die Fotos könnten irgendwo im Internet rumgeistern. Eigentlich war damit alles wieder gut. Aber die emotionale Achterbahnfahrt, die ich in den letzten Tagen durchlebt hatte, ließ eine ganz merkwürdige Stimmung in mir zurück. In uns beiden. So was wie Trotz. Eine Art Wir-gegen-den-Rest-der-Welt-Gefühl.

DANACH FING DAS MIT den Mutproben an. Es war Adrians Idee. Er hatte einen tierischen Drang in sich, die Spießer zu erschrecken. Zu provozieren. Besser noch zu schockieren. So wie damals, bei unserem zweiten Treffen, als er der Madonna in der Kapelle Hörner aufgemalt hatte. Anfangs dachte ich, dass es ihm darum geht, die Grenzen unserer lieben Mitmenschen auszureizen. Das war auch so. Aber nicht nur. Er wollte auch mich an meine Grenzen treiben – und darüber hinaus. Eigentlich machte er das schon, seit wir uns kannten.

Eine Nummer, die wir gerne abgezogen haben, ging so:

Adrian setzte sich in ein Café mit maximaler Spießerdichte (am besten deutsche Touris im fortgeschrittenen Alter), bestellte einen Cappuccino oder so was und las Zeitung. Nach einer Weile hatte ich meinen Auftritt. Ich ging in die Mitte des Lokals, schaute mich um, spazierte auf ihn zu, setzte mich ohne ein Wort oder irgendwas breitbeinig auf seinen Schoß und führte eine Art spontanen Lap-Dance auf. Dabei knutschte ich ihn hemmungslos nieder. Er saß nur da, so als wüsste er überhaupt nicht, wie ihm geschieht. Nach ein paar Minuten, wenn wirklich jeder guckte, stand ich auf und ging davon, als wäre nichts gewesen. Die ganze Zeit über wechselten wir kein Wort. Die Leute sollten ja denken, dass wir uns gar nicht kennen.

Einmal sind mir ein paar Typen nachgelaufen, die hielten mich wohl für eine Nutte und waren voll angeturnt von der Show, aber ich war schneller und hab sie abgehängt. Adrian hat mir erzählt, dass sie ihn hinterher ausgequetscht haben, was das zu bedeuten hatte und wer ich war, und dabei sabberten sie richtig, aber er hat nur den Ahnungslosen gespielt, der selbst total überrascht war. Es hat fast einen Tumult gegeben, ein paar aufgebrachte Mütter wollten sogar die Polizei rufen.

Eine Steigerung war dann die Sache, die wir in diesem piekfeinen Restaurant abgezogen haben. An einem unserer letzten Abende in Italien – wir waren beide schon ein wenig gedrückter Stimmung, weil diese phantastische Zeit bald zu Ende sein würde – meinte Adrian, wir sollten wenigstens ein Mal richtig groß essen gehen, in einem superteuren, megaschnieken Lokal. »Geld spielt keine Rolle«, sagte er und lächelte dabei auf eine Art, die mir gleich komisch vorkam.

Stilvolle Klamotten spielten auch keine Rolle. Die Schränke

waren voll davon. Und nicht nur von Anzügen und Smokings. Es gab auch Kleider, Blusen, Röcke und Schuhe in verschiedenen Größen. »Die sind für Onkel Alberts Mädels«, meinte Adrian lapidar. »Die sollen immer was zum Ausziehen haben.«

Oookaaay, dachte ich bloß.

Adrian zog einen von Onkel Alberts Smokings an – er sah darin zum Auf-die-Knie-Gehen aus –, und ich wählte das klassische kleine Schwarze, dazu High Heels. Ich machte einige Selfies von uns beiden in diesem Outfit, denn Adrian hatte vollkommen recht, als er sagte: »Sind wir nicht zum Anbeißen?«

Wir gingen also in dieses Edelrestaurant, wo Adrian einen Tisch für zwei reserviert hatte. (Auf den Namen Homer Simpson, wie er später lachend behauptete.) Man lief da auf weichen Teppichen, und im Hintergrund spielte jemand Klavier. Ich kam mir total fehl am Platz vor. Adrian bestellte das teuerste Steak, und ich hatte einen Schwertfisch oder so was. Dazu ließen wir uns Wein schmecken, die Flasche für um die sechzig Euro. Hinterher gab es noch ein feines Dessert, Crème brûlée. Total lecker, aber für das Geld hätte sich eine vierköpfige Familie in einem normalen Laden bei uns locker den Bauch vollschlagen können.

Der Wein fing gerade an, mich träge zu machen, da meinte Adrian, es sei Zeit zum Aufbruch. Er rief den Kellner und bat um die Rechnung. Wie in den südlichen Ländern üblich, kam sie in einem Ledermäppchen. Ich erhaschte einen Blick darauf. Irgendwas über zweihundert Euro, alles in allem. Geschmeckt hatte es super, aber dafür, dass ich nur so eben satt geworden war, fand ich es schon ziemlich happig.

»Ich hab nur noch fünfzig Euro«, sagte ich.

Adrian lachte, klappte das Mäppchen zu und meinte bloß: »Wir gehen jetzt. Schön langsam aufstehen und zur Tür schreiten.«

Ich verstand nicht. Das heißt: Ich verstand ihn sehr wohl, aber ich wollte es nicht glauben. »Wir können doch nicht einfach abhauen«, hielt ich ihm vor. »Das ist doch wie … Stehlen!«

Er kniff mich ins Kinn. »Nee, meine Süße, das ist nicht *wie* Stehlen, das *ist* Stehlen. Na los, bevor der Kellner kommt.«

Die Angst schnürte mir alles zu, was es einem zuschnüren kann. »Das geht doch nicht«, hauchte ich bloß noch fassungslos.

»Und wie das geht. Oder willst du Teller spülen? Ich hab nämlich keinen Cent dabei.«

Ich hasste ihn in diesem Moment, und garantiert sah er mir das nicht nur an, ich war mir sogar sicher, dass er es genoss. Und deshalb hasste ich ihn gleich noch viel mehr. Ich konnte mir nicht vorstellen, wie ich die Kraft aufbringen sollte, mich von meinem Stuhl zu erheben, aber wider Erwarten ging es ganz gut. Auf meinen hohen Absätzen stakste ich zur Tür. Ich schaute niemanden an, weil ich das Gefühl hatte, dass alle mich anstarrten. In meinem Rücken spürte ich Adrians Hand, die mich sanft führte. Er wirkte total locker und souverän auf mich, während ich nur ein wummerndes, pochendes Etwas in einem schwarzen Kleid war, und dieses Etwas konnte jeden Moment explodieren, so sehr stand es unter Druck. In jeder Sekunde – und es waren so unendlich viele bis zur Tür – rechnete ich damit, dass der Kellner uns von hinten anredete. Oder auf Italienisch so was rief wie: »Haltet die Diebe!« Aber niemand rief hier irgendwas, da war nur stilvolles, gedämpftes Gemurmel und darüber das Pianogeklimper. Und dann waren wir irgendwann an der Tür, Adrian zog sie auf, wir gingen hindurch – und waren auf der Straße. Mein Herz boxte in meiner Brust wie eine Faust, die einen Punchingball quält, der Schweiß drängte mir aus den Poren, das Kleid klebte an meiner Haut.

»Zieh die Schuhe aus«, sagte Adrian, »und dann – lauf!«

Ich nahm die High Heels in die Hand und rannte los. Oh, ich war so dankbar, dass mein Bauch nicht so voll war, ich hätte sonst wahrscheinlich kotzen müssen. Adrian war an meiner Seite. Er bog in die nächste Gasse ein, dann wieder ab auf eine andere Straße und noch zwei, drei Mal, bis wir einen belebten Platz mit einem Brunnen in der Mitte erreichten. Wir waren beide total außer Atem, der Puls auf Anschlag, das Blut von Adrenalin gesättigt. Wir wurden langsamer. Ich konnte nicht mehr. Ich war tot. Gleichzeitig hatte ich mich nie zuvor so lebendig gefühlt. Da hörte ich neben mir jemanden lachen: Adrian.

Im nächsten Moment packte er mich und sagte, immer noch lachend: »Du bist der Hammer, Siri. Ich liebe dich!« Dann küsste er mich.

Als wir uns wieder voneinander lösten, sagte ich: »Und du bist der größte Arsch, der mir je über den Weg gelaufen ist, Adrian. Und ich liebe dich auch!«

Etwas später mischten wir uns unter die Leute, die sich rund um den Brunnen verteilten: coole Jungs auf Vespas, kleine Machos mit gegelten Haaren, und die Mädchen irgendwo zwischen scheu und frech, aber immer sexy, immer charmant. Die meisten von ihnen waren deutlich älter als ich, und doch fühlte ich mich ihnen überlegen, so als würde jeder der letzten Tage wie ein Jahr zählen und jede der Minuten, seit wir auf der Flucht waren, wie ein weiterer Monat. Ich fand das Ganze noch immer nicht richtig, ein Teil von mir nahm Adrian übel, dass er mich in so was reingezogen hatte, noch dazu, ohne mich zu fragen, aber der Rest dankte ihm beglückt für diese Erfahrungen.

Die Zeit mit Adrian in der Villa von Onkel Albert kam mir im Rückblick einerseits so lang wie ein halbes Leben vor und andererseits so kurz wie ein Wimpernschlag. So viel war passiert, so viel hatte sich verändert. *Ich* hatte mich verändert. Doch was erwartete mich zu Hause? Ich konnte mir überhaupt nicht vorstellen, in mein altes Leben zurückzukehren. Für die Menschen dort war ich noch immer die zurückhaltende Siri, die Mitläuferin, die nicht weiter auffiel. Mir war zum Heulen zumute, als ich auf den himmelblauen Oldtimer zuging, der mich hergebracht hatte und auch wieder zurückbringen würde. Okay, ich hab sogar geheult. Während Adrian meinen Rucksack im Kofferraum verstaute, drehte ich mich ein letztes Mal zur Villa und prägte mir alles genau ein. Hier war ich in jeder Hinsicht zur Frau geworden, und deshalb würde dieser Ort bis zu meinem Tod mit mir verbunden bleiben. Tränen liefen mir über die Wangen, aber weil Adrian sie nicht sehen sollte, wischte ich sie rasch weg. Ich rechnete nicht damit, dass ich die Villa in nächster Zeit wiedersehen würde. Wenn überhaupt jemals. Doch das war ein Irrtum. Ich sollte schon bald hierher zurückkehren, allerdings unter ganz anderen Vorzeichen.

Adrian brachte mich zum Campingplatz. Danach würde er in der Villa aufräumen, putzen, waschen. Ich hatte angeboten, ihm dabei zu helfen, aber er wollte unsere letzten gemeinsamen Tage nicht mit so was verplempern. Ich eigentlich auch nicht. Während der Fahrt redeten wir nicht viel. Dafür rauchte ich umso mehr. Mehr, als gut für mich war. Mehr, als mir schmeckte. Nach ein paar Stunden erreichten wir unser Ziel. Ich blieb sitzen, während Adrian meinen Rucksack aus dem Kofferraum holte. Er stellte ihn neben das Auto und machte mir die Tür auf. Mit einem dicken Kloß im Hals stieg ich aus. Keine Chance, die Tränen aufzuhalten. Die ersten tupfte er mit dem Finger weg, die weiteren nahmen seine Küsse auf. »Hey, Süße«, flüsterte er mir ins Ohr, »das ist kein Abschied. Du und ich – das geht weiter.«

Warum fühlte es sich dann wie ein Abschied an? Weil es eben doch einer war. So wie in den letzten zehn Tagen würde es nie mehr sein. Bestimmt war alles nur ein Traum gewesen, und ich wollte nicht daraus erwachen. Fast hätte ich diese dummen Gedanken ausgesprochen, aber dann wurde mir klar, wie kindisch sie waren, und ein Kind wollte ich doch nicht mehr sein. Also riss ich mich zusammen, küsste Adrian, dankte ihm für die tolle Zeit, küsste ihn noch einmal, lange und intensiv, um mich schließlich von ihm loszureißen. Er half mir in die Träger meines Rucksacks, und so stiefelte ich los. Einmal noch drehte ich mich um, er stand da und sah mir nach, wir warfen uns Kusshände zu, und dann war dieses Kapitel der Geschichte von Siri und Adrian zu Ende.

Das neue Kapitel begann wenig vielversprechend. Aber das hatte ich nicht anders erwartet. Die Mädels waren gerade dabei, ihr Zeug in den Transporter zu laden. Mona und Ella empfingen mich mit kalten Blicken, und als ich sagte: »Wie versprochen, pünktlich und kein bisschen schwanger«, dachten sie wohl, ich wollte sie verarschen, und schauten einfach weg. Anna-Lena drückte mich kurz, aber eine reine Wiedersehensfreude war es sicher auch bei ihr nicht. Keiner fragte mich irgendwas. Oder redete mit mir. Nur Anna-Lena durchbrach das Schweigen hin und wieder für ein paar knappe Bemerkungen. Ich sollte mir wohl wie eine Aussätzige vorkommen. Tat ich aber nicht. Die demonstrative Missachtung erfüllte mich sogar mit Stolz. Während die hier brav ihre harmlosen Ferien auf total harmlose Weise verbracht hatten, hatte bei mir das echte Leben getobt. Ihre wildesten Träume hatte ich gelebt.

Bevor wir losfuhren, nahmen Mona und Ella mich zur Seite. In ihren Augen stand blanker Hass.

»Nur damit du es weißt«, sagte Mona, »so lassen wir uns nicht noch einmal verarschen.«

»Nie wieder«, bekräftigte Ella. »Im nächsten Jahr …«

»Keine Sorge«, fiel ich ihr ins Wort, »da melde ich mich bestimmt nicht mehr an.«

»Lass mich doch erst mal ausreden!«, schnauzte Ella mich an. »Wir machen das nicht mehr, diese Ferienaufsicht. Sind ja nicht bescheuert! Und du bist ganz allein schuld, dass wir aussteigen. Die Mädels können sich also bei dir bedanken. Wahrscheinlich geht dir das zwar am Arsch vorbei, so wie überhaupt alles, aber wir wollten trotzdem, dass du das weißt.«

So, so, ich hatte also Generationen junger Mädels um das Vergnügen gebracht, mit Mona und Ella an den Gardasee zu fahren. Ich war erschüttert. (Also, nicht wirklich. Obwohl es in den Jahren davor wirklich ganz in Ordnung gewesen war.) Es machte die beiden total fertig, dass sie mir nichts anhaben konnten, ohne sich selbst reinzureiten. Deshalb probierten sie es auf die moralische Tour. Die zog aber nicht. Ich hatte kein schlechtes Gewissen. Wieso auch? Sie hätten einfach ohne mich Spaß haben können. Wo war das Problem?

Weil jedes weitere Wort verschwendet gewesen wäre, sagte ich nichts, stieg in den Transporter, setzte mich auf meinen Platz und dachte an Adrian. Ohne ihn ging mir das Leben schon jetzt auf die Nerven. Wie sollte das erst zu Hause werden?

»DA BIST DU JA endlich«, sagte meine Mutter mürrisch, als ich im Flur meinen Rucksack abstellte. Sie trug eine Schürze und hatte Mehl im Gesicht. Aus der Küche hörte ich ein Brutzeln. »War's wenigstens schön? Ach ja, und danke fürs Nicht-Anrufen.« Sie rannte zurück an den Herd und ließ dort Pfanne und Besteck möglichst laut klappern.

Toller Empfang!, dachte ich. Am liebsten wäre ich gleich in mein Zimmer verschwunden, doch weil ich sie nicht noch mehr auf die Palme bringen wollte, folgte ich ihr wenigstens bis zur Tür. Es roch angebrannt, was ich natürlich für mich behielt, denn jedes kritische Wort hätte der Funke sein können, der sie endgültig zum Explodieren brachte. Meine Mutter kratzte wie eine Verrückte mit einem Schaber in einer Pfanne herum, bis sie das Ding entnervt auf die Anrichte schleuderte und auf dem Absatz herumwirbelte. »Bin ich blöd, oder was?«, schimpfte sie, während sie sich die Schürze abband. »Du bist ja bestens erholt, also kannst du auch mal übernehmen.« Sie drückte mir die Schürze in die Hand, und weg war sie. »Svea sitzt übrigens im Sandkasten«, rief sie noch, dann knallte schon die Haustür zu. Als Letztes hörte ich ihr Auto wegfahren. Ich zog die Pfanne vom Herd und schaltete die Kochplatte aus. Frustriert ließ ich mich auf einen Stuhl sinken. Keine fünf Minuten daheim, und schon kotzte mich alles an. Ich gehörte nicht hierher, so viel stand fest. Wie sollte ich das bloß aushalten?

Ich rief Adrian an, meinen einzigen Trost.

»Hi, Süße«, begrüßte er mich, und seine Stimme war wie warmer Honig, »ich vermiss dich.«

»Nicht so sehr wie ich dich. Du hast ja keine Ahnung!« Mir war schon wieder zum Heulen.

»Alles okay bei dir?«

Ich riss mich zusammen und schluckte den Kloß in meinem Hals runter. »Bloß meine Mutter. Die ist total ausgeflippt. Weil ich – ach, egal.«

»Willst du mal was Krasses hören? Ich kann nicht aufhören, an deiner Bettwäsche zu riechen. Ist das pervers?«

»Ein bisschen schon.« Ich stellte mir vor, wie er sein Gesicht in die Bettwäsche drückte und tief einatmete. Es machte mich zugleich froh und todunglücklich. »Wann fährst du heim?«

»Ich häng noch ein paar Tage dran. Wenn ich schon ohne dich sein muss, dann lieber an einem Ort wie diesem.«

Klar. Stimmte. Trotzdem. Dass er sich ganz alleine noch ein paar schöne Tage gönnte, kränkte mich. Ich war der Mittelpunkt seines Lebens. Sagte er zumindest. Deshalb sollte er sich ohne mich gefälligst genauso einsam und verlassen fühlen wie ich mich ohne ihn.

EINSAM UND VERLASSEN FÜHLTE sich zu der Zeit auch Papa. Meine Mutter war ständig woanders: Yoga, Fitness, Shoppen.

Sie hatte ihr Arbeitspensum im Nagelstudio erhöht, um mehr eigenes Geld zu haben. Sie sagte sogar, sie wolle bald wieder Vollzeit arbeiten, allerdings nicht als Kosmetikerin, sie sei schon länger auf der Suche nach etwas anderem. Etwas, das sie wirklich ausfülle. Solche Sachen erfuhren wir von ihr immer nur so nebenbei, als ginge es uns nichts an. Weil ich ja Ferien hatte, bürdete sie mir jede Menge Hausarbeit auf. Babysitten inklusive. Von einem gemeinsamen Mutter-Tochter-Nachmittag war nicht mehr die Rede, sie brauchte keine Alibis mehr für die Freiheiten, die sie sich immer rücksichtsloser nahm.

Je mehr sie aufblühte, desto welker wurde Papa. Er ging zwar jeden Morgen in die Bank und machte mit eiserner Disziplin seinen Job, aber kaum hatte er zu Hause sein Sakko über die Stuhllehne gehängt und die Krawatte gelockert, verdunkelte sich das ganze Zimmer, als hätte jemand die Vorhänge zugezogen. Er fragte mich dann, wo *sie* schon wieder war und warum er *sie* eigentlich nie auf ihrem Handy erreichte und ob *ihr* eigentlich alles scheißegal war. Woher sollte ich das wissen? Wenn sie es nicht mal ihm sagte, würde sie mir erst recht nichts erzählen.

Bei einem unserer freudlosen Abendessen in diesen Tagen sagte Papa unvermittelt: »Ich soll dich übrigens grüßen. Von diesem Jungen.«

»Wen meinst du?«

»Diesen Niklas.«

Dabei schaute er nicht von seinem Teller auf, wo er lauwarme Ravioli mit der Gabel in der roten Soße herumschob.

Natürlich heulten in mir sofort alle Alarmsirenen. Niklas hatte mit Papa gesprochen! War dessen Gelassenheit nur die Ruhe vor dem großen Sturm?

Äußerlich versuchte ich cool zu bleiben. »Wo hast du ihn getroffen?«, fragte ich in einem Small-Talk-Ton.

»Vor der Bank. Hockte da in seinem Cabrio. Sah fast so aus, als würde er auf mich warten.«

Das hat er ganz bestimmt, dachte ich.

»Hat er sonst noch was gesagt?«, fragte ich vorsichtig.

»Nur, dass du was Besonderes bist und dass wir auf dich aufpassen sollen.« Papa sah mich irritiert an. »Was soll das eigentlich bedeuten?«

»Keine Ahnung.«

»Gibt's etwas, das ich wissen müsste?«

»Niklas ist bloß sauer, weil es aus ist. Drum disst er mich überall.«

»Was tut er?«

»Er redet schlecht über mich. Erzählt Sachen rum … die nicht stimmen.«

»Was denn für Sachen?«

Ich versuchte seinem Blick standzuhalten und zuckte die Schultern. »Lügen halt …«

»Wirklich? Dann sollte ich mal mit seinen Eltern reden.«

»Nein! Bloß nicht. Das würde alles nur noch schlimmer machen.«

Papa nahm meine Hand (ich spüre sie noch jetzt auf meiner: schwer und kalt) und sagte: »Wenn nicht, sagst du Bescheid, ja? Dann nehm ich ihn mir mal zur Brust.«

»Der hört schon wieder auf. Ich ignoriere ihn einfach.«

»Ist wohl das Beste.«

Kaum wieder aus Italien zurück (eine geschlagene Woche nach mir!), wollte Adrian mich sehen. Sofort. Gleich nach seinem Anruf setzte er sich ins Auto und fuhr los. Doch er hatte es nicht deshalb so eilig, weil er es ohne mich nicht mehr aushielt, sondern weil etwas passiert war. Was genau, wollte er am Telefon nicht sagen. Es hatte mit Niklas zu tun, so viel stand fest.

Unser erstes Wiedersehen hatte ich mir eindeutig leidenschaftlicher vorgestellt. Heftige Umarmungen, atemlose Küsse, wildes Gefummel, und alles mündet in heißen Sex. Doch Adrian stieg nicht mal aus dem Wagen, er stieß mir bloß von innen die Tür auf. Ein flüchtiger Kuss, das war's. Danach fuhr er sofort los, ohne Ziel. Dafür kam er anderweitig rasch auf den Punkt.

»Dein Exfreund geht mir gehörig auf den Sack«, sagte er. »Wenn er so weitermacht ...«

»Was hat er denn getan?«, fragte ich.

»Die Fotos, die er von dir und von uns beiden gemacht hat ... Er droht mir, dass er sie an meine Familie schickt, wenn ich meine Finger nicht von dir lasse. Was bildet dieses Arschloch sich ein?!«

Ich war perplex. Niklas wollte Adrian erpressen? Das war echt der Hammer! Trotzdem verstand ich Adrians Aufregung nur halb. Dass er mit seiner Freundin feierte, war doch ganz normal. Wieso machte ihn das erpressbar? Und hatte er nicht gesagt, dass es ihm egal war, was seine Familie von ihm dachte? Als ich das aussprach, sah er mich an, als hätte ich die dümmste Frage der Welt gestellt.

»Solange ich auf ihr Geld angewiesen bin, muss ich Rücksicht nehmen«, erklärte er mir schließlich. »Eine sechzehnjährige Freundin ist eher eine Enttäuschung, wenn die Familie eine angehende Anwältin oder Ärztin erwartet. Aber es ist eigentlich gar nicht wegen dir, sondern wegen Onkel Albert! Wenn meine Alten erfahren, dass ich mit dir in der Villa in Italien war, gibt das Megastress. Onkel Albert ist eine Persona non grata bei uns. Sagt dir der Ausdruck was?« Damals nicht, aber inzwischen weiß ich, was er bedeutet. Niemand durfte sich mit Onkel Albert abgeben, sogar wer nur über ihn redete, machte sich unbeliebt.

»Wieso fragst du nicht Onkel Albert, ob er dich unterstützt?«, schlug ich vor. »Ihr versteht euch doch ganz gut, oder? Und er ist reich.«

»Betteln gehen? Zu Onkel Albert? Hast du sie noch alle?!«

Wieso müssen Jungs immer so verdammt stolz sein?, dachte ich.

»Dein Niklas weiß erstaunlich viel über meine Verhältnisse«, begann Adrian nach einer Weile dröhnenden Schweigens. »Hat er sein Wissen zufällig von dir?«

Das saß. Wie ein glühender Splitter in der Brust. Ich versuchte mich trotzdem zu beherrschen. Cool zu bleiben. »Was soll ich ihm schon über dich erzählen? Ich weiß doch nichts. Außerdem ist er nicht *mein* Niklas.«

»Und woher hat er die Infos dann?«

»Seine Alten kommen viel rum, die kennen jeden.«

»Scheiße.«

Er schaute stur geradeaus auf die Straße, kaute nervös auf der Unterlippe. Ich verstand überhaupt nichts mehr. Obwohl er seine Familie angeblich verachtete, hatte er eine Heidenangst vor dem Bruch. Wirklich bloß wegen dem Geld? Sein Studium war nur Alibi, wieso schmiss er es nicht hin, suchte sich einen Job und wurde unabhängig? Ich an seiner Stelle hätte das gemacht. Warum er nicht? Da war eindeutig noch was anderes im Spiel. Mich interessierte aber viel mehr: Was war mit mir? Mit uns? Was, wenn seine Alten das mit uns rausfanden und zum Beispiel verlangten, dass er mir den Laufpass gab, damit er weiter ihre Kohle kriegte? Daran wollte ich lieber nicht denken.

Nach einer kleinen Ewigkeit, die nur mit dumpfem Schweigen angefüllt war, begann Adrian wieder: »Und was machen wir jetzt mit diesem Niklas?«

»Keine Ahnung«, gab ich zurück. »Ich könnte den Arsch umbringen. Echt!«

»Wenn du's könntest, dann mach's!«, blaffte er mich an. »Und wenn nicht, dann hör auf, das dauernd zu sagen, und lass dir lieber was anderes einfallen. Diese Scheiße muss aufhören, sonst …«

»Sonst was?«

Seine einzige Antwort darauf war wieder nur Schweigen.

Gleich danach passierte noch etwas, das ich am liebsten gar nicht erzählen würde, weil es ein bisschen heftig ist. Aber Martina meint, es gehört unbedingt dazu, also muss ich wohl. Es geht um Sex. Das ist allerdings nicht das Hauptproblem. Ich zögere, weil alle (auch Martina) sofort denken, sie verstehen genau, was passiert ist. Dabei verstehe nicht einmal ich selbst es genau.

Es war so: Nachdem wir alles gesagt und zugleich alles offengelassen hatten, bog Adrian ohne Vorwarnung und mit einem Tempo, dass es hinter uns nur so staubte, in den nächsten Feldweg ein. Er fuhr, bis weit und breit niemand mehr zu sehen war. Unter einer Baumgruppe hielt er an. Mittlerweile ahnte ich schon, was er vorhatte, und ich wollte es auch. Wirklich! Aber die Art, wie er mich dann ansah, machte mir doch Angst. Bis dahin war er immer total zärtlich gewesen, wenn wir miteinander schliefen. Diesmal würde es anders sein. Mehr wie ein Schlag ins Gesicht.

Es ging alles total schnell, ich war gar nicht richtig da, hab es eher erlebt wie einen Film. Ich sehe ihn noch, wie er aus dem Auto springt, meine Tür aufreißt, mich rauszerrt und auf die warme Motorhaube wirft. Wir sehen uns in die Augen wie zwei wilde Tiere, die gleich auf Leben und Tod miteinander kämpfen werden und nur auf den richtigen Moment zum Angriff warten. Er schüttelt mich. Sein Kuss ist eher ein Biss. Was dann passiert, ist wild und heftig und hektisch. Er zischt grobe, dreckige Ausdrücke. Schimpfwörter. Es hat mir nichts ausgemacht, im Gegenteil, es hat mir gefallen. Irgendwie. Dass es ein bisschen wehgetan hat, körperlich, meine ich, hat es nur noch intensiver gemacht. Geblutet hab ich auch. Nicht schlimm. Erst hinterher hab ich gemerkt, dass ich Adrian die Unterarme aufgekratzt habe. Er hat kein Wort darüber verloren.

Martina hat für das, was passiert ist, später den Begriff *Vergewaltigung* benutzt. »Er hat dich angegriffen, du hast dich gewehrt, wie kann man das anders bewerten?«, fragte sie mich. Aber es war keine Vergewaltigung. Echt nicht. Ich wollte es doch. Das hab ich ihr mehrmals gesagt, und irgendwann hat sie so getan, als würde sie meine Sicht akzeptieren, aber sie ist garantiert bei ihrer Meinung geblieben. (Sie ist nicht ganz so objektiv, wie sie immer tut. Liegt wohl daran, dass sie viel mit Vergewaltigungsopfern und gewalttätigen Beziehungen zu tun hat.) Ich behaupte ja nicht, dass es für mich sofort okay war, so rangenommen zu werden. Und ich hab mir nicht gedacht: *Endlich besorgt er's mir mal richtig,* oder irgend so einen Scheiß. Er hat eine Grenze überschritten, das stimmt schon, aber mit mir zusammen. Okay, es hat eine Weile gedauert, bis ich das Ganze für mich einordnen konnte. Zur Erinnerung: Ich war sechzehn, und vor ein paar Wochen hatte ich noch überhaupt keinen Sex gehabt. Martina findet, ich rede mir was schön. Vielleicht denkt ihr das ja auch. Aber wenn ihr einen Jungen schon mal richtig geliebt habt, ich meine, so, dass ihr überall mit ihm hingehen würdet, auch in die Hölle, dann versteht ihr mich.

Nach unserem heftigen Ausbruch lehnten wir schweigend an der Motorhaube und schauten auf ein abgeerntetes Getreidefeld. Adrian zündete zwei Zigaretten an und reichte mir eine. Ich glaube, er war fast genauso überrascht und verwirrt wie ich.

Alle Versuche, was zu sagen, erstickten im Keim. Was soll man auch sagen, wenn eben ein Sturm über einen hinweggetobt ist und die Welt, so wie sie war, in Trümmern liegt? Wenn man schon froh ist, dass man überhaupt noch atmet? Ja, ich glaube, das trifft es am besten, wie wir uns fühlten: wie die einzigen Überlebenden nach einem Orkan.

Martina meint, es war kein Zufall, dass es ausgerechnet nach diesem Erlebnis anfing. Das Reden darüber, Niklas für immer zum Schweigen zu bringen, meine ich. Ich weiß echt nicht mehr, wer von uns wieder damit angefangen hat. Sicher, so Sprüche wie: *Ich könnte ihn umbringen,* oder: *Ich wünschte, er wäre tot,* hab ich losgelassen, öfter sogar, aber das war bei mir bloß eine Floskel, wie sie auch Millionen andere Leute benutzen, wenn sie jemanden auf den Tod nicht leiden können oder einer fies zu ihnen war. Sagt ihr bestimmt auch, oder? Ohne dass es was bedeutet. Doch irgendwann fing es an, was zu bedeuten, auch wenn es nur Gedankenspiele waren, mit denen wir unseren Ärger abreagierten. Der Knackpunkt bei so einer Planung war nicht, wie man jemanden beseitigen kann. Das war leicht. (Dachten wir.) Der entscheidende Punkt war, damit durchzukommen. Nicht erwischt zu werden. Bei Mord ist die Aufklärungsrate ziemlich hoch, hatte Adrian recherchiert. »Es muss eben aussehen wie ein Unfall«, fand ich. Mein erster Vorschlag: die Bremsleitungen an seinem heiß geliebten Cabrio durchschneiden.

Adrian winkte ab. »Kannst du vergessen. Die Elektronik meldet so was sofort, und selbst bei einem Unfall passiert nicht viel, mit all den Airbags.«

»Scheiße«, sagte ich. »Jetzt du.«

»Irgendwo runterstoßen wäre eine Möglichkeit.«

»Wo? Wie?«

Sollte eigentlich simpel sein, aber ihm fiel nichts ein. Man musste 1. eine geeignete Stelle finden, 2. Niklas hinlocken und 3. die Tat ohne Zeugen ausführen. Das erforderte schon mal einen Opfer-Täter-Kontakt, der später zurückverfolgt werden konnte. Ganz zu schweigen von etwaigen Zeugen. Man kennt das ja vom Fotografieren. Egal, wie einsam ein Platz scheint, genau im falschen Moment taucht irgendein Arsch auf und versaut die Aufnahme.

»Echt kompliziert, wenn man nicht einfach mit der Pumpgun hingehen und den Typen wegpusten kann«, meinte Adrian. »Macht gar keinen Spaß so.«

Wir recherchierten im Internet nach Giften, die nicht nachweisbar waren, wurden auch fündig, aber das Problem war, sich das Zeug zu beschaffen. Wenn man kein Chemiker oder Apotheker war, kam man da gar nicht so leicht ran. Und in die Verbrecherforen im Internet, wo man alles kriegte, kamen wir nicht rein. Frustriert brachte Adrian irgendwann eine ziemlich radikale Methode ins Spiel: Niklas erschlagen, die Leiche zerlegen und die Einzelteile in verschiedenen frisch ausgehobenen Gräbern verscharren. Man musste nur die Todesanzeigen lesen, um zu wissen, wann und wo jemand beerdigt wurde. Ideal wäre ein gefakter Abschiedsbrief, in dem so was stand wie: *Ich musste weg. Sucht mich nicht.*

»Bist du irre?«, protestierte ich angewidert, obwohl ich zumindest die Idee mit den Gräbern originell fand. »Ich könnte niemals eine Leiche zerlegen. Schon gar nicht die von jemandem, den ich mal kannte.«

»Glaub mir: Wenn du musst, kannst du es auch.«

»Hör auf! Das ist echt widerlich!«

Wenn ihr das lest, denkt ihr wahrscheinlich: Was für ein eiskaltes Biest. Würde ich auch denken. Mir jagt es sogar beim Schreiben eine Gänsehaut nach der anderen über den Rücken. Weil wir im Rückblick ja alle wissen, was noch kommt, und da erscheint vieles davor eben auch in einem anderen Licht. Aber ich sag es noch mal: Zu dem Zeitpunkt, als Adrian und ich so rumgesponnen haben, war es wirklich kaum mehr als das – ein makabrer Spaß zum Frustabbau.

Der Witz bei der Sache war: Es gab eine viel einfachere und völlig unblutige Möglichkeit, Niklas loszuwerden. Fast bedauerten wir es, dass die Lösung unseres Problems so leicht und konventionell war. Wenn wir, den Kopf voller Mordgedanken, durch München oder Ingolstadt spazierten, Hand in Hand zwischen all den harmlosen Menschen, stellten wir uns manchmal vor, wir hätten die Tat schon begangen. Die Bedienung im Café, die Verkäuferin im Laden, der nette alte Herr, der uns zulächelte – sie ahnten nicht, was wir auf dem Gewissen hatten. Sie wussten nicht, was unsere Hände getan und unsere Augen gesehen hatten. Nur wir beide wussten davon, und es hob uns aus der Masse heraus, schweißte uns zusammen. So eine Tat konnte nie mehr zurückgenommen werden, sie hatte Bestand bis in alle Ewigkeit. Die Liebe der anderen Pärchen kam uns im Vergleich zu unserer geheimnisvollen, abgründigen Leidenschaft fast schon armselig vor. Für uns galt nicht, was für sie galt. Gesetze. Moral. Wir lebten in einer eigenen Welt, die allein von unseren Gesetzen, von unserer Moral bestimmt war, und das erste Gebot war: Unsere Liebe rechtfertigt alles. Wir fühlten uns so frei, wie die anderen niemals in ihrem Leben sein würden. Adrian lachte mich manchmal aus, wenn ich ihm das so romantisch ausmalte, aber ich weiß, dass ihm die Vorstellung auch gefiel, und dass sie ihn total anmachte, hab ich auf sehr direktem Weg gespürt. Ihr wisst, was ich meine.

Doch wie gesagt: Die Lösung des Niklas-Problems erforderte keinen Mord. Eine simple Lüge und ein wenig Schauspielerei sollten genügen. Am besten, rechnete ich mir aus, vor seinen Eltern, damit die mitkriegten, was für ein mieser Stalker ihr Sohn war. Deshalb klingelte ich bei ihm, ohne Vorankündigung, aber mit dem sicheren Wissen, dass zumindest seine Mutter zu Hause war. Sie machte mir sogar auf. Eine schlanke Frau, ungeschminkt, mit Birkenstockschuhen und Öko-Klamotten, die scheiße aussahen, aber bestimmt sauteuer gewesen waren.

Ich hatte mir vor meinem Besuch extra eine besonders scharfe Zwiebel unter die Augen gehalten, damit sie auch schön verheult aussahen.

»Ist Niklas da?«, fragte ich mit weinerlicher Stimme. »Ich bin eine Freundin. Siri.«

»Ich weiß, wer du bist. Warte hier.«

Sie fand es nicht mal nötig, mich ins Wohnzimmer zu führen. Ich stand verloren im Eingangsbereich und hörte mit, wie sie oben an Niklas' Tür klopfte und dann in kühlem Ton sagte: »Hier ist dieses Mädchen für dich. Siri.« Papa hatte schon recht. Echt merkwürdig, diese Leute. Und ziemlich arrogant. Kein Wunder, dass Niklas so verkorkst war. Sie kam wieder nach unten, verkündete: »Er ist gleich bei dir«, und verschwand ins Wohnzimmer, allerdings ohne die Tür ganz zu schließen. Perfekt, dachte ich nur.

Niklas schlurfte in Flipflops die Treppe runter. Als er mich sah, verheult und mit einem Gesicht, als wäre jemand gestorben, zögerte er kurz und zog die Brauen zusammen. Dann kam er zu mir und fragte, ob alles in Ordnung sei.

»Ist es nicht«, gab ich zurück. Ich versuchte, zugleich verletzt und wütend rüberzukommen. »Du hast es geschafft. Adrian hat Schluss gemacht. Der Ärger mit dir turnt ihn total ab, und dass du ihn auch noch unter Druck setzt, hat ihm den Rest gegeben. Das wollte ich dir nur sagen. Aber glaub bloß nicht, dass wir jetzt wieder zusammenkommen.« Ich wurde lauter. »Mit einem Stalker will ich nichts zu tun haben! Nie mehr! Du bist echt krank! Ich hasse dich! Also lass mich in Ruhe!«

Im ersten Moment wirkte er betroffen und unschlüssig, wie er mit der Situation umgehen sollte, aber er hatte sich ziemlich schnell wieder unter Kontrolle. »Das ist jetzt vielleicht hart für dich«, meinte er von oben herab, »aber du wirst bald merken, dass es besser so ist. Wenn du jemanden brauchst, auf den du wütend sein kannst – ich stehe zur Verfügung. Wir reden noch mal, wenn du dich beruhigt hast und wieder klarer denken kannst.«

»Leck mich!«, schrie ich ihn an. »Ich rede nie wieder mit dir!«

Ich fuhr herum und ließ die Tür hinter mir knallen. Zufrieden mit meinem Auftritt sprang ich draußen auf mein Fahrrad und radelte davon. Er hatte mir meine Story abgekauft. Hoffentlich ließ er mich künftig in Ruhe. Nach ein paar Hundert Metern holte ich mein Handy raus und rief Adrian an. Vor Stolz und Freude brachte ich kaum die Worte heraus: »Wir sind frei! Frei!«

WIR WAREN GLÜCKLICH. ZEHN volle Tage lang. Wann immer es ging, holte Adrian mich aus unserem Kaff ab, wir fuhren nach München, in seine kleine Wohnung, und es war fast wieder so wie in Italien. Die Welt außerhalb seiner vier Wände hörte auf zu existieren. Anna-Lena musste ich notgedrungen in mein Geheimnis einweihen, ich brauchte sie für mein Alibi. Sie zog zwar jedes Mal ein schiefes Gesicht, wenn ich sie bat, mir zu helfen, aber am Ende machte sie es doch. Niklas hatte ihr vor einer Weile die Fotos und Videos aus Italien gezeigt und sie beschworen, mir auch noch einmal klarzumachen, dass ich auf dem besten Weg war, mein Leben zu ruinieren.

»Und was meinst du?«, hab ich sie gefragt, als sie mir das erzählte. »Findest du auch, dass ich meine Zukunft versaue?«

Sie überlegte kurz, dann sagte sie: »Keine Ahnung. Musst du selber wissen. Bloß … dass Niklas sauer ist, ist doch irgendwie logisch. Nicht falsch verstehen! Ich finde nicht gut, was er macht, klar? Aber es fühlt sich nun mal scheiße an, wenn man einfach so abserviert wird.« So, wie sie guckte, war eindeutig, dass sie nicht mehr nur von Niklas sprach, sondern auch von sich selbst.

»Ich hab dich nicht abserviert«, erwiderte ich, »aber mein Leben hat sich nun mal verändert.«

Sie sagte nur: »Schon klar«, und beendete damit das Gespräch.

Kann ja sein, dass ich Fehler gemacht habe bei ihr. Aber ich hätte von meiner besten Freundin auch was anderes erwartet. Zum Beispiel, dass sie sich mal in meine Lage versetzt. Dass sie sich über mein Glück freut. Aber das hat Anna-Lena noch nie gemacht, und seit sie nicht mehr die von uns beiden war, die den Ton angab, hatte sie ein Problem.

Das waren für mich allerdings nur Nebengeräusche, die, sobald ich mit Adrian zusammen war, im Rauschen der Welt untergingen. Bei ihm fühlte ich mich unverwundbar. Es brauchte schon einen ganz großen Hammer, um mich aus der Bahn zu werfen. Und was soll ich sagen? Der Hammer kam, und er traf mich mit voller Wucht! Denn am zehnten glücklichen Tag begegnete uns in München jemand, mit dem ich überhaupt nicht gerechnet hatte: meine Mutter.

Was zwischen meinen Eltern lief, hab ich zu der Zeit genauso ausgeblendet wie alles andere. Aus dem bisschen, was ich angedeutet habe, werdet ihr längst die richtigen Schlüsse gezogen haben und deshalb nicht so überrascht sein, wie ich es war, als ich die Wahrheit über meine Mutter rausfand. Plötzlich ergab das ganze Gerede von *Selbstverwirklichung, Freiheit* und *Sich-Ausprobieren in der Liebe und im Leben* einen Sinn. Sie hatte mir gegenüber so getan, als ginge es um mich, als wollte sie, dass ich selbstständig werde und Erfahrungen sammle, aber in Wahrheit hat sie die ganze Zeit nur von sich selbst gesprochen.

Als ich sie in dem Straßencafé sitzen sah, erkannte ich sie zuerst gar nicht. Ich dachte noch: ›Hey, die Frau da vorne sieht genauso aus wie meine Mutter‹, und wollte Adrian schon anstupsen, um sie ihm zu zeigen. Aber dann bemerkte sie mich, und da wusste ich: Sie war es wirklich. Ich blieb abrupt stehen, griff nach Adrians Hand und sagte: »Scheiße. Da vorne … da ist meine Mutter.«

»Shit«, sagte er. »Und jetzt?«

Mein Herz raste. Was sollte ich tun? Hingehen und mit ihr reden? Voll peinlich! Aber konnte ich einfach weggehen, nachdem wir eindeutig Blickkontakt gehabt hatten? Meine Lust, jetzt mit ihr zu sprechen, war noch unter null, deshalb wollte ich mich schon abwenden, als Adrian fragte, ob der Typ an ihrem Tisch mein Vater war. War er sicher nicht, aber ich guckte noch mal hin, weil ich in meinem Schock nur auf meine Mutter geachtet hatte. Erst jetzt fragte ich mich: Was macht sie hier mit einem fremden Mann? Einem attraktiven Mann, wie ich zugeben musste.

Nach ein paar Schrecksekunden stand sie auf und kam zu

mir. Als wäre es ein glücklicher Zufall, der uns so unverhofft zusammengeführt hatte, begrüßte sie mich, aber nicht wie ihre Tochter, sondern eher wie eine Freundin, die sie schon viel zu lange nicht mehr gesehen hatte. »Na, so was, Siri!« Sie lachte gekünstelt. »Du in München? Und in so attraktiver Begleitung. Willst du mir den jungen Mann nicht vorstellen?«

»Und du?«, gab ich zurück. »Willst du mir den nicht mehr ganz so jungen Mann an deinem Tisch auch vorstellen?«

»Ich bin Adrian«, sagte Adrian da, »ein Freund von Siri.«

Meine Mutter lächelte fein. »So, so, *ein* Freund.«

»Und du bist Siris Schwester?«

»Bemüh dich nicht, Adrian, du weißt genau, wer ich bin.« Und dann wieder mit diesem falschen Lächeln: »Aber danke für das Kompliment. Kann ich kurz mit Siri reden? Allein?«

Während ich noch baff darüber war, dass Adrian meine Mutter einfach duzte und ihr billige Komplimente machte, zog sie mich zur Seite. »Ich dachte, du bist mit Anna-Lena shoppen«, sagte sie, nun ganz in der Rolle der verantwortungsvollen Mutter.

»Und ich dachte, du bist … Keine Ahnung. Jedenfalls nicht hier, mit einem Typen, der …«

»Es ist nicht so, wie es aussieht, Siri.«

Oh mein Gott, rief ich innerlich, den Satz hast du nicht wirklich gebracht! Das ist ja die reinste Soap! Doch ich sagte nur: »Ach was!«, und verschränkte die Arme vor der Brust.

Meine Mutter warf einen kurzen Kontrollblick zu ihrem Typen, dazu ein flüchtiges Lächeln und einen Wink. Dann wandte sie sich wieder mir zu. »Wir reden später. Ich warte auf dich. In einer Stunde. Genau hier. Klar?«

Sie wartete schon, als ich kam. Wirkte nervös. Wozu sie auch allen Grund hatte. Aber meine Mutter wäre nicht meine Mutter gewesen, wenn sie nicht die Flucht nach vorne angetreten hätte. »Wie lange läuft das mit diesem Adrian?«, fragte sie.

Ich war fest entschlossen, nur das zuzugeben, was sich nicht leugnen ließ. Ansonsten: Ball flach halten, wie Adrian gesagt hätte. »Wir sind noch dabei, rauszufinden, ob das passt zwischen uns«, log ich.

»Ach, komm!« Sie grinste und stieß mich in die Schulter. »Hältst du mich für doof?« Plötzlich war sie wieder die coole Freundin, nicht mehr die Mutter. Die Geschwindigkeit ihrer Rollenwechsel war atemberaubend.

Ich ließ mich aber nicht von ihr übertölpeln und blieb dabei: Adrian und ich kannten uns noch nicht lange. Seit Italien, um genau zu sein. Es gab nichts zu vermelden. Ich hatte also niemanden belogen, nur über etwas geschwiegen, das nicht spruchreif war.

Meine Mutter glaubte mir natürlich kein Wort. Sie war selbst eine zu gute Lügnerin, um sich so leicht verarschen zu lassen. Aber sie bohrte nicht weiter nach. Wozu auch? Für sie war sowieso alles klar.

»Und du und dein …?« Ich ließ offen, wofür ich ihn hielt, ein Teil von mir wollte gar nicht so genau wissen, was da lief.

»Ich erzähl's dir auf der Heimfahrt«, wich sie aus.

Sie hatte das Auto an einem Park-and-Ride-Platz abgestellt. Während wir zum nächsten U-Bahn-Eingang stiefelten, ging mir durch den Kopf, was Adrian mir mit auf den Weg gegeben hatte: »Vielleicht ist es gar nicht so schlecht, wenn der Kerl im

Café der Lover deiner Mutter war. Das Problem ist ja dein Vater. Und wenn sie will, dass du ihr Geheimnis bewahrst, muss sie auch dein Geheimnis bewahren.«

AUF DER AUTOBAHN WAR Stau. Ein Laster stand quer, Vollsperrung auf allen vier Spuren. Aber das wussten wir noch nicht, als wir in München losfuhren. Wir überhörten nämlich jeden Verkehrshinweis im Radio, weil meine Mutter redete wie ein Wasserfall.

»Ich bin ganz froh, dass du gerade verliebt bist«, begann sie, »dann verstehst du ein bisschen besser, wie es mir geht.« Verstehen vielleicht. Aber akzeptieren? Nie! Wie kam sie auf die Idee, unsere Situation wäre vergleichbar? Verscheißerte sie mich? Ich war ein Teenager. Ohne depressiven Ehemann. Ohne Kinder. Ohne Haus mit Garten, das noch nicht abbezahlt war. (Ich weiß, es hört sich komisch an, wenn ausgerechnet ich all diese spießigen Gründe anführe, aber, hey, das waren nun mal alles Dinge, die sie im Gegensatz zu mir bedenken musste.)

»Ich weiß«, sagte sie weiter, »dein Vater ist krank. Aber ich ertrage diese Depressionen nicht mehr, es zieht mich dermaßen runter, dass ich mir manchmal selbst eine Kugel in den Kopf schießen möchte. Wieso nimmt er nicht einfach Medikamente? Manchmal glaube ich, er benutzt das als Druckmittel gegen uns. Nein, ich bin mir sogar sicher. Damit er über uns bestimmen kann. Vielleicht nicht bewusst. Aber er macht es. – Timo ist so anders. So voller Lebensfreude und Optimismus. Mit ihm ist alles ganz leicht. Keine Verpflichtungen. Wir leben einfach in den Tag. Ich hatte völlig vergessen, wie unbeschwert das Leben sein kann. Ich bin zweiunddreißig, Siri, nicht zweiundsechzig oder zweiundsiebzig. Die besten Jahre einer Frau sind die Dreißiger, heißt es. Die liegen vor mir. Und ich will sie nicht vergeuden. Verstehst du? Das bedeutet ja nicht, dass ich Papa nicht liebe. Es bricht mir das Herz, ihn so zu sehen. Ihn zu … ja, ich sage das Wort jetzt einfach: ihn zu betrügen. Aber was soll ich machen? Aufhören zu leben? Mich aufgeben? Mich opfern? Weißt du, ich spüre mich plötzlich wieder. Ich hab das Gefühl, wieder in meiner Mitte zu sein. Alles ist plötzlich sonnenklar.«

Meine Mutter redete und redete, ohne Punkt und Komma. Dabei ihre gestikulierenden Hände zu sehen, die klimpernden Armbänder und die schwingenden Kreolen an ihren Ohren – mich machte das einfach nur aggressiv. Ich wollte ihr wehtun. Ins Gesicht schlagen. Oder was Gemeines sagen. Es war dann Letzteres.

»Dir geht's doch nur ums Ficken«, sagte ich.

Ich konnte gar nicht so schnell gucken, wie ich ihre Hand in meinem Gesicht hatte. Es tat weh, aber diese Ohrfeige war zumindest das erste Ehrliche, was an diesem Tag von ihr kam. Unser Auto hatte einen heftigen Schlenker gemacht, links und rechts hupten die anderen Autofahrer, schwangen die Faust oder zeigten uns einen Vogel. Wir erschraken so heftig, dass wir für eine Weile verstummten. Denn eines einte uns doch: Wir hatten beide keine Lust, hier auf der Autobahn wegen so einem Scheiß zu sterben.

Kurz danach sahen wir vor uns die Warnblinker der Autos am Stauende. Meine Mutter bremste ab. Da saßen wir nun, stumm wie die Fische im Aquarium, und ich hatte das Gefühl, dass uns von überall unzählige Augenpaare anstarrten.

Irgendwann hielt ich es neben der Frau nicht mehr aus und riss die Tür auf. Sie wollte mich packen, weil sie wahrscheinlich dachte, ich würde wegrennen, aber ich stieg bloß nach hinten um. Als ich merkte, dass sie mich im Rückspiegel beobachtete, rutschte ich auf die andere Seite, wo sie mich nicht sehen konnte. Mich überkam das unwiderstehliche Verlangen, eine Zigarette zu rauchen. Scheiß drauf, dachte ich schließlich, holte die Schachtel raus, zündete mir eine an und fuhr das Fenster runter.

Meine Mutter drehte sich um und musterte mich erstaunt. Aus Trotz blies ich absichtlich den Rauch nach vorne. Doch sie schluckte die Bemerkung, die sie sicher hatte machen wollen, wieder runter und sagte: »Gibst du mir auch eine?«

»Wieso? Du rauchst doch gar nicht.«

»Du doch auch nicht.«

Ich reichte ihr die Schachtel und das Feuerzeug.

Nachdem wir eine Weile stumm vor uns hin geraucht hatten, sagte ich: »Ich hab dich angelogen. Ich kenne Adrian schon länger. Wir lieben uns. Wir wollen zusammen sein. Für immer. Und ich werde zu ihm ziehen. Bald.« Jedes einzelne Wort sollte ein Messerstich in ihren Rücken sein. Aber sie hatte einen Panzer wie eine Schildkröte. Nichts drang in sie ein. Alles, was sie sagte, war: »Wirst du nicht.«

»Werd ich doch.«

»Wir werden ja sehen.«

Sie sagte das auf eine Weise, die mich hellhörig machte. Mit einer Gewissheit, als seien alle Entscheidungen längst gefallen. Und langsam dämmerte mir, was los war. Worauf es hinauslief: Sie würde uns verlassen.

Ich war geschockt. Als ich am Abend mit Adrian skypte, merkte er sofort, dass was nicht stimmte. Er fragte, ob unser Plan nicht aufgegangen war: Schweigen gegen Schweigen. »Doch«, sagte ich matt, »sie wird meinem Vater nichts von uns erzählen.« Das hatten meine Mutter und ich noch rasch geklärt, als wir schon in unsere Straße eingebogen waren. Wie etwas, von dem wir beide sowieso ausgegangen waren.

»Dann ist doch alles okay«, meinte Adrian.

»Klar.«

Ich konnte es ihm nicht erzählen. Zumal ich ja noch gar keine Bestätigung von meiner Mutter hatte, dass meine Befürchtung stimmte. Seine Reaktion auf Niklas' Erpressung war zu frisch. Seit er dieses *sonst* ausgesprochen hatte, gefolgt von diesem bedrohlichen Schweigen, fühlte ich mich seiner nicht mehr sicher. Ist schon eine komische Sache, die Liebe, oder? Obwohl mein Vertrauen angeknackst war, liebte ich Adrian nicht weniger, sondern sogar mehr. Und anders. Verzweifelter. Maßloser.

Endgültiger.

Vielleicht täusche ich mich ja, machte ich mir Mut, und Mama bleibt bei uns. – Nein, das war reines Wunschdenken. Ich kannte sie zu gut, und drum wusste ich, dass sie ihr Ding durchzog, wenn es drauf ankam, ohne Rücksicht auf Verluste. Wer die Scherben, die sie hinterließ, wieder aufsammelte, war nicht ihr Problem. Wobei klar war, wem sie diese Aufgabe zugedacht hatte, wenn es so weit war: mir. Papa würde bloß in irgendwelchen Ecken hocken und sich tot stellen. Wahrscheinlich würde er nicht mal mehr zur Arbeit gehen und den Garten verwahrlosen lassen, so wie bei seiner letzten schweren Depression, die er nur dank einer intensiven Behandlung überwunden hatte. Man musste dauernd damit rechnen, dass er sich was antat. Nein, er war keine Hilfe, er war das Problem. Ich warf mir vor, dass ich zu sehr mit meinem eigenen Leben beschäftigt gewesen war und deshalb sämtliche Anzeichen übersehen oder bewusst ignoriert hatte. Andererseits: Was hätte ich schon tun können? Es machte mich wütend, wenn ich nur daran dachte, wie rücksichtslos meine Mutter war. Erst hatte sie Papa durch ihr Verhalten in die Depression getrieben, und jetzt sah sie nur noch zu, wie sie rechtzeitig davonkam, bevor er zusammenbrach.

Ich musste mit ihr sprechen. Klären, was sie vorhatte, und ihr notfalls ins Gewissen reden. Und zwar sofort. Sonst erstickte ich noch daran.

Obwohl es schon gegen Mitternacht war, fand ich meine Mutter in ihrem Näh- und Bügelzimmer. Überall hingen Papas strahlend weiße, makellos glatte Hemden. Wie Geister schwebten sie im Raum. Meine Mutter schaute nur kurz hoch, als ich reinkam, dann zischte schon wieder das Dampfbügeleisen.

»Du bist noch auf?«, fragte sie.

Ich konnte mich nicht hinsetzen, weil alle Stühle mit Wäsche belegt waren, deshalb blieb ich stehen. »Du musst mir sagen, was du vorhast, Mama«, verlangte ich und versuchte, ruhig zu bleiben.

Sie räusperte sich. »Keine Ahnung, was du meinst.«

»Du willst uns verlassen, oder?«

Sie schwieg. Nur das Gleiten des Bügeleisens, wie ein Flüstern.

»Jetzt sag schon!«, drängte ich.

Sie stellte das Bügeleisen hin. »Komm mal her«, forderte sie mich auf.

Zögernd folgte ich. Was wollte sie? Mich in den Arm nehmen, während sie mir die brutale Wahrheit sagte? Doch als ich bei ihr war, trat sie zur Seite, schob mich ans Bügelbrett und drückte mir das Bügeleisen in die Hand.

»Dein Vater braucht jeden Tag ein frisches Hemd. Jeden Tag. Und sie müssen vollkommen glatt sein. Nicht die kleinste Falte. Nirgends. Sonst zieht er sie nicht an. Versuch's mal.«

Ich stellte das Bügeleisen hin. »Ich will jetzt keine Lektion im Hemdenbügeln, Mama. Ich will eine Antwort.«

»Die Antworten kommen von selbst. Das Bügeln nicht.«

»Diese Sprüche kannst du dir echt sparen!«

Ich verschränkte demonstrativ die Arme. Meine Mutter zog die Stirn in Falten, eine tiefe Furche kerbte sich zwischen ihre Augenbrauen.

»Glaubst du, du kannst über mich urteilen?«, legte sie los. »Du hast keine Ahnung, was es bedeutet, erwachsen zu sein. Aber jetzt kriegst du die Gelegenheit, es zu lernen.«

Sie ging zu einem der Hemden an der Schrankwand und tat so, als entferne sie einen Fussel. Dann drehte sie sich wieder zu mir um und sagte: »Ja, ich werde weggehen. Timo muss im Spätherbst beruflich nach China, für vier Monate, und ich werde ihn begleiten.«

China!? Wieso nicht gleich auf den Mond! Die spinnt doch! – Das waren meine spontanen Gedanken.

»Und wir? Sind wir dir scheißegal?«

»Du willst doch unbedingt erwachsen sein, Siri. Dann musst du Verantwortung übernehmen.« Sie kam einen Schritt näher, ein böses Lächeln zeichnete sich in ihre Mundwinkel. »Oder dachtest du, es reicht, mit irgendeinem Typen rumzuvögeln?«

Das tat weh. In mir hatte sich so viel Wut angestaut, dass ich fast platzte, aber als ich ansetzte, was zu sagen, fiel mir nichts ein. Rein gar nichts. Außerdem saß mir ein fetter Kloß im Hals, der immer größer wurde. Ich wollte auf keinen Fall losheulen. Schließlich fragte ich nur, beinahe stimmlos: »Und Svea? Was ist mit ihr?«

»Wenn ich wieder da bin, nehme ich sie zu mir. So, wie ich dich und deine Faulheit kenne, wirst du froh sein, sie loszuwerden. In der Zwischenzeit kannst du ja anfangen, mal so was wie eine Beziehung zu deiner kleinen Schwester aufzubauen.«

Ich konnte nicht mehr verhindern, dass mir die Augen überquollen und Tränen in dicken Strömen mein Gesicht hinabliefen. Mir war, als breche gerade meine Welt zusammen. Aber noch immer konnte ich nichts sagen. Musste ich auch gar nicht. Meine Mutter übernahm das Reden ganz alleine, und ich muss zugeben: Sie las in mir wie in einem Buch.

»Du wirst wenig Zeit haben für deinen Adrian«, sagte sie kühl, »und ich kann verstehen, dass dir das Angst macht. Männer mögen keine Probleme. Schon gar nicht die Probleme ihrer Frauen und Freundinnen. Wenn er bei dir bleibt: Glückwunsch! Dann hast du ein seltenes Exemplar gefangen. Wenn nicht: Mach dir nichts draus. Solche Typen gibt es wie Sand am Meer, und die erste Liebe hält sowieso nicht ewig. Natürlich kannst du es so machen wie ich damals: Lass dich schwängern. Versprich dir aber nicht zu viel davon. Die Zeiten sind lange vorbei, in denen Männer sich so anketten ließen. Da muss dir also schon was Besseres einfallen.« Plötzlich seufzte sie: »Arme Siri.

Das Leben ist so ungerecht. Aber schau, in zwei Jahren bist du volljährig und kannst tun und lassen, was du willst.«

»Sag mal, hasst du mich eigentlich? Warum bist du so? Was hab ich dir getan?«

»Gar nichts. Es geht nicht immer nur um dich.«

»Um mich geht es doch nie!«

Ich ertrug ihren Anblick nicht mehr und rannte weg. An der Tür drehte ich mich noch einmal um, denn eine Sache interessierte mich noch: »Seit wann weißt du es? Dass du uns verlassen willst? Wann hast du das entschieden?«

»Vor zehn, fünfzehn Minuten.«

»Hä?«

»Als du mich so angesehen hast. Mit diesem Blick, den du manchmal draufhast. Du machst ja viel mit deinen Blicken, es fällt dir wahrscheinlich gar nicht auf. Und das ist wirklich schwer auszuhalten. Dieser Blick hat mir jedenfalls gesagt, dass wir beide eine Auszeit voneinander brauchen.«

Ich hatte keine Ahnung, welche Blicke sie meinte. War mir auch egal. Fahr zur Hölle, dachte ich und ging.

In dieser Nacht fand ich keinen Schlaf. Mein Kopf wollte schier platzen von all den Gedanken. Ich machte es ihm nicht leichter, indem ich jede Cola, die ich mir einschenkte, mit einem kräftigen Schluck Rum aus Papas Hausbar aufpeppte. Um rauchen zu können, setzte ich mich in den Garten. Wieso musste ausgerechnet diese Nacht so lau sein? Eine Nacht wie für die Liebe gemacht. Ich sehnte mich nach Adrian. Immer wieder nahm ich mein Handy, rief im Adressbuch seine Nummer auf –

und legte es wieder weg. Ich konnte nicht mit ihm über diese Dinge sprechen. Noch nicht.

Ich spielte in Gedanken durch, was in den nächsten Monaten passieren würde: Mein Mutter würde weggehen und mich mit einem depressiven Mann und einer Dreijährigen zurücklassen. Es gab zwar ein paar Verwandte, die ich theoretisch um Hilfe bitten konnte, aber ich machte mir wenig Hoffnung. Meine Großeltern waren kaum sechzig Jahre alt und hatten andere Dinge zu tun, als sich um uns zu kümmern. Außerdem war unser Kontakt zu ihnen nur oberflächlich: peinliche Besuche an Weihnachten und Ostern und an den Geburtstagen, bei denen man sich kaum was zu sagen hatte. Meine beiden Onkels und meine Tante wohnten zu weit weg, um helfen zu können. Doch selbst wenn es anders gewesen wäre, Papa hätte niemals jemanden um Hilfe gebeten und auch nicht zugelassen, dass ich es tat. Er musste immer beweisen, dass er ganz alleine für seine Familie sorgen konnte. Von wegen *ganz alleine*! Ich würde mich um alles kümmern müssen – ihn eingeschlossen. Und nicht nur, bis ich achtzehn war. Wenn Papa mich brauchte, konnte ich unmöglich abhauen und ihn sich selbst überlassen. Das hätte ich nie über mich gebracht.

Was würde Adrian sagen, wenn er merkte, dass die unbeschwerten Tage für uns erst mal vorbei waren? Würde er zu mir halten? Mich unterstützen? Oder lieber das Weite suchen? Die Worte meiner Mutter hallten in mir nach: *Männer mögen keine Probleme. Schon gar nicht die Probleme ihrer Frauen.* Ich versuchte mir einzureden, dass unsere Liebe stärker war als alle Widerstände, und es wäre mir bestimmt gelungen, wenn es diesen Moment im Auto nicht gegeben hätte: dieses Schweigen nach dem bedrohlichen *sonst*. Die Wahrheit war: Ich wusste nicht, was Adrian tun würde. Und das machte mir panische Angst.

Tränen stiegen mir in die Augen. Die Zeit mit Adrian kam mir vor wie ein intensiver Traum. Wenn er ging, nahm er diesen Traum mit. Was blieb mir dann noch? Wer war ich ohne ihn? Vielleicht würde er bereuen, sich mit mir eingelassen zu haben. Mich als Enttäuschung abhaken. Eine unerträgliche Vorstellung. Ich wollte keine Enttäuschung sein.

Aber vielleicht unterschätzte ich Adrian ja. Die Kraft seiner Liebe. All die Zärtlichkeiten, die Küsse, der Sex – das bedeutete doch was. Das war mehr gewesen als bloß Spaß oder oberflächliches Getue. Doch, ganz sicher! Er würde so wenig von mir loskommen wie ich von ihm, und drum musste er mich unterstützen, weil Liebende sich nun mal gegenseitig unterstützten. Wir würden diese Zeit durchstehen, zusammenbleiben, noch viele Dummheiten anstellen, und wenn Papa wieder auf den Beinen war, würde ich zu ihm nach München ziehen, und dann würde alles gut sein.

Ich musste mit ihm reden. Sofort. Egal, wie spät es war. (Es war halb drei Uhr morgens.) Egal, wie betrunken ich war. (Ich war ziemlich betrunken.)

Voller Hoffnung holte ich mein Handy raus, und diesmal wählte ich seine Nummer auch. Ließ es läuten und läuten. Die Mailbox war nicht an. Erst nach einer gefühlten Ewigkeit wurde abgenommen.

»Siri! Was ist denn?«, fragte Adrian zutiefst besorgt. »Geht es dir gut?«

»Jetzt schon. Dich zu hören … das tut so gut …« Ich atmete

die Beklemmung in meiner Brust weg. »Ich liebe dich, Adrian. Für immer und ewig. Ich will, dass du das weißt.«

»Das weiß ich doch. Und ich liebe dich auch.«

»Für immer?«

»Klar.«

ALLES WIRD GUT.

Komm um drei zur Insel im See, und ich zeig dir, wie.

Adrian.

Diese Nachricht steckte in einem Umschlag, den ich am nächsten Morgen im Gepäckträger meines Fahrrads fand. Ich glaubte es kaum: Adrian war hier gewesen? Vor unserem Haus? Wozu die Umstände? Und das Risiko? Er hätte mir doch einfach eine SMS oder eine Nachricht über WhatsApp schicken können. Wenn er so wie alle anderen wäre, hätte er das vermutlich getan, dachte ich mir. Und wie kam er darauf, die Insel im See als Treffpunkt zu wählen? (Es war eigentlich keine echte Insel, sondern bloß eine Holzplattform, die fest verankert im Badesee schwamm.) Woher wusste er überhaupt, dass es sie gab? Wir waren nie dort gewesen. Hatte ich sie mal erwähnt? Musste ich wohl. Aber was wollte er mir zeigen? So viele Fragen. Trotzdem widerstand ich dem Drang, ihn anzurufen. Anscheinend hatte er vor, mich zu überraschen, und er sollte seinen großen Auftritt bekommen.

Zu dumm, dass ich um drei schon eine Verabredung hatte. Anna-Lena würde bestimmt nicht erfreut sein, wenn ich ihr ausgerechnet wegen Adrian absagte. War sie auch nicht. »Ist ja klar«, sagte sie. »Muss ich wieder dein Alibi spielen?«

»Nee. Ich sag meiner Mutter einfach, dass ich allein zum Baden fahre. Oder ich sag ihr gar nichts. Der ist eh gerade alles egal.«

Eigentlich war mir Baden an dem Tag zu stressig. Ich litt unter den Folgen der letzten Nacht. Die Kombination aus wenig Schlaf, Alkohol und Nikotin war tödlich. Und dass aus der lauen Nacht ein drückend schwüler Tag geworden war, machte es meinem Kreislauf nicht leichter, in die Gänge zu kommen. Die Aussicht auf ein Wiedersehen mit Adrian beflügelte mich jedoch.

Um halb drei radelte ich zum See. Der Parkplatz war zu groß und zu voll, um Adrians Auto zwischen all den anderen auszumachen. Ich eilte zur Liegewiese. Weil der Horizont sich verdunkelte, packten viele Badegäste schon ihre Sachen. Auf der Insel waren ein paar Leute zu sehen, aber die Entfernung war zu groß, um jemanden zu erkennen. Ich bildete mir trotzdem ein, ich hätte Adrians Haarschopf bemerkt. Hastig zog ich das Top und die Shorts aus und sprang ins Wasser.

Ich war die Einzige, die auf den See rausschwamm, alle anderen schwammen zurück. Als ich bei der Insel ankam, fand ich sie fast leer. Ich stieg die Leiter hinauf und sah sofort: Adrian war nicht da. Meine Laune war schlagartig im Keller. Während ich mich noch fragte, ob ich die Nachricht vielleicht falsch verstanden hatte (aber was hätte man daran falsch verstehen können?), drehte sich ein Junge, der bis jetzt auf dem Bauch gelegen hatte, zu mir um.

»Hallo, Siri!«

Zuerst war ich geschockt. Aber dann dachte ich: War ja klar. Niklas!

»*Du* hast mir den Zettel in den Gepäckträger geklemmt? Und mit *Adrian* unterschrieben?«

Er grinste, als wäre das die beste Idee aller Zeiten.

»Was soll der Scheiß?!«, fuhr ich ihn an. »Willst du mir wehtun? Oder mich verarschen?«

Während die Letzten, die außer uns noch auf der Insel gewesen waren, nun auch das Weite suchten (sie hatten wohl keine Lust auf Teenager-Gekeife), setzte Niklas sich auf.

»Ich bin doch der, der verarscht wurde«, sagte er.

»Wieso?«

Er stand auf. Als hätte er es extra so inszeniert, verdüsterte sich hinter ihm der Himmel immer mehr.

»Na, die Show, die du bei mir zu Hause abgezogen hast. Fast hätte ich sie dir abgenommen. Aber nur fast.«

»Keine Ahnung, was du meinst.«

»Ach, tu doch nicht so. Du bist noch mit diesem Adrian zusammen. Sonst wärst du gar nicht hier.«

»Ich … ich dachte, Adrian ist … er will es sich noch mal überlegen. Wegen der Trennung …«

»Hör doch auf zu lügen, Siri. Ich weiß, dass ihr noch zusammen seid.«

»Von wem?«

Ein breites Lächeln trat auf sein Gesicht, und ich wusste, dass ich es verbockt hatte. »Von dir«, sagte er genüsslich. »Du hast es mir vor einer Sekunde gestanden.«

Ich Idiot!, beschimpfte ich mich selbst.

»Nee, war nur ein Scherz, ich wusste es vorher schon«, sagte er da. »Ich hab euch gesehen. Zufällig.«

»Du kennst Adrian doch gar nicht.«

»Musste ich nicht. Ein Auto mit Münchner Kennzeichen, du und ein etwas älterer Typ drin. Da ist doch alles klar.«

»Und wo hast du uns gesehen?«

»Ist doch egal!«

War es nicht. Von wegen *zufällig gesehen*. Er schlich mir nach. Wahrscheinlich die ganze Zeit schon. Wut flammte in mir auf.

»Wieso lässt du mich nicht einfach in Ruhe!«, schrie ich ihn an. »Bist du mein Vater? Oder sind wir verheiratet?« Ich trat auf ihn zu und tippte mit dem Zeigefinger gegen seine Brust. »Du bist krank, Niklas! Ein Stalker – das bist du! Ein total irrer Stalker! Und wenn du nicht aufhörst, mir nachzuspionieren, geh ich zur Polizei! So was ist nämlich strafbar!«

»Das ist doch Quatsch, Siri, und das weißt du auch. Ich spioniere dir nicht nach. Echt nicht. Aber wenn du denkst, dass ich einfach zugucke, wie du in dein Unglück rennst, dann täuschst du dich.«

Weil ich nicht mehr wusste, wohin mit meiner Wut, stieß ich ihn mit beiden Händen gegen die Brust. Überrascht von dem wuchtigen Stoß, taumelte er, mit den Armen rudernd, nach hinten und fiel ins Wasser. Dort paddelte er noch kurz mit wilden Bewegungen und ging schließlich mit einem Hilferuf unter.

Alleine stand ich da. Über mir der sich immer mehr verdüsternde Himmel. Und auch in mir eine Schwärze, aus der heraus eine böse Stimme schrie: Ertrinken sollst du, du Mistkerl! Ich glaubte nicht wirklich, dass er in Gefahr war. Schließlich war er ein guter Schwimmer. Nein, er verarschte mich bloß. Aber als er einfach nicht auftauchte, wurde ich unsicher, dann besorgt und zuletzt ängstlich. Wo war er nur? Wieso kam er nicht hoch? Was, wenn er doch ertrunken war? Ich hatte ihn gestoßen. Es wäre meine Schuld. Man würde sagen, ich hätte es mit Absicht getan. Um ihn loszuwerden!

Ich hechtete ins Wasser und war im Nu ein paar Meter tief unten. Suchte ihn. Fand ihn nicht. Er musste doch irgendwo sein! Das Wasser war viel zu trüb, um etwas zu erkennen, das mehr als zwei oder drei Meter weg war. Hin und her schwamm ich, um die ganze Insel herum, tauchte nur kurz auf, wenn ich Luft holen musste. Irgendwann konnte ich nicht mehr. Mein Gott, dachte ich, ich bin eine Mörderin. Das wollte ich nicht! Ich stieg höher, auf den großen schwarzen Fleck über mir zu, der die Insel war, und dort tauchte ich auf. Nach Luft japsend hielt ich mich an der Leiter fest.

Und was sah ich, nachdem ich wieder etwas zu Atem gekommen war? Niklas! Er stand auf der Insel und schaute auf mich herab.

»Immerhin würdest du mich nicht einfach absaufen lassen«, sagte er. »Das ist schon mal ein Anfang. Findest du nicht?«

Arschloch, dachte ich, ließ mich ins Wasser sinken, streckte ihm den Mittelfinger entgegen und rief: »Der Blitz soll dich treffen!«

KLATSCHNASS KAM ICH ZU Hause an. Es schüttete inzwischen wie aus Kübeln. Niklas hatte mich beschworen, mit ihm zu fahren. Selbst nachdem ich mich weigerte, war er noch eine Weile hinter mir geblieben, aber ich wollte lieber vom Regen in den Gully gespült werden, als zu ihm ins Auto zu steigen. Zu Hause nahm ich als Erstes eine heiße Dusche. Am meisten ärgerte mich, dass ich auf dem See Angst um Niklas gehabt hatte, während er mich bloß verarschte. Außerdem kotzte es mich an, dass er meinte, er wäre so was wie mein Beschützer. Was bildete er sich ein?! Und dann die Nummer mit dem angeblichen Ertrinken. Was wollte er damit beweisen? Dass ich doch was für ihn empfand? Was für eine kranke Logik! Oder wollte er mich einfach nur verarschen? Ich schwor mir, nie wieder Mitgefühl für ihn zu haben. Das hatte er sich endgültig verscherzt.

Eingewickelt in ein Badetuch warf ich mich auf das Sofa in meinem Zimmer und rief Adrian per Skype an. Zum Glück war er gerade online. Ich erzählte ihm, was auf dem See passiert war. »Jetzt müssen wir ihn wirklich beseitigen«, sagte ich, an unsere Gedankenspiele von vor einiger Zeit anknüpfend, »er muss weg. Das ist so was von scheiße, wie der sich aufführt. Psychoterror ist das!«

»Du hast absolut recht«, pflichtete mir Adrian bei. »Der Typ fordert es heraus.«

»Nee, echt jetzt. Wir müssen was machen. Er wird garantiert weiter nerven. Schlimmer als zuvor.«

Adrian schaute mich unschlüssig an. »Meinst du das ernst?«

»Klar. Es ist so schon alles schlimm genug. Da brauch ich nicht auch noch den.«

»Wieso? Was ist gerade so schlimm bei dir?«

Heute war anscheinend der Verplapper-Tag. Einen Moment lang hatte ich völlig vergessen, dass Adrian die neueste Entwicklung bei meiner Mutter nicht kannte. Zum Glück konnte ich es abbiegen. »Ich meine, dass du ewig weit weg bist und meine Eltern mich wie ein Kleinkind behandeln und so. Das macht mich fertig.«

»Dafür kann dieser Niklas nichts.«

»Dafür nicht, aber … Ach, was weiß ich.«

Ich wusste wirklich nicht, was ich redete, und schon gar nicht, was ich eigentlich wollte. Mir den Ärger von der Seele zu quatschen, funktionierte jedenfalls nicht wirklich. Mit jedem Satz war ich noch mieser drauf. Und das frustrierte mich umso mehr. Wieso passierte nicht einfach was, das alle Probleme auf einmal löste? Ein beschissenes Wunder zum Beispiel. Aber ich hätte wohl mehrere Wunder gebraucht, damit alles ins Gleichgewicht kam.

»Im Ernst jetzt«, hakte Adrian nach, »du willst den Typen echt killen?«

»Nee, nicht gleich killen. Bei dem reicht bestimmt schon eine kleine Abreibung, und er zieht den Schwanz ein.«

»Erst mal vielleicht. Aber danach rennt er sofort zu seinen Alten, und die rennen zu den Bullen, und ich hab den Ärger. Nee danke, auf den Stress kann ich verzichten.«

»Na, dann müssen wir ihn eben doch killen.« Ich zielte mit der Fingerpistole auf ihn. »Peng!«

SPÄTER KAM AUCH NOCH meine Mutter rein, mit einem Stapel gebügelter Wäsche auf dem Arm. Ich drehte mich nur kurz zu ihr um und lackierte mir dann weiter die Fußnägel. Ein neuer Farbton, den Anna-Lena auch hatte: Koralle. Meine Mutter legte die Wäsche wie immer auf die Kommode, einräumen musste ich sie selbst. Ich atmete erleichtert aus, als ich hörte, wie die Tür zuging.

Während ich einen Fußnagel nach dem anderen lackierte,

in mehreren Schichten, waren meine Gedanken bei Adrian. Und bei Niklas. Weil der nun wusste, dass ich immer noch mit Adrian zusammen war, würde er uns bestimmt wieder schaden wollen. Wahrscheinlich würde er genau da weitermachen, wo er aufgehört hatte, das heißt versuchen, Adrian mit den Fotos zu erpressen. Was konnten wir dagegen tun?

Mein Vorschlag, ihm eine Abreibung zu verpassen, war keine Schnapsidee gewesen. Wäre das nicht reine Notwehr? Er bedrohte uns, das war ein Fakt. Mussten wir tatenlos zusehen, wie er alles kaputt machte? Zu dumm, dass Adrian recht hatte: Niklas' Eltern würden die Polizei einschalten. Außer es gelang uns, ihn so einzuschüchtern, dass er seinen Eltern nichts sagte. Wenn wir ihm zum Beispiel androhten, dass wir wiederkommen und ihn noch viel schlimmer in die Mangel nehmen würden, falls er mit seinen Alten quatschte. Oder noch besser: dass wir Schläger schicken würden, die für Adrians Onkel arbeiteten. Musste ja nicht stimmen. Dieser verklemmte Badehosenschwimmer war nicht so mutig, wie er tat. Ohne seine Eltern, ihr Geld und ihren Einfluss traute der sich nicht mal zu pupsen. Solche Typen knickten sofort ein, wenn man ihnen glaubhaft rüberbrachte, wie ernst man es meinte.

Erschreckend, ich weiß, aber so dachte ich damals vor mich hin, und ich stellte mir vor, wie Adrian und ich ihm beim Joggen irgendwo auflauerten. Am besten mit einem Baseballschläger oder so. Etwas, das Eindruck machte, ohne dass man viel dazu sagen musste. Adrian würde ihn ein wenig rumschubsen. So tun, als würde er ihm gleich beide Kniescheiben zerschmettern. Je entschlossener wir auftraten, desto weniger mussten wir wirklich machen. Und ganz ehrlich: Je länger ich es mir überlegte, desto größer wurde meine Lust, ihm den einen oder anderen derben Schlag zu verpassen.

Adrian war nicht begeistert von meinem Vorschlag.

»Ich kann meinen Onkel nicht in unseren Scheiß mit reinziehen«, meinte er. »Unmöglich!«

»Dann erwähnen wir deinen Onkel eben nicht«, maulte ich, denn seine mangelnde Begeisterung zog mich runter. »War nur ein Gedanke. Wir können auch was anderes sagen.«

»Ich finde die ganze Idee nicht so prickelnd, ehrlich gesagt.«

Es nervte mich, dass er nur Bedenken vorbrachte, obwohl Niklas' Attacke gegen ihn ging. Oder besser: gegen uns. Hatte er mich insgeheim schon aufgegeben? Bereitete er längst seinen Abgang vor?

Beleidigt sprang ich aus dem Bett, rannte ins Bad und knallte die Tür hinter mir zu. Dort lief ich unruhig auf und ab. Es war dumm gewesen, mit diesem Thema bis nach dem Sex zu warten. Adrian war dann immer träge und wollte nur seine Ruhe haben. Ich hatte es ja auch anders geplant, vom Timing her. Aber wir waren so heiß aufeinander gewesen, dass wir es nicht länger ausgehalten hätten. Was ich mir gleich hätte denken können, denn es lief eigentlich immer so ab. Nur dass wir dazu in ein Hotel gingen, war eine Premiere. Wenn er mich sonst besuchen gekommen war, weil ich zu wenig Zeit hatte, um nach München zu fahren, hatten wir es auf dem Rücksitz seines Autos gemacht. Klingt nicht romantisch, ich weiß, aber es war wild und frech, und das passte zu dem, wie wir uns sahen. Ratlos, wie es weitergehen sollte, setzte ich mich auf den Badewannenrand.

Ein Kratzen an der Tür. »Lass mich rein, Süße.«

»Ist offen.«

Er kam rein. Mein Gott, wie geil er aussah mit diesen wilden, im Liebestaumel zerzausten Haaren! Was machte er nur mit mir? Und wie machte er das?

Er ließ sich neben mir nieder, nahm mein Bein und legte es über das seine, sodass mein Fuß in der Luft baumelte.

»Du willst, dass wir das kleine Arschloch kaltmachen?«, sagte er. »Okay, Baby, dann soll es so sein.«

»Von *Kaltmachen* war nicht die Rede.«

Er leckte die besonders empfindsame Stelle unter meinem Ohr und flüsterte mir zu: »Macht dich die Vorstellung, dass wir beide einen kaltmachen, auch so geil wie mich?«

Ich wollte noch einmal sagen, dass es nicht ums Kaltmachen ging, aber da er hinterher eh wieder dagegen sein würde, schwieg ich und ergab mich in seine Zärtlichkeiten.

ICH IRRTE MICH. ADRIAN ruderte nicht zurück. Der Schweiß auf unserer Haut war noch nicht getrocknet, da sagte er: »Und wie hast du es dir vorgestellt? Wie sollen wir es machen?« Ich glaubte erst, er meint was anderes, und dachte schon: Hey, jetzt übertreib's mal nicht, wir sind doch eben erst fertig geworden, aber dann verstand ich und sagte: »Keine Ahnung. Wir könnten ihm beim Joggen auflauern, mit einem Baseballschläger und …«

»Hast du einen Baseballschläger?«, unterbrach er mich.

»Nee.«

»Ich auch nicht. Sieht das blöd aus, wenn wir mit einem nagelneuen Baseballschläger aufkreuzen?«

Ich boxte ihn in die Schulter. »Sei doch mal ernst, wenigstens fünf Minuten.«

»Hey!« Er umschloss meine Faust mit seiner riesigen Hand und grinste. »Okay. Also …?«

»Na, jedenfalls«, machte ich weiter, »wir lauern ihm auf und reden Klartext und geben ihm ein paar Hiebe mit auf den Weg. Wir müssen nur überzeugend sein. Damit er glaubt, dass wir zurückkommen und ihm noch Schlimmeres antun, wenn er quatscht.«

»Das heißt, ich soll ihn schlagen. Oder willst du? Und ich halt ihn für dich fest?«

Ich schwieg. Versuchte mir vorzustellen, wie es sich wohl anfühlte, jemanden zu schlagen. Jemanden, mit dem ich mal befreundet gewesen war. Jemanden, der mich in dem Moment kein bisschen bedrohte. Auf den ich vielleicht gerade dann keine Wut hatte, sondern bloß Mitleid oder so was.

»Keine Ahnung«, sagte ich schließlich.

Er kniff mich ins Kinn. »Bisschen viel *keine Ahnung* für einen entschlossenen Auftritt, meine Süße.«

Wieso war er so von oben herab? Als wäre ich nur ein Dummchen, mit dem man ins Bett geht, das aber nichts im Kopf hat! Ich wollte gerade was Passendes dazu sagen, als mein Handy klingelte. Auf dem Display stand: *Papa.*

»Scheiße«, fluchte ich. »Mein Alter.«

Wie spät war es? Wie lange waren wir schon hier? Ich hatte jedes Zeitgefühl verloren. Einmal tief durchatmen, dann ging ich ran: »Hi, Papa. Alles klar bei dir?«

»Gar nichts ist klar! Wo bist du?«

»Äh … zu Hause …«

»Willst du mich verarschen? Ich bin zu Hause! Und du bist nicht hier!«

»Okay, sorry, Missverständnis. Ich meinte: So gut wie zu Hause. Bis gleich!«

Ich sprang aus dem Bett und in meine Klamotten. Adrian ebenso. Keine zehn Minuten später saßen wir im Auto. Ich überlegte, wie ich Papa besänftigen konnte. Würde schwer werden, aber irgendwie gelang es mir immer.

»Was hältst du davon, wenn ich dich heute Nacht besuche?«, sagte Adrian plötzlich.

»Was?«

»Ich bleib im Hotel. Schließlich ist es für die ganze Nacht bezahlt. Und wenn ich schon mal hier bin …«

War das sein Ernst? Wie stellte er sich das vor?

»Äh … Schon vergessen? Mein Vater darf nicht wissen, dass es dich gibt.«

»Du rufst mich an, wenn alle schlafen. Ich komme, und dann zeigst du mir dein Zimmer.« Er fuhr herum und streckte den Zeigefinger aus. »Wehe, du räumst deine Plüschtiere weg! Ich will alles mit eigenen Augen sehen, hörst du?! Die ganze schmutzige Wahrheit über dich!«

Er konnte so viele Witze reißen, wie er wollte, ich fand das nicht lustig. Wozu dieses unnötige Risiko? Gab es nicht schon genug Scheiß, mit dem wir uns rumschlagen mussten? Oder war das nur ein weiteres Anzeichen dafür, dass es ihm längst egal war, was aus uns wurde?

Adrian überspannte den Bogen. Wieso machte ich mit? Das fragte ich mich die ganze Zeit, während ich vor dem Haus auf ihn wartete. Es war weit nach Mitternacht und drinnen schon lange ruhig. Ich hatte ihm eingeschärft, dass er nicht mit dem Auto bis vors Haus fahren konnte, und er hielt sich zum Glück daran. Vorne am Gartenzaun stehend, starrte ich in die Richtung, aus der er kommen musste, und dann sah ich jemanden, er war es, ich erkannte ihn am Gang. Er rauchte eine Zigarette. Das Kribbeln in meinem Bauch wurde zu einem schmerzhaften Ziehen. Zum Glück lag das Schlafzimmer meiner Eltern nach hinten raus.

Als er bei mir war, schnippte Adrian seine Zigarette weg und küsste mich. Ich hielt die Luft an, weil der Geruch nach Rauch überwältigend war. »Na, dann komm«, sagte ich ungeduldig. Ich wollte es nur hinter mich bringen.

Wir zogen beide die Schuhe aus und schwebten lautlos durch den Flur und die Treppe hinauf. Erst als ich die Tür hinter uns zugedrückt hatte, atmete ich wieder. Adrian schaute sich um. Natürlich hatte ich die peinlichsten Plüschtiere doch weggeräumt und nur solche stehen gelassen, zu denen es eine hübsche Geschichte zu erzählen gab. Zum Beispiel den Stoffhund, der mir drei Wochen Krankenhaus erträglich gemacht hat. Oder den Frosch, den ich im Kindergarten von einer Freundin gekriegt habe, die später an Leukämie gestorben ist. Doch ich musste keine dieser Geschichten erzählen. Dafür, dass er vorher so einen Wind gemacht hatte, sagte Adrian recht wenig. Auch die Poster an der Wand kommentierte er nicht. Stattdessen ging er auf das Bett zu, legte sich rein und streckte die Hände nach mir aus. »Komm, meine Süße.«

Zögernd folgte ich und legte mich zu ihm. Es fühlte sich schräg an, mit einem Mann in dem Bett zu liegen, in dem ich die ganzen letzten Jahre gelegen hatte, allein mit meinen Träumen, Wünschen und Sehnsüchten.

»Echt kuschelig hier«, sagte er. »Sieht nach einer unbeschwerten Kindheit aus.«

Ich zuckte die Schultern. »Geht so. Kann nicht klagen.«

Konnte ich wirklich nicht. Selbst meine Mutter war mehr als okay. Bis sie eben ausgetickt ist.

»Und bei dir?«, fragte ich. »Wie war deine Kindheit?«

»Keine Ahnung. Irgendwie ist da ein großes Loch in meiner Erinnerung. Oder ein Taubheitsgefühl.«

»Versteh ich nicht.«

»Nicht so wichtig.«

Wir lagen eine Weile stumm beieinander, ich streichelte sein Gesicht, während er sich, so schien es mir, in meinem Blick ausruhte. Plötzlich war alles gut. Keine Zweifel mehr, keine Ängste, keine Ungewissheiten – nur reine Liebe und Zärtlichkeit. Wenn tot sein heißt, dass der letzte Moment einfriert und man bis ans Ende aller Zeiten so bleibt, dann hätte ich nichts dagegen gehabt, in diesem Moment zusammen mit Adrian zu sterben.

Zum Glück war Niklas ein Gewohnheitstier. Er ging jeden Morgen laufen, in den Ferien um halb acht, wenn Schule war, sogar schon um kurz nach sechs. Und immer auf derselben Strecke: ein Stück die Straße lang, dann in einen Feldweg, durch den Wald, an einem Weiher vorbei und wieder zurück. Wir erwarteten ihn am Weiher, hinter einem Gebüsch. Adrian redete wenig, dafür rauchte er eine Zigarette nach der anderen. Immer wieder schaute er auf die Uhr. Ich hockte auf meinen Hacken, rupfte Grashalme aus und beobachtete Libellen dabei, wie sie auf dem Wasser tanzten. Ich wunderte mich selbst darüber, wie ruhig ich war. Dabei war das, was wir vorhatten, total krass. Eine saudumme Idee, würde ich heute natürlich sagen. Nicht zur Nachahmung empfohlen. Trotzdem wünschte ich, es hätte geklappt.

Als Adrian hinter mir sagte: »Er kommt!«, sackte mein Herz dann doch ab, und mein Puls beschleunigte sich. Ich stellte mich neben Adrian. Wir schauten uns an. Uns war beiden mulmig zumute. Er reichte mir die heruntergerauchte Zigarette, ich nahm den letzten Zug und schnippte sie ins taufeuchte Gras.

Die Schritte, das Keuchen kamen rasch näher. Adrian stieß mich mit dem Ellbogen an, dann trat er auf den Weg, ich folgte unmittelbar. Als Niklas uns bemerkte, wurde er langsamer, er schien zu überlegen, was unser Auftauchen zu bedeuten hatte. In gemächlichem Tempo trabte er heran.

»Na, so eine Überraschung«, sagte er, als er nur noch ein paar Meter entfernt war.

»Bleib mal stehen«, verlangte ich. »Wir müssen reden.«

Er hielt an. »Und wozu brauchen wir den da?«

Adrian boxte ihn in die Schulter. »Spiel dich nicht so auf.«

Niklas schnaubte bloß verächtlich. Er wirkte nicht besonders beeindruckt von unserem Auftritt.

»Jetzt mal Klartext«, schnauzte Adrian ihn an. »Du hörst auf, Siri auf den Geist zu gehen. Kapiert? Und schickst keine Fotos rum von Sachen, die dich rein gar nichts angehen. So was kann ich auf den Tod nicht leiden, klar?« Er stieß Niklas mit beiden Händen gegen die Brust. »Haben wir uns verstanden?«

Niklas grinste. »Die Nummer, die du da abziehst, ist echt so scheiße. Wie aus 'nem schlechten Film. Und das bisschen Herumschubsen soll mich einschüchtern? Mehr hast du nicht zu bieten?« Er schaute zu mir und wies mit dem Daumen auf Adrian. »Mann, Siri, das ist doch nicht dein Ernst? Der Typ da ist die reinste Lachnummer. Du hast was Besseres verdient.«

Was soll ich sagen? Ich war total baff über Niklas' Auftritt. War er wirklich so cool, oder dachte er sich bloß: Angriff ist die beste Verteidigung? Wenn er Angst vor Adrian hatte, versteckte er sie jedenfalls gut. Aber nein, er hatte keine Angst. Adrian machte keine gute Figur, ich auch nicht, das weiß ich genau, ich stand eigentlich bloß dumm rum und glotzte Niklas an. Das Überraschungsmoment war wider Erwarten voll auf Niklas' Seite. Mir wurde schlagartig klar, dass wir ihn und die ganze Situation komplett unterschätzt hatten.

»Ich muss in Bewegung bleiben«, sagte Niklas da, »sonst werden meine Muskeln kalt. Ruf mich an, Siri. Ich hab ein paar Sachen erfahren, die dürften dich interessieren.«

Ohne dass wir irgendwas machten, lief er los.

Da erwachte Adrian aus seiner Erstarrung. »Hey, du Arschloch!«, schrie er und rannte hinter Niklas her. »Ich bin noch nicht fertig mit dir!«

Aber nach kaum fünfzig Metern brach Adrian die Verfolgung ab, weil Niklas uneinholbar voraus war. Ich lief zu ihm. Keuchend stand er da, die Hände auf die Knie gestützt und einen riesigen Schweißfleck auf dem Rücken. »Scheiß Zigaretten«, klagte er. »Hab null Kondition.«

Ich wusste nicht, was ich sagen sollte. Alles, worauf ich kam, war ein kraftloses: »So ein Idiot.«

Nach einer Weile richtete Adrian sich auf und sah mich finster an. »Du hast mich ganz schön hängen lassen eben. Wenn das deine Vorstellung von Teamwork ist, dann lassen wir es besser. So hat das nämlich keinen Sinn.«

Ich erschrak. Was meinte er mit *das*? Etwa unsere Liebe?

Ich warf mich an seine Brust. »Tut mir leid! Ich war nur so … keine Ahnung … von der Rolle. Ich hab ihn total unterschätzt.«

Er trat einen Schritt zur Seite, von mir weg. Sah mich nicht an. Holte eine Zigarette raus. Nur eine.

»Den kriegen wir schon noch«, sagte ich. »Und dann lacht er nicht mehr.«

Adrian sagte nichts, sondern sog mit gierigen Zügen den Zigarettenrauch tief in die Lungen.

ICH RIEF NIKLAS NATÜRLICH nicht an. Obwohl ich es gerne getan hätte. Was für Sachen hatte er erfahren? Es konnte nur um Adrian gehen, das war klar. Ich hätte auch Adrian selbst fragen können, was Niklas wohl gemeint hatte. Aber das ließ ich bleiben. Er gab mir die Schuld an unserem unterirdischen Auftritt, deshalb wollte ich ihn nicht noch mehr verärgern.

Da ich mich nicht bei Niklas meldete, rief er mich an. Als ich seinen Namen im Display meines Handys las, war ich versucht, ranzugehen. Aber dann wurde mir klar, dass er das als Ermutigung auffassen würde. Ich hoffte und fürchtete zugleich, dass er seine Botschaft auf meine Mailbox sprechen würde. Und das tat er auch.

Ich hätte die Nachricht löschen können, ohne sie mir anzuhören. Machte ich aber nicht. Stattdessen erduldete ich jedes einzelne seiner Worte. Nicht nur einmal. Ich hörte sie mir wieder und wieder an, während meine Kehle sich jedes Mal zuschnürte. Wenn er mir erzählt hätte, dass Adrian ein gesuchter Verbrecher war, hätte ich es leichter ertragen. Doch seine Botschaft war einerseits harmloser, andererseits – für mich – schrecklicher:

Hi, Siri! Ich hätte es dir gerne direkt gesagt, aber du gehst der Wahrheit ja lieber aus dem Weg. Na ja, dann kommt die Wahrheit eben so zu dir. Ich hab mal meine Connections an die Uni in München aktiviert, damit sie sich nach deinem Adrian umhören. Tja, der Typ hat sich einen ziemlichen Namen gemacht. Kaum eine Studentin in seinem Dunstkreis, die er nicht angebaggert hat. Und keine von denen, die drauf eingegangen sind, spricht heute noch nett über ihn. Freundlich gesagt. Sobald es ernst wird, macht er den Abflug. Du glaubst mir nicht? Wenn du willst, kann ich dir gerne ein paar Kontakte herstellen, für Infos aus erster Hand. Klingt jetzt böse, wenn ich das sage, und ich will dir bestimmt nicht wehtun damit, aber er hat sich garantiert nur deshalb an dich rangemacht, weil du ein naiver Teenager bist. Eine Frau mit Erfahrung durchschaut so einen Typen sofort, und wenn sie auf mehr aus ist als auf ein bisschen Spaß, lässt sie die Finger von ihm. Hey, ich weiß, das ist hart, wenn du mit jemandem reden willst, ruf mich an. Ich bin für dich da. Weil du mir wichtig bist. Auch wenn du mich jetzt hasst. Melde dich trotzdem!

Ja, ich hasste ihn. Und wie! Obwohl ich ihm seine Behauptungen erst nicht glauben wollte. Schließlich konnte alles erfunden sein. Wo waren die Beweise? Außer irgendwelchen Tussis, die abgeblitzt waren und jetzt irgendwas erzählten, was gar nicht stimmte. Oder dummen Gerüchten, die Niklas so verdrehte, dass sie in sein Konzept passten. Schon möglich, dass Adrian vor mir einige One-Night-Stands und kurze Affären gehabt hatte – aber bloß, weil die Richtige nicht dabei war. Konnte ja gar nicht anders sein. *Ich* war die Richtige! Was war Niklas' Verleumdung gegen das, was ich spürte, wenn ich bei Adrian war? Er und ich waren füreinander geschaffen, das war die einzige Wahrheit, die zählte.

DOCH DER VERDACHT WAR gesät, und so zu tun, als wäre es anders, funktionierte nicht. Dafür bin ich eine zu schlechte Schauspielerin. Adrian merkte sofort, dass was nicht stimmte. Bei jedem Telefonat und erst recht, als wir uns wiedersahen. Adrian hatte wieder ein Zimmer für uns genommen. Er fragte mich geradeheraus, ob ich Niklas gesehen und ob er mir irgendwas erzählt hatte. Weil ich ihn auf keinen Fall belügen wollte, gab ich es zu und ließ ihn die Nachricht auf der Mailbox hören. Ich hatte damit gerechnet, dass er toben würde. Aber er war ganz still, für eine unerträglich lange Zeit, und sah mich nicht einmal an.

»Es stimmt«, gab er schließlich zu.

»Was?«

»Alles.«

»Auch das über mich? Dass du nur was mit mir angefangen hast, weil ich ein naiver Teenager bin?«

Er zündete zwei Zigaretten an und gab mir eine davon.

»Die Frauen, die man in München so trifft«, sagte er, »in Bars und in Klubs, die checken die Typen knallhart ab. Verstehst du? Abgeklärte Tussis mit klaren Vorstellungen. Jede hat ihren Plan. Weiß genau, was sie will. Und was nicht. Die leben nicht, die arbeiten nur ihre Punkte ab. Machen überall einen Haken dran und gehen weiter zum nächsten.« Er zeichnete Häkchen in die Luft. »Willst du so leben? Mit so jemandem? Ich nicht. Morgen können wir tot sein. Morgen *sind* wir tot. Und das soll's dann gewesen sein? Ohne mich.«

»Und ich?«

Er nahm einen tiefen Zug von seiner Zigarette, beugte sein Gesicht über meinen Bauch und blies den Rauch auf meine nackte Haut. Ein warmes, trockenes Gefühl breitete sich aus. Dann richtete er sich wieder auf.

»Deine Unschuld hat mich gereizt, Siri. Du bist an dem Punkt, an dem du so wirst wie alle anderen. Oder du wirst was Besonderes. Jeder könnte was Besonderes werden. Aber die wenigsten haben den Mut dazu. Du bist mutig. Mutig genug. Glaub ich. Hoff ich.«

Wie würdet ihr euch fühlen, wenn euch der Junge, den ihr mehr liebt als alles andere auf der Welt, so was sagt, und nicht zum ersten Mal? Würdet ihr da cool bleiben? Oder wärt ihr nicht auch zu allem bereit, um ihn und das, was ihr mit ihm teilt, zu behalten? Wenn ihr meint: »Nein, das würde mich kaltlassen«, weiß ich echt nicht, ob ich euch bewundern oder bedauern soll. Auf mich wirkten seine Worte jedenfalls wie eine Droge. Sie machten mich total high. Ja, ich war mutig. Nein, ich war nicht wie die anderen. Ich war was Besonderes. *Wir* waren etwas Besonderes.

Am liebsten hätte ich es an jede Wand gesprüht:

Siri und Adrian. Adrian und Siri. Forever.

Ich erinnere mich noch genau an den Abend, an dem wir uns zu Niklas aufmachten, um zu tun, was wir getan haben. Ich erinnere mich, dass die Straße und die Wiesen jenseits des Hauses dampften, weil es nach einem heißen Tag geregnet hatte. Ich erinnere mich, wie ich als Erste aussteige und zum Haus gehe, während Adrian mit dem Vierkantholz im Auto wartet. Ich erinnere mich, wie ich klingle und wie ich da stehe, unruhig von einem Bein auf das andere tretend. Ich erinnere mich, wie ich drinnen Schritte höre und wie die Tür aufgeht, und da steht Niklas vor mir und freut sich, weil er denkt, alles ist gut. Er kann ja nicht ahnen, dass er gerade seinen Todesengel ins Haus bittet.

An all das erinnere ich mich gut. Aber wann wurde aus dem bloß dahingesagten Satz »Am liebsten würde ich Niklas umbringen« ein Plan? Wir hatten so die Schnauze voll von seinen Drohungen und Attacken, und irgendwann denkst du, dass du zu allem bereit bist. Tausendmal hatten wir durchgespielt, was wir ihm antun könnten. Doch erst wenn der Tag, die Stunde, die Minute da sind, merkst du, wie weit weg all dein Reden und Planen von der Wirklichkeit ist. Ist ja auch klar! Ich war ein Teenager, und Adrian ein Student und Rumtreiber. Unsere Familien waren so gut oder schlecht wie die der meisten anderen Leute in unserem Alter. Da war nichts in unserem Vorleben, in unserem Charakter, in unserem Umfeld, das uns zu Mördern vorherbestimmt hätte. Wir waren junge Leute wie ihr.

Irgendwann war es eben in der Welt. Hing zwischen uns wie ein böser Fluch, den man nicht einfach zurücknehmen konnte. Wir hatten uns irgendwie selbst verhext. Oder hypnotisiert. Bestimmt ging es los, als Niklas diesen einen Schritt zu weit gegangen ist und in Adrians Familie die Bombe hochgehen ließ: dass Adrian in Italien im Haus von Onkel Albert gewesen war und mit einer Sechzehnjährigen dort Party gemacht hatte, dass er überhaupt regelmäßig Kontakt zum verhassten Onkel hatte und Jobs für ihn erledigte. Wutentbrannt rief Adrian mich an, mir platzte schier das Trommelfell, so laut schrie er mir das alles ins Ohr, fast so, als wäre es meine Schuld. »Wir müssen uns unbedingt sehen«, verlangte er. »Sofort!« Zum ersten Mal hatte ich Angst vor ihm. Er holte mich auf dem Parkplatz eines Supermarkts ab, wir fuhren drauflos, er war immer noch total außer sich, ich traute mich kein Wort zu sagen. »Wenn sie nicht mehr zahlen«, rief er immer wieder, »dann bin ich voll am Arsch.« *Sie* – das waren natürlich seine Eltern. Ich hätte ihn fragen können, wie er sich sein weiteres Leben eigentlich vorstellte, seine Eltern konnten doch nicht ewig für ihn aufkommen, aber das tat ich nicht, weil er eh schon auf hundertachtzig war. Außerdem kannte ich die Antwort: *Wer denkt schon an morgen? Morgen sind wir tot.* Also saß ich bloß da wie ein Mäuschen und verbarg mein inneres Bibbern.

Irgendwann wird Adrian sicher gesagt haben: »Diesen verdammten kleinen Pisser mach ich fertig. Den bring ich um.« Aber war das schon ein Plan? Oder habe vielleicht ich, nachdem er endlich wieder ruhiger geworden war, etwas gesagt wie: »Dafür machen wir ihn fertig. Das hat er nicht umsonst getan. Auf so was steht die Todesstrafe!« Bloß um Adrian zu zeigen, dass mich Niklas' Aktion genauso wütend machte wie ihn. All diese Sätze sind gefallen. Irgendwann. Mal mit wütender Entschlossenheit, die wieder verrauchte. Mal bloß so dahingesagt. Ich erinnere mich aber genau an den Moment, in dem endgültig alles auf die Seite kippte, in die die Sache dann laufen sollte. Es war, als Adrian mit einem Vierkantholz aus dem Baumarkt ankam und ich ihn fragte: »Was willst du damit?« Und er zurückfragte: »Wie? War das alles bloß Gerede von dir?«

Es gibt eine Angst, die lähmt. Und eine, die pusht. Wie vor einem Bungee-Sprung. Du stehst schon an der Kante, unter dir endlose Tiefe, und obwohl du weißt, dass es passieren wird, kannst du es dir noch immer nicht vorstellen. Du willst nur, dass es endlich losgeht, damit du es hinter dir hast. Aber du bist auch geil auf dieses Gefühl jenseits der Angst. Ein Gefühl absoluter Freiheit. Wenn dein Körper, dein Verstand dir sagen: Ich bin eben von einer Brücke gesprungen, ich müsste tot sein! Aber, Scheiße, ich lebe!!! Etwas von diesem Gefühl hatten wir auch. Weil wir uns trauten, so was Schreckliches wie einen Mord ernsthaft zu planen. Aber es kam noch was dazu: Wir fühlten uns unglaublich mächtig. Nicht nur Niklas gegenüber, sondern gegenüber der ganzen Welt. Für mich war ein Gesetz bis dahin wie eine Mauer gewesen. Kein Durchkommen. Jetzt merkte ich: Es war nur eine Linie. Ein Schritt genügte, und man stand auf der anderen Seite. Und dieser eine große Schritt bestand aus vielen kleinen Schritten, die, jeder für sich, gar nicht so schwer waren.

Unsere Skrupel, die natürlich trotzdem immer wieder aufkamen, bekämpften wir, indem wir uns nur auf den nächsten Schritt konzentrierten und alles andere ausblendeten. Ich rief Niklas an, angeblich wegen der Dinge, die er mir auf die Mailbox gesprochen hatte, und er erzählte mir mehr über Adrians angebliche Beziehungsunfähigkeit. Ich musste mich beherrschen, um nicht laut loszulachen. Beziehungsunfähig? Adrian? Er und ich waren so eng, wie zwei Menschen nur sein konnten. Ich tat so, als schockierten mich die Neuigkeiten, als käme ich nicht darüber hinweg und überlegte, mich von Adrian zu trennen, ehe er mich abservieren konnte. Obwohl ich ihn schon einmal angelogen hatte, glaubte Niklas mir, einfach weil er mir glauben wollte. Irgendwann fragte ich ihn, warum er seine allererste Drohung, meinem Vater alles zu erzählen, nie wahr gemacht hatte. »Wenn dein Vater dir Adrian verboten hätte«, erklärte er, »hättest du ihn bloß noch mehr gewollt. Du musstest selbst erkennen, dass er nicht gut für dich ist.« Oh mein Gott, wie hab ich ihn in diesen Momenten verachtet! Wer glaubte er, dass er war? Mein Lehrer? Mein Retter? Mein Erlöser? Oder alles zusammen?

Auf jeden Fall war er jemand, der mir seine Sicht aufzwingen wollte, so wie es alle anderen machten, weil sie glauben, sie wüssten besser als ich, was gut für mich ist. Dabei dachten sie alle gar nicht an mich, sondern nur an sich selbst: meine Mutter, die für ihre Freiheit über Leichen ging; mein Vater, der nur jemanden brauchte, weil er sich vor der Einsamkeit fürchtete; Niklas, der Adrian weghaben wollte, weil einer wie er einfach nicht der Loser sein konnte. Doch all diese Menschen hatten keine Macht mehr über mich. Im Gegenteil, ich hatte Macht über sie. Vor allem über Niklas, der schon bald sterben sollte.

Mir zittern die Finger beim Tippen dieser Sätze so heftig, dass ich sie kaum richtig hinkriege. Heute kann ich nicht mehr fassen, dass ich mal so gedacht und gefühlt habe. Wenn ihr mich deshalb für einen schlechten Menschen haltet, verstehe ich das gut. Vielleicht habt ihr ja recht. Vielleicht bin ich das. Aber ihr habt nicht recht, wenn ihr glaubt, ihr selbst könntet nicht in so eine Situation geraten, bloß weil ihr noch nie vorhattet, jemanden umzubringen. Überlegt mal, und seid ehrlich zu euch selbst: Habt ihr an eurer Schule oder sonst wo nicht schon mal jemanden gedisst oder ein böses Gerücht in die Welt gesetzt, aus Rache oder bloß aus Spaß? Anfangs sollte es nur witzig sein, doch dann ist es größer geworden, es zieht Kreise, euer Opfer wird geschnitten und verspottet und gemobbt, es gibt Momente, in denen ihr es aufhalten könntet, aber ihr lasst sie verstreichen, und deshalb geht es immer weiter, und ihr macht mit, und alles wird nur noch schlimmer für den, dem ihr schadet, und irgendwie auch für euch.

Es gab auch bei uns Momente, in denen die Sache noch zu stoppen gewesen wäre. Manchmal wachte ich auf und dachte mir: Das ist doch alles nicht dein Ernst, Siri. Du planst, jemanden zu ermorden! Einen Menschen! Ein Leben auszulöschen! Jemand wird tot sein. Angehörige werden trauern. Alle, wirklich *alle* werden dich und die Tat verfluchen. Wahrscheinlich sogar deine Eltern. Wenn ich aus so einem Gefühl heraus Adrian gegenüber Zweifel an unserem Vorhaben andeutete oder gar einen Rückzieher, reagierte er, als würde ich unsere Liebe infrage stellen. Ich muss aber zugeben, dass ich selbst genauso empfindlich reagierte, wenn er zwischendurch mal einen leisen Zweifel äußerte. Ich fasste es sofort so auf, als zweifle er an mir, an uns.

Nein, alles in allem glaubte ich, von unserem Vorhaben nicht mehr ablassen zu können, und Adrian konnte es auch nicht.

Die Zeit, in der wir unseren Plan entwickelten und mit uns rumtrugen, war noch intensiver, wir waren noch enger als in Italien. Wir gegen den Rest der Welt – das schweißte uns zusammen. Genauso, wie wir es uns vorgestellt hatten. Und wenn der Mord passiert war, würden wir auf immer und ewig verbunden sein, untrennbar, unser Bund war von da an ja mit Blut besiegelt, und das ließ sich so wenig zurücknehmen, wie ein Toter wieder lebendig wurde. Diese Erwartung brachte sämtliche Bedenken zum Schweigen. Ab und zu rauchten oder schnieften wir was, aber eigentlich brauchten wir das gar nicht, durch die Spannung waren wir auch so die ganze Zeit wie auf Koks: hellwach bis in die feinsten Nervenspitzen. Und wir hatten den besten Sex aller Zeiten, wir waren ständig heiß aufeinander, es war ein einziger Rausch, ein einziger an- und abschwellender Orgasmus vor dem ganz großen, erlösenden, wenn wir es endlich durchziehen würden.

UNSER PLAN GING SO: Es sollte aussehen wie ein Raubüberfall. Adrian hatte irgendwo von Einbrecherbanden aus Rumänien oder Bulgarien oder sonst wo im Osten gelesen, die durch die Lande zogen, Autos klauten und ganze Villen ausräumten. Diese Typen gingen ohne Skrupel vor, und wer Gegenwehr leistete, riskierte sein Leben. Das sollte unsere Tarnung sein. Wir stellten uns das total einfach vor, weil wir Polizeiarbeit nur aus dem Fernsehen kannten. Adrian hatte genau recherchiert, wie diese Banden vorgingen. Von Niklas wusste ich, dass seine Eltern in diesen letzten beiden Ferienwochen mal wieder auf große Reise gehen würden. Er war also allein zu Hause.

Adrian hatte uns etwas Koks besorgt, wir zogen es uns im Auto rein. Es kam genau zur rechten Zeit, denn ich hatte nun doch ganz schön Muffensausen. Wir küssten uns noch einmal, dann stieg ich aus. Es war schon nach neun Uhr. Abenddämmerung. In meiner Nase der intensive Geruch des nassen Asphalts nach einem Sommerregen. Das kantige, verwinkelte Haus, das noch schräger aussah als sonst. Nachdem ich geklingelt hatte, spürte ich, wie das Koks in meinem Kopf so richtig ankam. Wow, dachte ich, das wird die Nacht der Nächte. Ich war plötzlich heiß. Total heiß.

Niklas war überrascht, mich zu sehen. Er trug eine Jogginghose von Adidas und ein Shirt von Lacoste. (Keine Ahnung, warum sich das in meinem Gedächtnis eingeprägt hat.) »Wieso hast du nicht angerufen?«, fragte er.

Weil die Bullen sonst wissen, dass ich hier war, dachte ich, sagte aber: »War ein spontaner Einfall.«

»Komm rein.«

Ich trat in den Flur.

»Ich hab mit Adrian Schluss gemacht«, log ich.

Er sah mich erstaunt an.

»Ach was.«

»Ja, und diesmal wirklich.«

»Willst du darüber reden?«

»Schätze, deshalb bin ich hier. Wenn du was zu trinken hast, würde ich nicht Nein sagen. Am besten irgendwas mit viel Alkohol.«

Wir gingen ins Wohnzimmer. Die Masken, Vasen und der sonstige Kram aus aller Welt verstärkten mein Gefühl, nicht in der Realität zu sein, sondern in einem Traum. Sie machten mir keine Angst, sie schienen zu signalisieren, dass sie mit allem einverstanden waren, und das gab mir Sicherheit.

Während Niklas zwei Wodka-Orange machte, verschwand ich kurz, angeblich, um aufs Klo zu gehen. In Wahrheit öffnete ich die Haustür, in der innen der Schlüssel steckte, gab Adrian ein Zeichen und lehnte die Tür nur an, damit er reinkonnte.

Wieder im Wohnzimmer, standen die Drinks schon auf dem Couchtisch. Ich setzte mich zu Niklas aufs Sofa und nahm gleich einen kräftigen Schluck. Vom Alkohol schmeckte ich so gut wie nichts, aber ich hatte nicht ernsthaft erwartet, dass Niklas einen richtigen Drink mixen würde. Wir saßen uns schweigend gegenüber. Was redet man mit jemandem, den man gleich umbringen will? Ich hatte keine Lust, die Lüge, dass ich mich von Adrian getrennt hatte, weiterzuspinnen. Wozu? Also fing ich von seinen Eltern an, fragte, wohin sie verreist waren. Was er sagte, ging voll an mir vorbei, ich hätte nicht ein Wort davon wiederholen können. Etwas Merkwürdiges passierte gerade mit mir: Mein Bewusstsein begann, sich von meinem Körper abzuspalten.

Hört sich krass an, und das war es auch. Ich nahm mich selbst als eine andere wahr. Die, die auf dem Sofa bei Niklas saß – das war natürlich ich, aber ich sah sie von außen, wie eine Fremde, zu deren Gefühlen ich keine Verbindung hatte. Ich fragte mich, ob das was mit dem Koks zu tun hatte. Wann hatte es angefangen? Ich bilde mir ein, dass es schon da war, bevor Adrian ins Zimmer trat. Aber vielleicht war es auch erst in dem Moment, als ich das Ding in seiner Hand sah: jenes Vierkantholz, das ich schon kannte.

Ich hatte es mir leichter vorgestellt. Keine Ahnung, wie genau. Irgendwie so: Adrian würde reinkommen, es würde vielleicht einen kurzen verbalen Schlagabtausch geben – wir hatten uns viele Male darüber ausgelassen, was für schmerzhafte Wahrheiten wir Niklas ins Gesicht schleudern würden –, dann würde Adrian ihm eins überziehen (oder auch mehrere, je nachdem, was nötig war), wir würden das Haus verwüsten, damit es nach einem Einbruch aussah, unsere Spuren verwischen und verschwinden. Ich muss wohl nicht sagen, dass es völlig anders lief. Denn wann läuft schon etwas so wie geplant?

Die Probleme fingen damit an, dass Niklas Adrian zu früh bemerkte. Er stand noch an der Tür, viel zu weit weg von uns. Der Raum erschien mir unendlich groß, jedenfalls größer, als ich ihn in Erinnerung hatte, und es würde ein paar Sekunden zu lange dauern, bis Adrian ans Sofa kam. Das nächste Problem war, dass Niklas viel zu schnell kapierte, was los war. Na ja, ein Vierkantholz in der Hand eines zornigen Mannes lässt nicht allzu viel Interpretationsspielraum, wie Martina mit ihrer trockenen Art sagen würde. Ein Moment wie aus Glas war das. Als erstarre die Zeit, nur für einen Augenblick, um dann loszurasen.

Niklas blieb nicht einfach auf dem Sofa sitzen, um sich den Schädel einschlagen zu lassen. Er sprang auf, sah sich hektisch um. Wie ein gehetztes Tier. Lief los. Ich sehe mich noch, wie ich ihm ein Bein stelle. Er stolpert, fängt sich wieder. Adrian springt ihm in den Weg, schlägt zu, er trifft ihn aber nur an der Schulter. Ein Krachen, wie wenn Holz bricht. Doch Adrians Waffe ist noch ganz. Eine wilde Jagd durch das Wohnzimmer beginnt, wie in einem Slapstick-Film, nur dass es kein bisschen lustig ist. Niklas schafft es in den Flur, zur Haustür. Doch die ist abgeschlossen. Der Schlüssel ist weg. Adrian hält ihn hoch, klimpert damit, grinst.

Niklas rennt zur Treppe, aber da stehe ich schon und versperre ihm den Weg. Wie er mich ansieht. Der schöne Junge. Es geht mir durch und durch. Aber ich weiche nicht. Für Skrupel ist es zu spät. Und ich will Adrian nicht wieder hängen lassen. Niklas sagt was, es prallt an mir ab, dann trifft ihn ein Schlag. Auf den Rücken. Wieder ein Krachen. Mir ist, als käme ein Echo seines Schmerzes bei mir an, es fährt mir jedenfalls was in die Knochen. Niklas rennt zurück ins Wohnzimmer. Erst jetzt erkenne ich, dass Adrians Vierkantholz abgebrochen ist. Wir sehen uns an, wir sind einander fremd und jeder auch sich selbst. Dann der Gedanke: Scheiße, die Terrassentür. Wir hetzen hinterher. Gerade noch rechtzeitig, Adrian schlägt diesmal nicht zu, er stößt die Spitze seines abgebrochenen Prügels in Niklas' Rücken. Jemand schreit. Niklas. Und ich auch, glaube ich. Ja, ich schreie auch. Blut. Ich sehe Blut. Niklas' teures Shirt saugt sich voll. Er wankt, hält sich aber auf den Beinen. Rennt in eine Ecke, zu einem Regal und wirft mit allem, was er erwischt: Bücher, Gläser, Nippes aus aller Welt. Ein Buch, ausgerechnet ein Buch!, trifft mich an der Schulter. Es tut weh. Adrian wird auch von irgendwas getroffen. Jetzt rastet er erst recht aus. Er nimmt den abgebrochenen, spitzen Prügel mit beiden Händen, wie ein Schwert. Was hat er vor? Will er sich auf Niklas stürzen? Ihm das Ding in den Körper rammen? Niklas hat plötzlich etwas in der Hand, das schwer aussieht. Er wirft es nicht, behält es als Waffe. »Ein Messer!«, schreit Adrian. »Ein Messer!« Nein, was Niklas da hält, ist garantiert kein Messer. Sieht eher wie ein

Briefbeschwerer aus. Dann verstehe ich erst: Ich soll aus der Küche ein Messer holen.

Ich denke nicht nach, ich gehe einfach. Stehe im Flur. Wo war noch mal die Küche? Erste Tür. Nein. Zweite Tür. Ja. Auf der Anrichte steht ein Messerblock. Ich ziehe das größte Messer heraus. Die Klinge ist lang und scharf. Da höre ich einen Schrei. Mein Herz bleibt schier stehen, so wild klingt er. Nicht menschlich. Wer hat geschrien? Adrian? Wenn Niklas ihm was getan hat, steche ich ihn ab!

Ich renne in den Flur. Noch ein Schrei. Schon schwächer. Und jemand, der sagt: »Ich mach dich fertig. Ich bring dich um.« Adrians Stimme. Es ist Adrians Stimme. Was tut er? Ich bleibe stehen. Horche. Dumpfe Schläge, die auf etwas Weiches treffen, dazu ein Knacken. Mein Herz rast. Was passiert hinter der halb offenen Tür? Ich wage nicht, es mir vorzustellen. Ich will weg. Ganz weit weg. Aber selbst wenn ich es versuchen würde, ich könnte nicht: Die Haustür ist abgeschlossen. Also gehe ich ins Wohnzimmer. Ich sehe Niklas auf dem Boden, in einer Blutlache. Ich sehe Adrian über ihm, die Streitaxt in der Hand, mit der Niklas bei meinem ersten Besuch virtuelles Golf gespielt hat. Die eigentlich nur für rituelle Zwecke gedacht ist.

»Adrian! Nein!«

Er hält inne, schaut auf. Ich sehe etwas in seinem Gesicht, in seinen Augen, das mir zutiefst fremd ist. Außerdem sehe ich Blut. An seinen Händen. An seiner Kleidung. Überall Blut.

»Wir müssen es zu Ende bringen«, sagt er.

»Es *ist* zu Ende«, sage ich.

Niklas bewegt sich nicht mehr. Die Blutlache, in der er liegt, wächst und wächst.

Ohne Vorwarnung krampft mein Magen zusammen. Ich renne ins Klo und kotze mir die Seele aus dem Leib. Dann sacke ich total erledigt zusammen. Keine Ahnung, wie lange ich so dahocke. Als ich aufstehe, zittern nicht nur meine Knie. Mein ganzer Körper schüttelt sich. Ich kann nicht machen, dass es aufhört. Und ich schwitze. Eiskalter Schweiß. Mir wird kurz schwarz vor Augen. Nein, ich darf jetzt nicht zusammenbrechen. Auf keinen Fall darf ich zusammenbrechen!

Wo ist Adrian? Was tut er?

Noch während ich mich das frage, ruft er meinen Namen.

Ich trete in den Flur. Er steht vor mir, die beiden blutigen Bruchstücke des Vierkantholzes unter dem Arm. In der Hand hat er ein blutiges Tuch. Anscheinend hat er damit irgendwas abgewischt.

»Alles okay?«

Was für eine Frage!

Ich nicke.

»Wir müssen weg.«

Als er die Haustür aufschließt, sehe ich erst, wie sehr seine Hände zittern. Beim ersten Schritt ins Freie geht die Außenlampe an. Wir erschrecken beide und fangen an zu rennen.

ADRIAN FUHR, ALS WÄREN alle Teufel der Hölle hinter uns her. Und ich saß daneben mit einem Heulkrampf. Heulte, heulte, heulte, so als könnte ich nie mehr damit aufhören. Dieses Bild: Adrian mit der Streitaxt in der Hand und Niklas unter ihm, in seinem eigenen Blut liegend – das kriegte ich nicht mehr aus dem Kopf. Und auch nicht dieses dumpfe Geräusch, das ich im

Flur gehört hatte. Es war, als wären all die Gefühle, die ich während der Tat weggedrängt hatte, mit einem Schlag über mich hereingebrochen. Adrian schrie mich an, ich solle aufhören, mein Geplärre mache ihn verrückt, er schlug sogar mit der flachen Hand nach mir, mitten in mein Gesicht, aber das machte es nur noch schlimmer.

Ich weiß nicht mehr, wie wir ausgerechnet dahin gerieten, aber irgendwann waren wir am Badesee. Eine Schranke verwehrte uns die Zufahrt zu den Parkplätzen. Es war stockdunkel, und auf der Windschutzscheibe platzten vereinzelte Regentropfen. Ich hatte mich inzwischen etwas beruhigt, heulte nicht mehr, sondern schniefte nur noch. Adrian hielt das Lenkrad mit beiden Händen umfasst und starrte vor sich hin.

»Haben wir ihn …?« Ich brachte es nicht über die Lippen.

Er nickte.

»Und jetzt?«

Er stellte den Motor ab, schaltete das Licht aus.

»Komm!«

Wir stiegen aus.

Er nahm meine Hand, führte mich, an der Schranke vorbei, den Weg hinab.

»Wo willst du hin?«, fragte ich ihn.

»Zum Wasser. Hier ist doch ein See, oder? Stand doch auf den Schildern.«

Es war also kein Zufall, dass wir hier waren. Aber was wollte er am See?

Als wir beim Wasser ankamen, sagte er: »Ich muss mich waschen.« Und schon fing er an, sich auszuziehen. Ja, waschen. Das hörte sich gut an. Ich zog mich ebenfalls aus. Hand in

Hand stiegen wir ins Wasser. Oder besser: Wir stolperten hinein, über kantige Steine hinweg. Als es tief genug war, tauchte Adrian ganz unter. Hinterließ ein Blubbern im weichen Trommeln der Regentropfen auf der Wasseroberfläche. Während ich wartete, bis er wieder auftauchte, fiel mir ein, dass wir die zweite Hälfte unseres Plans vergessen hatten. Weder hatten wir irgendwelche Wertsachen mitgehen lassen noch das Haus verwüstet, um einen Raubüberfall vorzutäuschen. Wir waren einfach davongelaufen wie Kinder nach einem bösen Streich.

Als Adrian wieder auftauchte, schwamm er zu mir. Doch er sagte nichts. Dafür sagte ich: »Wir hätten das nicht tun dürfen.«

Er brummte nur.

Der Regen hörte auf. Wir schwammen zurück und setzten uns ans Ufer. Adrian legte seinen Arm um mich. »Wir müssen jetzt mehr als je zuvor an uns glauben«, sagte er, drückte mich an sich und küsste mich wieder und wieder. Bald waren seine Hände überall. Seine Küsse. Ich ließ mich ins Gras sinken. »Ich will dich«, flüsterte er, »ich brauch dich.«

Ich dich auch, und wie sehr, wollte ich antworten, doch ich konnte es nicht. Dann dachte ich nur noch: Nach der Bluthochzeit muss die Ehe vollzogen werden, damit sie gilt.

Ich ließ es geschehen.

Ich empfand nichts.

Ich wollte nur nach Hause.

Ihr könnt euch vorstellen – nein, natürlich könnt ihr euch nicht vorstellen, wie man sich nach so einer grauenvollen Tat fühlt. Wie solltet ihr auch? Es war wie der Morgen nach einer wilden Party. Stell dir den übelsten Hangover deines Lebens vor, nur ungefähr zehnmal schlimmer. Um dich rum ist alles wie immer, und genau das macht es für dich so bizarr. Wie kann überhaupt noch ein Stein auf dem anderen sein, nach dem, was passiert ist? Nach dem, was du getan hast! Natürlich kapierst du schnell: Das Einzige, was sich verändert hat, bist du. Im Spiegel siehst du noch so aus wie immer, um einiges blasser vielleicht, mit dunklen Ringen unter den Augen, alles in allem nichts, was sich nicht mit ein bisschen Make-up überdecken lässt. Aber egal, wie viel Schminke du dir ins Gesicht schmierst, du wirst immer das Monster hinter der Fassade erkennen. Das Monster, das du selbst bist. Klingt dramatisch? Nicht halb so dramatisch, wie ich es empfunden habe.

Nur einen gnädigen Moment gab es an diesem Morgen nach der Tat. Nachdem Adrian mich nach Hause gebracht hatte, war ich wie ein Stein ins Bett gefallen, ich hatte nicht bloß geschlafen, ich war praktisch bewusstlos gewesen, und als ich wieder erwachte, hatte ich für ein paar Sekunden die Illusion, dass alles nur ein schlimmer Albtraum gewesen war. Aber schon dann holte der wahre Albtraum namens Realität mich wieder ein. Adrian und ich hatten Niklas ermordet. Wie ein wildes Tier hatten wir ihn gehetzt, gestellt und geschlachtet. Wie konnten wir so was tun?! Ich zog mir die Bettdecke über den Kopf. Sie war klatschnass. Das Laken auch. Und das Kissen. Alles. Voll mit meinem kalten Schweiß. Angewidert von mir selbst stieß ich die Decke weg.

»Siri! Mein Gott, wie siehst du denn aus!«

Meine Mutter stand plötzlich im Raum und starrte mich an. Mit einem Blick, als könnte sie alles sehen. In meinem Gesicht.

In meinen Augen. Ich drehte ihr den Rücken zu, rollte mich ein.

»Wieso schwitzt du so? Bist du krank?«

Ich schüttelte den Kopf.

Sie berührte mich. Nur mit den Fingerspitzen, aber es reichte, um bei mir alle Dämme brechen zu lassen. Ich fing hemmungslos an zu heulen. Drehte mich zu ihr um und warf mich ihr an den Hals. Sie sollte mich beschützen. Sollte die letzte Nacht ungeschehen machen.

»Was ist denn mit dir?«, sagte sie mit jener weichen Mama-Stimme, die ich so lange nicht mehr gehört und fast schon vergessen hatte. »Oh mein Gott, du glühst ja.«

Sie hielt mich eine Weile, wiegte mich wie ein Baby und flüsterte mir tröstende Worte ins Ohr.

Ich war kurz davor, ihr alles zu gestehen. Ich wollte die erdrückende Last loswerden. Aber wie davon erzählen? Die Wörter, die es gebraucht hätte, waren wie Rasierklingen in meinem Mund.

»Hast du es schon gehört?«, fragte sie, als mein Weinen abebbte.

»Was?«, fragte ich zurück und hielt die Luft an.

Sie schien zu überlegen, ob sie es mir sagen könne, entschied sich dagegen und sagte nur: »Ach, nichts. Wir reden später.«

Ich setzte mich auf. Sie strich mir die verklebten Haare aus dem Gesicht. »Hast dir wohl eine Sommergrippe eingefangen. Ich hol dir gleich was dagegen.«

Vorher bezog sie mein Bett neu, und ich wechselte den Pyjama. Als sie draußen war, suchte ich mein Handy. Wahrscheinlich steckte es in der Hosentasche der Jeans vom Tag zuvor. Ich hob sie auf – und ließ sie sofort wieder fallen. Blutspritzer! Bleischwer sackte ich auf die Couch. Bilder von gestern drängten in mein Bewusstsein, doch ich schob sie weg. Ruhig atmen!, ermahnte ich mich. Mit spitzen Fingern holte ich mein Handy aus der Hose, stopfte die Klamotten in eine Tüte und versteckte sie im Schrank. Später würde ich sie in die Mülltonne werfen. Oder besser noch verbrennen.

Als ich mein Handy einschaltete, sah ich eine Flut von SMS-Nachrichten. Adrian hatte zigmal angerufen und auf die Mailbox gesprochen, ebenso Anna-Lena und noch ein paar andere Freunde. Adrian verlangte, von Anruf zu Anruf zorniger, dass ich ihn zurückrief. Die Freunde fragten alle, ob ich es schon wusste. *ES!*

Wenig später brachte meine Mutter Tee und Medizin. Ich tat so, als wollte ich schlafen. Kaum war sie draußen, rief ich Adrian an.

»Wo warst du die ganze Zeit!«, fuhr er mich an. Dann fragte er, schon deutlich ruhiger: »Geht es dir gut?«

»Hab lange geschlafen.« Ein Blick auf den Wecker. Es war schon zwei Uhr nachmittags. »Bist du auch so fertig?«

»Wir müssen uns sehen. Reden.«

»Okay …«

»Ich warte in dem Hotel vom letzten Mal auf dich.«

»Gut.«

Ich hatte gehofft, er werde noch etwas sagen, das mir in meiner Verzweiflung half, aber er legte einfach auf.

ANNA-LENA KAM VORBEI, als meine Mutter eben mit Svea weggefahren war. Sie klingelte Sturm, sodass ich ihr aufmachen musste, obwohl ich eigentlich auf dem Sprung zu Adrian war. Total verheult stand sie vor mir.

»Was ist denn los?«, tat ich ahnungslos.

»Bist du die Einzige, die es noch nicht weiß?«

»Was denn?«

»Das mit Niklas. Er wurde überfallen. Zu Hause! Stell dir das mal vor! Und brutal zusammengeschlagen.«

»Echt?«

Meine Knie wurden weich. So als würde ich tatsächlich jetzt erst erfahren, was ich längst wusste. Lag wohl daran, dass ich es aus dem Mund meiner besten Freundin hörte und dass es wie ein Urteil über mich klang. Ich musste mich an der Garderobe festhalten, um nicht umzukippen.

»Das ist ja … grauenhaft …«, stammelte ich. »Weiß man schon, wer …?«

Sie schüttelte den Kopf, eine Träne rollte über ihre Wange, es sah ganz so aus, als würde sie gleich losheulen. Wieso ging ihr Niklas' Tod derart nahe? Hätte nicht eher ich, seine Ex, um ihn weinen müssen? Doch ich brachte keine einzige Träne zustande. Zum Glück war Anna-Lena so sehr mit sich selbst beschäftigt, dass ihr das nicht auffiel. Nachdem sie sich wieder im Griff hatte, meinte sie: »Seine Eltern sind gerade in Australien. Unerreichbar, heißt es. Schrecklich. Stell dir das mal vor.«

Die Eltern! An die hatte ich noch gar nicht gedacht. Sie tappten durch irgendeine unberührte Wildnis und ahnten nicht, dass ihre heile Welt zu Hause in Trümmern lag.

»Der arme Niklas«, jammerte Anna-Lena. »Keiner ist bei ihm. Keiner.«

»Er braucht ja auch keinen mehr.«

Sie schaute mich an. »Wieso?«

»Na, weil er doch …« Ich zögerte, flüsterte nur noch: »… tot ist …«

»Wer sagt, dass er tot ist?«

»Nicht?«

»Wie kommst du darauf?«

Sprachlos stand ich da, registrierte, wie mir heißer und heißer wurde, als würde ich auf kleiner Flamme gekocht.

»Er ist nicht tot«, sagte Anna-Lena. »Zumindest noch nicht. Er liegt im Koma.«

ADRIAN WUSSTE ES SCHON. Seit dem Vormittag verfolgte er die Berichterstattung im Internet. Sogar auf den großen Nachrichtenportalen war der Überfall Thema. Niklas lag im Koma. Sein Zustand wurde als äußerst kritisch eingestuft. Mehr sagten die Ärzte nicht. Die Polizei nannte es ein großes Glück, dass eine Nachbarin, die ihren Hund ausgeführt hatte, die offene Haustür bemerkt und nachgeschaut hatte, ob alles in Ordnung war. Ich konnte mich nicht erinnern, dass wir die Tür offen gelassen hatten. Die Täter – *wir* – seien wohl noch nicht lange fort gewesen. Außerdem hieß es, die Eltern wären inzwischen informiert und auf dem Heimweg.

Adrian war außer sich. Fluchend lief er im Zimmer auf und ab, während ich still auf der Bettkante saß. »Wieso muss diese blöde Schachtel mit ihrem Köter auftauchen!«, schimpfte er.

»Eine halbe Stunde später, und er wäre hinüber gewesen. So eine Scheiße!«

Wie kann er so reden?, dachte ich. Aber mir schauderte auch vor mir selbst, denn einerseits war ich zwar erleichtert, dass Niklas lebte und wir – noch – keine Mörder waren. Andererseits hatte ich, genau wie Adrian, Angst, dass er aufwachen und reden würde. Das Schlimmste wäre für mich noch nicht einmal gewesen, ins Gefängnis zu müssen, sondern dass alle erfahren würden, was wir getan hatten.

Adrians Herumgerenne, sein Geschrei und sein Fluchen machten mir Angst. Sosehr ich mich auch bemühte, stark zu sein, ich konnte die Tränen nicht mehr zurückhalten.

»Was soll denn jetzt dieses Geflenne!«, schrie Adrian mich an. »Das hilft uns kein bisschen!«

Gekränkt rannte ich ins Bad und schloss mich ein.

Wenig später klopfte Adrian sachte an die Tür.

»Es tut mir leid, Süße«, flüsterte er. »Ich wollte nicht auf dich losgehen. Bin einfach ausgerastet. Bitte, bitte komm raus.«

»Gleich.«

Ich spritzte mir kaltes Wasser ins Gesicht. Als ich mich aufrichtete und mich im Spiegel erblickte, wandte ich die Augen sofort ab.

Ich kehrte ins Zimmer zurück. Adrian saß auf dem Bett und streckte beide Hände nach mir aus. Ich setzte mich auf seinen Schoß. »Solange wir beide zusammenhalten«, sagte er, »ist alles andere egal. Wir gegen den Rest der Welt. Das war doch der Plan, oder?«

Ich wusste nicht mehr, was der Plan gewesen war, rang mir jedoch ein Lächeln ab. Seine Nähe tat mir gut. Beruhigte mich.

Zum ersten Mal seit letzter Nacht spürte ich wieder was Gutes in mir. Ein kleines Flämmchen nur, aber immerhin. Egal, wie falsch das, was wir getan hatten, war – das hier fühlte sich richtig an. Noch immer.

BRING BLUMEN MIT, HATTE Anna-Lena in ihrer SMS geschrieben. Irgendjemand hatte auf WhatsApp den Vorschlag gemacht, dass Niklas' Freunde sich vor seinem Haus versammeln sollten, um ein Zeichen zu setzen (keine Ahnung, wofür), und seitdem gingen im Sekundentakt Nachrichten hin und her. Plötzlich wollten alle immer schon mit Niklas befreundet gewesen sein, selbst die Jungs, die ihn eingebildet oder seltsam fanden, obwohl sie eigentlich nur neidisch waren. Alle waren total fassungslos, schockiert, am Boden zerstört. Wenn es darum ging, was mit dem- oder denjenigen geschehen sollte, die den armen Niklas so brutal misshandelt hatten, waren selbst die Mädchen wenig zimperlich: aufschlitzen, Eier abschneiden, bei lebendigem Leib häuten – keine Strafe erschien grausam genug. *Das sind überhaupt keine Menschen,* schrieb einer. Am liebsten hätte ich geantwortet: *Das hättet ihr wohl gern. Nein, wir sind Menschen, genau wie ihr.*

Keine Ahnung, warum ich ausgerechnet eine Lilie gekauft habe. Alles wäre besser, weil weniger auffällig gewesen. Aber ich kam mit dieser weißen Lilie an, einer Madonnenlilie, wie mir die Verkäuferin erklärt hatte, während die anderen nur die üblichen Nelken oder Tulpen oder Rosen mitbrachten. Die Wohlmeinenden hielten meine Auswahl vermutlich für ein Zeichen meiner großen Trauer, die Neider dachten wahrscheinlich etwas wie: *Tu dich bloß nicht so hervor, du hast ihn schließlich abserviert.*

Natürlich fürchtete ich mich davor, den Ort des Horrors wiederzusehen. Würde ich einen Heulkrampf kriegen? Eine Panikattacke? Einen Kreislaufkollaps? Ich hielt alles für möglich. Doch nichts davon geschah. Stattdessen passierte wieder genau das, was ich schon am Abend zuvor erlebt hatte: Als ich mich der Villa näherte, spürte ich meine Gefühle immer weniger, ich beobachtete mich selbst wie von außen.

Was mir Angst machte, war nicht der Ort, es waren die Menschen. Mit der Polizei hatte ich gerechnet. Aber nicht mit so vielen Reportern. Leute mit Fotoapparaten und Filmkameras auf den Schultern, mit Aufnahmegeräten und Mikrofonen. Vor dem Zugang zum Grundstück war ein Absperrband gespannt worden, Polizisten in Uniform passten auf, dass niemand reinging, der dort nichts zu suchen hatte. Auf dem Bürgersteig brannten Grablichter, Blumen lagen da, Kartons, auf denen Botschaften standen wie: *Wir denken an dich! – Steh das durch! – Freunde 4ever!* Und darunter jeweils eine Menge Unterschriften und aufgeklebte Sticker.

Anna-Lena löste sich von ein paar Mädels, kam auf mich zu und drückte mich. »Die ist echt schön«, sagte sie mit Blick auf die Lilie in meiner Hand. Dann hakte sie sich bei mir unter, gemeinsam gingen wir zu den Kerzen und Blumen und Karten. Ein paar andere, hauptsächlich Klassenkameraden von Niklas, standen dort rum und schauten mehr nach der Polizei und den Reportern als nach irgendwas sonst. Ich weiß, ich bin die Letzte, die jemanden kritisieren darf, aber ich hatte den Eindruck, dass die meisten von denen nicht hier waren, weil ihnen so viel an Niklas lag, sondern eher um den Trubel zu beobachten, sich zu gruseln und vielleicht sogar mit einem Statement ins Fernsehen zu kommen.

Ich legte meine Lilie zu den anderen Blumen und blieb eine Weile stehen, den Blick auf den brennenden Friedhoflichtern. Das Flackern der kleinen Flämmchen hypnotisierte mich. Als ich mich umdrehte, stand plötzlich ein Reporter vor mir. Woher auch immer, von irgendwem wusste er, dass ich mit Niklas zusammen gewesen war, und fragte, wie ich mich fühlte. »Lass sie in Ruhe«, schnauzte Anna-Lena den Reporter an, legte ihren Arm um meine Schulter und führte mich weg wie eine trauernde Witwe. Obwohl ich den Verdacht hatte, dass auch sie nur eine Show abzog und sich wichtigmachte, war ich froh, dass sie da war.

Hinter dem Grundstück von Niklas' Eltern kamen nur noch Wiesen und Felder. Dorthin wandten wir uns. Nachdem wir uns ein gutes Stück entfernt hatten, blieben wir stehen. Eigentlich vermied ich es noch immer, vor meinen Freunden zu rauchen, doch jetzt zündete ich mir eine an. Der Drang war zu stark. Anna-Lena sah mit stummer Missbilligung zu.

»Eine schöne Scheiße ist das«, brach ich das Schweigen.

»Der arme Niklas.«

»Ich kapier das überhaupt nicht.«

»Das tut keiner.« Sie pflückte eine Margerite und rupfte ihr ein Blütenblatt nach dem anderen aus. Irgendwann sagte sie – und ich hatte den Eindruck, dass ihr dieser Gedanke die ganze Zeit schon im Kopf herumspukte –: »Zumindest habt ihr jetzt Ruhe vor Niklas. Du und Adrian, meine ich.«

Ich war baff. »Warum sagst du das?«, fragte ich sie.

»Mein' ja nur. Nicht falsch verstehen. Sorry.«

Wir hatten nicht bemerkt, dass sich von hinten jemand genähert hatte. Drum erschraken wir beide, als eine Stimme in unserem Rücken sagte: »Darf ich mir eine Zigarette schnorren?«

Wir drehten uns um. Vor uns stand ein groß gewachsener, spindeldürrer Mann mit überlangen Armen und Beinen. Hemd und Hose hingen an ihm wie an einem Kleiderständer. Die Gestalt ließ mich sofort an einen Geier denken. Nur seine Augen passten nicht dazu. Die sahen eher aus wie die von einem Fisch. Ich gab ihm eine Zigarette und Feuer. Statt zu gehen, blieb er stehen und rauchte schweigend ein paar Züge.

»Wer von euch beiden ist Niklas' Freundin?«, fragte er.

Anna-Lena kehrte sofort wieder die Beschützerin raus und stellte sich vor mich. »Wer will das wissen?«

»Oh, Entschuldigung.« Der Typ hielt uns einen Plastikausweis unter die Nase. »Fahrenheit mein Name. Kriminalhauptkommissar Fahrenheit. Also, wer von euch beiden ist diejenige, welche?«

Ich räusperte mich. »Ich. Aber nur die Exfreundin. Wir waren nicht mehr …«

»Und du heißt …?«

»Siri Dahlke.«

»Das ist sicher schwer für dich. Auch wenn ihr nicht mehr zusammen seid. Niklas und du.«

Ich sagte nichts, senkte bloß den Blick und sah mir selber zu, wie ich Asche von meiner Zigarette stippte.

»Wir müssen nicht jetzt sofort reden. Gib mir einfach deine Adresse. Ich komme morgen früh vorbei.«

Meine Kehle wurde eng. So als hätte mir jemand eine Schlinge um den Hals gelegt und so weit zugezogen, dass ich zwar noch Luft kriegte, aber schon mal eine Ahnung davon bekam, wie es war, zu ersticken.

WIEDER ZU HAUSE, WOLLTE meine Mutter sofort wissen, wo ich gewesen war. »Ich dachte, du bist krank«, sagte sie mit einem leisen Vorwurf in der Stimme.

»Geht schon wieder«, wiegelte ich ab. »Ich war bei Niklas' Haus. Die anderen waren auch da. Haben Blumen hingelegt, Kerzen aufgestellt und so.«

Sie nickte. »Dann weißt du es also.«

Ich ging ins Wohnzimmer, wo Svea auf dem Teppich saß, inmitten ihrer Bauklötze. Ihre Ahnungslosigkeit rührte mich zu Tränen. Wie beneidete ich sie um ihre Unschuld! Ich setzte mich zu ihr, sie fasste gleich wieder in meine Haare, und da konnte ich nicht anders, ich musste sie einfach an mich drücken. Danach half ich ihr dabei, für ihre Prinzessin ein Schloss zu bauen.

Nach einer Weile hörte ich Papa vorfahren, kurz danach fiel die Haustür ins Schloss. Er ging erst zu meiner Mutter in die Küche, kam dann zu Svea und mir ins Wohnzimmer. »Na?«, sagte er vorsichtig. »Ich hab schon gehört, was passiert ist. Wie geht es dir?«

Ich zuckte bloß mit den Schultern.

Svea stapfte zu ihm, er hob sie hoch und küsste sie. Dann wandte er sich wieder mir zu. »Ich weiß, ich hab dir verboten, ihn zu treffen. Weil ich ihn nicht besonders mochte. Aber das heißt nicht … Es tut mir wirklich leid, dass das mit ihm passiert ist. Sehr leid.«

Ich stand auf, ging zu ihm, lehnte mich an ihn und umklammerte ihn. Svea pickte in meinen Haaren wie ein Vögelchen, Papa legte den freien Arm um mich. Es tat gut. Und es tat weh. Gleichzeitig.

»Wenn das stimmt, was man sich erzählt …«, hörte ich seine Stimme über mir. »Dass Menschen zu so was fähig sind. Manchmal denke ich, die Todesstrafe müsste wieder eingeführt werden.«

Am nächsten Morgen – ich war noch nicht auf – klopfte es an meiner Tür, und gleich darauf streckte meine Mutter den Kopf rein. »Da ist jemand für dich«, sagte sie, »jemand von der Polizei.«

Im Nu war ich hellwach und sprang aus dem Bett. Es war so weit. »Komme gleich«, versprach ich meiner Mutter, stieg in die nächstbesten Klamotten und fuhr mir ein paarmal mit der Bürste durchs Haar – das musste reichen. Ich wollte das Gespräch so schnell wie möglich hinter mich bringen. Adrian und ich hatten uns genau zurechtgelegt, was wir sagen würden. Und wie jeder Teenager hatte ich eine gewisse Erfahrung darin, Leute anzuschwindeln. Eltern, Lehrer, Mitschüler. Um die Ausgehzeit zu dehnen oder eine Schulstunde zu schwänzen oder weil man jemanden auf Abstand halten wollte. Doch das war alles Kleinkram, verglichen mit dem, worum es hier ging. Ich war eine Komplizin in einem Mordanschlag, und ich musste versuchen, nicht erwischt zu werden.

Der Kommissar von gestern, dieser Fahrenheit, saß bei meiner Mutter in der Küche. Ich blieb vor der Tür stehen, um zu hören, ob sie über mich redeten. War aber nur belangloser Small Talk. Nachdem ich mir die feuchten Hände an der Hose abgewischt hatte, ging ich rein. Der Kommissar saß am Küchentisch, er hatte einen kleinen Spiralblock in der Hand, an dem ein Kugelschreiber klemmte. Sein Blick aus den farblosen Fischaugen huschte über mich hinweg wie ein Scanner. Ich wollte auf keinen Fall, dass meine Mutter bei dem Gespräch dabei war, und er schien das auch nicht zu wollen, denn er schlug einen Spaziergang vor.

Fahrenheit lobte unseren Garten und fand die gesamte Siedlung sehr schön, erzählte, dass er selbst in einem Hochhaus aufgewachsen war, unter Leuten, die nur von einem Tag zum nächsten lebten, seine eigenen Eltern eingeschlossen. »Das hier ist schon was anderes«, sagte er. »In so einer Umgebung muss man doch glücklich werden, oder?« Ich zuckte bloß mit den Schultern, weil ich mir nicht sicher war, ob er das nicht ironisch meinte. Dann fragte er mich, wie lange wir noch Ferien hatten, »nur noch diese Woche«, sagte ich, und damit war das Vorgeplänkel erledigt.

»Haben Sie schon was rausgefunden über diese Scheißkerle?«, begann ich. Das sollte hasserfüllt rüberkommen, aber es klang bestimmt total lahm.

»Du denkst, es waren mehrere?«

Ich zuckte kurz, war mir nicht klar, ob ich einen Fehler gemacht hatte. »Keine Ahnung«, sagte ich. »Irgendwie reden doch alle von *den Tätern*. Da dachte ich …«

»Wir wissen nicht, ob es einer oder mehrere waren. Sicher ist nur, dass Niklas ihn oder sie ins Haus gelassen hat. Das heißt, er kannte den- oder diejenigen.«

»Oder sie wirkten zumindest vertrauenswürdig auf ihn. Wenn sie zum Beispiel eine Polizeiuniform getragen haben.«

Fahrenheit nickte. »Kluger Gedanke.«

Ich blieb stehen. »Da ist etwas, Herr Kommissar, das ich Ihnen sagen sollte.«

»Ach ja?«

»Mein Verhältnis zu Niklas war zuletzt nicht so besonders. Er hat nicht verkraftet, dass ich mich von ihm getrennt hab. Hat mir nachgestellt. Eine Zeit lang hat er auch ziemlich schlecht über mich geredet. Er wollte nicht einsehen, dass es aus war. Vor allem …«

Da ich nicht weitersprach, fragte er: »Was?«

»Könnten Sie das, was ich Ihnen jetzt erzähle, geheim halten? Meine Eltern wissen nämlich nichts davon … also, mein Vater, meine Mutter schon … aber mein Vater würde bestimmt total ausrasten.«

»Ich will's versuchen, Siri, aber versprechen kann ich es leider nicht.«

Ohne nachzudenken, wischte ich immer wieder meine nassen Hände an der Hose ab, und da sah ich in seinen kalten Augen, dass er es genau registrierte. Mist, dachte ich.

Dann erklärte ich: »Ich bin mit jemand anders zusammen. Wir sind total ineinander verliebt, und das hat Niklas fertiggemacht. Er wollte uns auseinanderbringen. Um jeden Preis.«

»Verstehe. Hat dieser andere auch einen Namen?«

»Sicher. Adrian Liebknecht. Er studiert in München. Jura.«

»Dann ist er deutlich älter als du, oder?«

»Dreiundzwanzig.«

»Adresse?«

Fahrenheit klickte die Miene aus seinem Kugelschreiber und schrieb die Adresse von Adrians Studentenbude mit und seine Handynummer. Ich erzählte auch von seinen familiären Schwierigkeiten und von Niklas' Erpressung mit den Fotos und Videos. Der Kommissar hörte mir geduldig zu und notierte ein paar Sachen in einer unleserlichen Handschrift. Jetzt kam der schwierigste Teil. Ich musste eine glatte Lüge absolut glaubwürdig rüberbringen.

»Adrian und ich haben Niklas besucht. Vorgestern war das, spätabends. Wir wollten vernünftig mit ihm reden und alles klären.«

»Um ihn von der Erpressung abzubringen«, warf Kommissar Fahrenheit ein.

»Nein, dafür war es zu spät, er hatte Adrians Eltern schon alles verraten. Wir wollten erreichen, dass er uns endlich in Ruhe lässt.«

»Wie hat er reagiert? Hat er es eingesehen?«

»Er wollte über alles nachdenken. Zumindest sind wir friedlich auseinandergegangen. Darüber bin ich echt froh.«

»Kann ich verstehen.«

Die Geschichte war Adrians Idee gewesen. Während ich mich übergeben hatte, hatte er zwar unsere Fingerabdrücke so gut wie möglich abgewischt, aber in der Hektik und Aufregung konnte er leicht was übersehen haben. Und meine Abdrücke auf dem Klo hatte er auch nicht beseitigt. Außerdem reichte heutzutage ein Haar oder eine Hautschuppe, um nachzuweisen, ob jemand in einem bestimmten Raum war oder nicht.

Deshalb war es besser, wenn die Polizei wusste, dass er im Haus gewesen war. Und wenn wir erzählten, dass wir uns von Niklas mehr oder weniger im Guten getrennt hatten, hatten wir kein Motiv mehr für die Tat.

Fahrenheit wollte gerade etwas sagen, als sein Handy klingelte. Er entfernte sich ein paar Schritte und nahm ab. Nachdem er sich gemeldet hatte, sagte er: »Bei Siri Dahlke, ja.«

Ich wollte schon meine Hände abwischen, aber dann steckte ich sie doch lieber in die Hosentasche. Auch wenn der Kommissar mir halb den Rücken zuwandte, hatte ich das Gefühl, dass ihm nichts entging.

»Verdächtig, ja, finde ich auch«, sagte er, und mir wurde schlagartig heiß. Redeten die immer noch über mich? Danach sprach wieder der andere, bis Fahrenheit etwas sagte wie: »Das ist ja interessant.« Danach lachte er und sagte: »Die Welt ist schlecht«, und zuletzt gab er noch Adrians Daten durch, mit der Bemerkung: »Einbestellen, ja. Und zwar sofort.« Damit war das Gespräch zu Ende, und er wandte sich wieder mir zu. »Du musst mitkommen.«

Mein Herz sackte mir bis in die Kniekehlen.

»Ich? Wieso? Bin ich verhaftet?«

Fahrenheit lachte auf, wie über einen Witz. »Wir brauchen deine Fingerabdrücke. Zum Abgleich«, erklärte er. Aber seine kalten Augen hatten nicht gelacht.

WAR SCHON KOMISCH, ADRIAN bei der Polizei zu begegnen. Das heißt, begegnet sind wir uns eigentlich erst vor dem Polizeipräsidium, wo ich auf ihn wartete. Kommissar Fahrenheit hatte das Treffen eingefädelt, »wenn ihr schon beide hier seid«, hatte er väterlich gütig gemeint. Anders als Adrian, der auch noch vernommen wurde, musste ich nur zum Erkennungsdienst und war darum lange vor ihm fertig. Als er rauskam, fielen mir die großen Schweißflecke unter seinen Achseln auf. Stumm umarmten wir uns. Nach einer ganzen Weile legte er den Arm um mich, und wir machten uns davon, ohne Ziel.

»Eines sag ich dir«, meinte er schließlich, »das war der letzte Mord, den ich für dich durchziehe.« Wahrscheinlich wollte er die Anspannung zwischen uns lösen, aber das ging voll daneben, uns blieb beiden das Lachen im Hals stecken. Im Park, der ganz in der Nähe war, setzten wir uns unter die Bäume. Das an- und abschwellende Rauschen des Verkehrs auf der nahen Ringstraße drang gedämpft zu uns. Es wirkte beruhigend auf mich. Adrian zündete zwei Zigaretten an und gab mir eine.

»Scheiße, was ist da bloß passiert?«, sagte er.

Ich legte den Kopf in seinen Schoß, schaute rauchend in die Äste und Blätter über mir. Keine Ahnung, wieso, aber ihre Bewegung im Wind verunsicherte mich. Ich schloss die Augen. Eine ganz schlechte Idee. Der Boden unter mir schien zu schwanken wie ein Floß auf dem Wasser, und in der Schwärze hinter meinen Augenlidern tauchte plötzlich Adrian vor mir auf, mit der exotischen Axt in der Hand, ich sah wieder, wie er damit auf Niklas einschlug, ich hörte das dumpfe Geräusch, das jeder Schlag machte, und wollte bloß weg. Ich fuhr hoch, stieß Adrians Hand, die nach mir griff, zur Seite. Der Flashback hatte nur ein paar Sekunden gedauert, aber ich zitterte am ganzen Leib, und der Schweiß brach mir heftig aus.

»Siri! Was ist mit dir?«

Es dauerte ein wenig, bis ich mich einigermaßen beruhigt hatte. Adrian sah mich an wie eine Irre. Meine Zigarette lag neben mir im Gras, ich hob sie auf und rauchte weiter.

»Geht es dir gut?«, fragte er noch einmal.

Ich nickte bloß.

Stumm saßen wir da. »Du hättest das nicht tun dürfen, Adrian«, sagte ich nach einer gefühlten Ewigkeit.

Er sah mich aus großen Augen an. »Ich?!«

»Wir«, verbesserte ich rasch. »Wieso haben wir das getan?«

Er drückte seine Zigarette im Gras aus. Dann sagte er: »Du denkst, es ist meine Schuld, oder? Dass ich die Kontrolle verloren hab. Stimmt's?«

»Nein.« Ich griff nach seiner Hand, aber er zog sie weg.

»Wir sind zu ihm gegangen, um genau das zu tun, was wir getan haben. Du und ich. Es war unser Plan.«

»Ich weiß. Es tut mir leid.«

»Du und ich – gegen den Rest der Welt. Schon vergessen?«

»Nein.«

»Gilt das überhaupt noch? Los, sag schon. Ich will wissen, woran ich bin mit dir.«

»Hör auf. Bitte!«

Ich liebte ihn. Ich wollte ihn. Nichts und niemanden sonst. Das war noch immer so. Unsere Tat hatte uns für immer aneinander binden sollen, und das tat sie auch. Aber es war anders, als ich erwartet hatte. Was hatte ich denn erwartet? Ich wusste es nicht mehr. – Nein, ich wusste es sehr wohl, aber ich wollte mich nicht daran erinnern, weil es mir jetzt so kindisch vorkam.

»Dieser Kommissar«, begann Adrian nach längerem Schweigen, »der macht mir Angst.«

»Wieso?«, fragte ich, obwohl ich ahnte, was er meinte.

»Man hat das Gefühl, er kann in einen reinschauen mit seinen kalten Augen. Findest du nicht? Und wie er redet. Als ob er längst alles wüsste und nur noch darauf wartet, dass man es zugibt.« Er nahm mein Kinn und hielt es fest. »Du musst aufpassen, Siri. Wir haben niemanden auf dieser Welt. Nur uns. Wenn das mit uns aufhört, ist alles aus.«

Damals im Park ahnte ich nicht, wie ernst er das meinte.

ALS DIE SCHULE WIEDER anfing, war Niklas natürlich noch immer Gesprächsthema Nummer eins. Sein Zustand hatte sich zwar stabilisiert, doch er lag weiter im Koma. Alle hofften auf eine schnelle Besserung. Alle bis auf Adrian. Und ich? Was wollte ich? Jedenfalls nicht, dass Niklas starb. Doch genauso wenig wollte ich, dass er aufwachte und allen erzählte, wer ihn so zugerichtet hatte. Konnte Niklas nicht einfach mit einem riesengroßen schwarzen Loch in der Erinnerung aufwachen? Und dann wieder gesund werden?

Um ein Zeichen des Mitgefühls und der Solidarität für ihn zu setzen, war die Schulleitung auf die Idee gekommen, das neue Schuljahr mit einem Bittgottesdienst zu beginnen. Als ich das erfuhr, fiel meine Laune auf null. Natürlich war das eine schöne Geste. Eine Geste allerdings, die mich zur übelsten Heuchelei zwang. Als wäre das nicht schon schlimm genug, kündigten Niklas' Eltern, total gerührt von unserer Anteilnahme, ihr Kommen an. Gott, war mir schlecht, als ich das erfuhr! Zweifellos würden alle auf mich schauen, Niklas' Ex. Wie sollte ich das durchstehen? Oder sollte ich gar nicht hingehen? Ich konnte mich krankmelden. Natürlich würde mir keiner die Ausrede abnehmen. Es hatten ja so ziemlich alle mitgekriegt, wie er mich vor den Ferien gedisst hatte. Nein, man würde mich für ein herzloses Miststück halten. Andererseits: Konnte es mir nicht egal sein, was meine Mitschüler von mir dachten?

Auf dem Platz vor der Kirche herrschte schon eine halbe Stunde vor dem Beginn des Gottesdienstes der reinste Volksauflauf. Nicht nur Schüler waren da, sondern auch eine Menge anderer Leute aus der Stadt. Sogar Reporter von Zeitungen und vom Fernsehen. Ich verhielt mich so unauffällig wie möglich, so wie ich es die ganze Zeit schon getan hatte, als die Mädels über WhatsApp diskutiert hatten, in welchem Outfit wir erscheinen sollten. Schwarz schied aus, es sollte ja keine Trauerfeier werden. Im Gegenteil. Alle wollten Zuversicht ausstrahlen. Mut machen. Also farbig, ruhig auch bunt, aber bloß nicht zu sexy. Irgendjemand kam auf die Idee, dass wir uns eine Blume anstecken sollten, ans Shirt oder ins Haar. Das fanden die anderen toll, der Vorschlag wurde akzeptiert. Mich machte das alles fertig. Leider sollte es noch schlimmer kommen.

Anna-Lena und ich waren gemeinsam zur Kirche geradelt. Ein paar Freundinnen kamen auf uns zu, es gab kein Entrinnen. Ich fühlte mich wie in einem Bienenschwarm. Überall summte und brummte es, mir schwirrte der Kopf, ich wollte nur weg. Nein, ich *musste* weg, wenn ich keine Panikattacke kriegen wollte. Als ich mich umdrehte, entdeckte ich Kommissar Fahrenheit. Er redete mit zwei jungen Frauen. Ich erkannte die beiden erst auf den zweiten Blick: Es waren Mona und Ella, unsere beiden doch nicht ganz so coolen Aufpasserinnen vom Gardasee. Was konnten sie Fahrenheit erzählen, das er nicht schon von mir wusste? Eigentlich nichts. Fragte sich nur, warum er überhaupt mit ihnen redete. Hatte er Zweifel an unseren Aussagen? Verdächtigte er uns? Ich hielt es hier nicht länger aus, kniff Anna-Lena sanft in den Arm und ging voraus in die Kirche. Dort waren schon einige Leute, die hintersten Bänke waren bereits voll, aber davor war noch reichlich Platz. Während ich überlegte, wo ich mich hinsetzen sollte, wurde ich von der Seite angesprochen.

»Du bist Siri, oder?«

Ich wandte mich um. Eine attraktive Frau. Sie kam mir bekannt vor, aber ich konnte sie nicht zuordnen.

»Ja?«, sagte ich deshalb nur.

»Erkennst du mich nicht? Ich bin Niklas' Mutter.«

Ich erschrak. »Oh …«, machte ich nur, was mir selbst ziemlich dämlich vorkam.

»Ich wollte mich ohnehin noch bei dir melden. Niklas hat nicht viel über dich erzählt. Oder überhaupt über Mädchen. Kein Junge tut das. Aber eins weiß ich: Er liebt dich.«

Ich räusperte mich bloß.

»Ich weiß, ihr wart nicht mehr zusammen. Dass es Streit gab. Und dass du jemand anders liebst. Keine Sorge, ich sag's nicht weiter. Aber du hast Niklas trotzdem noch gern, oder?«

Mehr als ein weiteres Räuspern und ein genuscheltes »Schon« brachte ich wieder nicht zustande.

»Und ihr habt euch ja versöhnt. Das finde ich schön.«

Sie lächelte, während ich überlegte, was sie meinte. Mein Kopf war wie blockiert. Deshalb dauerte es, bis ich begriff, dass Kommissar Fahrenheit ihr von unserem erfundenen Besuch bei Niklas erzählt haben musste.

»Er liebt dich auf jeden Fall immer noch, da, wo er jetzt ist«, sagte sie weiter, mit einer Träne im Augenwinkel, »und wenn du ihn mal besuchen willst, dann würde mich das sehr freuen. Und ihn ganz bestimmt auch, vielleicht hilft es ihm ja beim Aufwachen … und Gesundwerden.«

Wie um meine Qual noch zu verschlimmern, nahm Niklas' Mutter mich in den Arm. Tränen stiegen mir in die Augen, wir weinten beide. Ich wusste nicht mehr, welche meiner Gefühle echt und welche geheuchelt waren. Mir kam alles falsch vor.

Lieber Gott, bitte lass mich sterben!, dachte ich. Jetzt sofort!

NIKLAS' MUTTER WOLLTE MICH gar nicht mehr loslassen. War ja nicht ihre Schuld, dass ihre Aufmerksamkeit mich schier erdrückte. Ich musste in der Kirche neben ihr sitzen, und als der Gottesdienst vorbei war, hakte sie sich auf dem Weg nach draußen bei mir unter. Über den Gedanken, dass ich vielleicht das einzige Mädchen in Niklas' Leben bleiben würde, das er geliebt hatte, kam sie nicht hinweg. Mir setzte das ehrlich gesagt auch zu. Indem sie sich an mich klammerte, hielt sie etwas von ihm fest. Niklas' Vater war zum Glück distanzierter. Kein Mensch, der seine Gefühle zeigte. Was nicht bedeuten musste, dass er keine hatte. Ein Software-Fuzzi, hatte Niklas ihn genannt, spöttisch und zugleich bewundernd. Noch während der Uni hatte er ein Start-up-Unternehmen gegründet und später teuer verkauft. Daher das viele Geld.

Vor der Kirche kamen ein paar Frauen auf Niklas' Mutter zu und nahmen sie in Beschlag. Unschlüssig, ob ich mich einfach so davonmachen durfte, blieb ich bei Niklas' Vater stehen. Er setzte eine verspiegelte Sonnenbrille auf und sagte nach einer Weile: »Da ist eine Sache, die ich nicht ganz verstehe.«

Ich sah ihn nur an und zwängte meine Finger in die engen Taschen meiner Jeans.

»Am Abend bevor diese Scheiße passiert ist, da warst du doch bei Niklas, oder?«

»Äh … ja …?«

»Ich hab mit ihm telefoniert. Hab ihn gefragt, was er macht. ›Nichts‹, hat er gesagt, ›ein bisschen lesen.‹ Kein Wort davon, dass Besuch da war. Das ist doch seltsam.«

Ich schluckte trocken. Was sollte ich sagen?

»Ähm … vielleicht war das vor unserem Besuch. Er wusste nicht, dass wir kommen würden. Es war ein spontaner Einfall.«

»Wir haben um elf telefoniert, das war wohl eher danach, oder? Wirklich komisch, dass er es nicht mal erwähnt hat.«

Ausgerechnet jetzt tauchte Kommissar Fahrenheit zwischen den Leuten auf. Zum Glück kam er nicht rüber, sondern grüßte nur von ferne mit einem Nicken.

»Ist ja nicht so wichtig«, meinte Niklas' Vater, da ich schwieg, und rückte die Sonnenbrille zurecht.

Seine Frau kehrte zurück.

»Ich muss in die Schule«, erklärte ich.

»Natürlich«, sagte sie. »Versprich mir, dass du Niklas besuchst. Bald.«

»Okay, mach ich.«

Ich wollte schon weg, aber sie musste mich unbedingt zum Abschied in den Arm nehmen. Und für einen Moment fühlte es sich sogar gut an. So als wäre ich nicht das Monster, das an

Niklas' Zustand schuld war, sondern einfach nur ein Mädchen, das ihn mal geliebt hatte und das jetzt genauso traurig war wie alle anderen.

Die anderen Mädchen hatten bei den Fahrrädern auf mich gewartet. Im Pulk fuhren wir zur Schule, Anna-Lena immer ganz dicht an meiner Seite. Sie fanden es alle total süß, wie ich mich um Niklas' Mutter kümmerte, und eine fragte sogar, ob ich mit Niklas in den Ferien wieder zusammengekommen sei. Anna-Lena beantwortete alle Fragen, noch bevor ich es konnte, oder sie blockte sie ab. Zum Glück sagte sie nicht, dass ich längst einen anderen hatte. Als wir bei der Schule ankamen und unsere Fahrräder abschlossen, drängte sie sich an mich und raunte mir verschwörerisch zu: »Keine Sorge, dein Geheimnis ist bei mir sicher.« Einen Moment lang schien es mir, als sagte ihr Blick etwas wie: Hammer, was du hier für eine Show abziehst. Ich fragte mich, ob sie mir nur deshalb auf einmal wieder so zugetan war, weil sie aus nächster Nähe miterleben wollte, was ich für eine skrupellose Lügnerin war. Bereitete es ihr eine stille Genugtuung, dass sie die Einzige war, der ich nichts vormachen konnte? Sie hatte ja keine Ahnung! Oder doch?

Auf dem Weg von den Fahrradständern zur Schule klingelte mein Handy. Es war Adrian. Ich blieb zurück und entfernte mich ein Stück in die Büsche, um ungestört telefonieren zu können.

»Was machst du?«, fragte er, gleich nachdem ich mich gemeldet hatte.

»Du weißt doch, dass heute der erste Schultag ist«, antwortete ich irritiert, denn wir hatten noch am Abend zuvor darüber gesprochen. Er kam mir zerstreut vor, irgendwie durch den Wind. »Und eben war der Gottesdienst für Niklas. Hab ich dir gestern erzählt.«

»Klar, stimmt. Ich würde dich gerne sehen. Wenigstens kurz.«

»Äh … schwierig. Wie gesagt … Schule …«

»Ach, komm. Du kannst mich nicht so hängen lassen.«

Was war bloß mit ihm los? Er war total neben der Spur. »Hast du was geraucht?«, fragte ich. »Oder genommen?«

»Ich will dich sehen, und du denkst, ich bin zugedröhnt?!«, brauste er auf. »Okay. Verstehe.«

»Was verstehst du?« Ich war allmählich genervt. Er war nicht der Einzige, der mit allem klarkommen musste. Statt mir zu antworten, sagte er nur »Schon gut« und legte auf.

KURZ NACH MITTAG WAR der erste Schultag auch schon zu Ende. Stumm stiefelte ich zwischen den anderen Mädels über den Hof Richtung Fahrräder. Wir waren jetzt in der Kollegstufe, es gab keine Klassen mehr, sondern Kurse, die anderen fanden das alles ziemlich aufregend. Mir war's egal. Ich war total fertig und wollte nur nach Hause. Doch vor der Schule wartete schon Kommissar Fahrenheit auf mich. Was wollte er? Mein erster Gedanke: Wir sind aufgeflogen. Er ist da, um mich zu verhaften. Mein zweiter: Würde er dazu ganz alleine kommen? »So wie es aussieht, hab ich ein Date«, sagte ich zu den anderen Mädels, warf Anna-Lena eine Kusshand zu und ging zu dem Polizisten.

»Es dauert nicht lange«, sagte er, nachdem er mich begrüßt hatte, und zog seinen Block aus der Hemdtasche. »Es geht um den Abend vor dem Überfall, als du und dein Freund bei Niklas wart. Genauer gesagt, um den zeitlichen Ablauf.«

Natürlich fiel mir sofort mein Gespräch mit Niklas' Vater ein. Gleichzeitig fragte ich mich, ob Adrian auch gerade befragt wurde. Hatten die uns schon auf dem Kieker? In meinem Bauch zog sich ein Knoten immer fester zusammen.

»Wieso ist das wichtig?«, fragte ich.

»Wir versuchen nur, die Tage vor dem Überfall zu rekonstruieren.«

»Aber wir haben Ihnen schon alles gesagt.« Ich konnte nicht verhindern, dass ich genervt klang.

»Je schneller wir das klären, desto eher bist du zu Hause.«

Ein Glück, dass Adrian und ich alles genau abgesprochen hatten. Was Zeitangaben betraf, waren wir bewusst vage geblieben, um notfalls improvisieren zu können. Blieb nur zu hoffen, dass nicht irgendein Detail auftauchte, bei dem auch kein Improvisieren half. So was wie das Telefonat von Niklas mit seinem Vater, nur noch eindeutiger.

Ich wiederholte, was ich schon gesagt hatte, der Kommissar schrieb auf, was er schon mal aufgeschrieben hatte. (Vermute ich, denn lesen konnte ich seine Sauklaue nicht.) Ein paarmal fragte er nach, um mich auf eine genauere Zeitangabe festzulegen, aber ich blieb im Ungefähren. Je länger das Gespräch dauerte, desto stärker wurde das beklemmende Gefühl, dass er längst über alles Bescheid wusste und nur mit uns spielte, so wie die Katze, bevor sie die Maus tötet und auffrisst.

Doch dann gab es eine kleine Wende, die mich zumindest

ein bisschen aufatmen ließ, als er nämlich sagte: »Noch was anderes. Niklas hat sich für Tierschutz engagiert. Weißt du zufällig mehr darüber?«

»Er war … ist Veganer und hat sich vor allem über Tierversuche aufgeregt. Aber zwischen uns war das eigentlich kein Thema. Warum?«

»Wir haben auf seinem Laptop verschlüsselte Dateien gefunden, und er hat mehrere Prepaid-Handys, die unter einem falschen Namen registriert sind. Sieht so aus, als wäre er in einer Gruppe gewesen, die Aktionen gegen Forschungslabors durchgeführt hat. Militante Aktionen.«

»Es gab schon Gerüchte, dass er an so was beteiligt ist. Aber gesagt hat er nichts. Nicht zu mir. Er hatte auch kein Problem damit, dass ich Fleisch esse, oder so. Denken Sie, jemand könnte sich gerächt haben für so eine Aktion?«

»Möglich. Es scheint wohl auch Streit in der Gruppe gegeben zu haben. Er wollte aussteigen. Aber das ist nur eine Spur, wir ermitteln nach wie vor in alle Richtungen.«

Er sah mich an, als wolle er sagen: Du bist noch nicht vom Haken.

Schließlich klemmte er seinen Kugelschreiber an den Block und steckte beides in seine Hemdtasche. Er bot an, mich nach Hause zu fahren, aber ich lehnte ab, nicht nur weil ich mit dem Fahrrad da war, sondern weil ich ihn nicht länger um mich haben wollte als unbedingt nötig.

»Fand ich heute Morgen übrigens toll, wie du Niklas' Mutter getröstet hast«, sagte er. »Und dass du Niklas besuchen willst, bedeutet der armen Frau viel.«

Auch darüber hatten sie also gesprochen. Für einen Moment

hielt ich es für möglich, dass dieser Besuch bei Niklas eine Falle war, in die die beiden mich locken wollten. Eine Strategie, um mich zu knacken. Doch ich verwarf den Gedanken rasch wieder und meinte nur: »Es ist nicht nur für sie, mir liegt selbst viel daran, ihn zu sehen.« Der Satz klang bestimmt wie auswendig gelernt. Meine Lügen, meine Verstellung, die ganze Heuchelei kotzte mich selbst an.

Ich war kaum zu Hause, als Adrian schon wieder anrief. Ich berichtete ihm sofort von meinem Gespräch mit dem Kommissar, auch was er mir über Niklas' Tierschutzaktivitäten erzählt hatte. »Super«, sagte er. »Endlich mal eine gute Nachricht.« Freu dich bloß nicht zu früh, dachte ich, sagte aber nichts. Erst jetzt ließ er raus, dass er im Auto war, auf dem Weg zu mir, und wissen wollte, wo wir uns treffen sollten. Im Hotel? Oder woanders? Oder bei mir?

Sollte der letzte Vorschlag ein Witz sein? Ich ging nicht darauf ein, sondern meinte nur: »Nicht ins Hotel. Lass uns was unternehmen.« Zum ersten Mal hatte ich keine Lust, ihn zu sehen. Ich wäre viel lieber ein paar Stunden alleine gewesen, um meine Gedanken und Gefühle zu ordnen.

Als ich am Treffpunkt ankam, wartete Adrian schon. Während wir aus der Stadt fuhren, klagte er mir einmal mehr, wie schlimm das Leben für ihn geworden war, seit seine Eltern durch Niklas wussten, was er so trieb. Schuld an dem Schlamassel war, nach Ansicht der Eltern, allein der schlechte Einfluss von Onkel Albert. Adrians Vater hatte ihm deshalb den Umgang noch einmal strengstens verboten und ihm außerdem eine Frist gesetzt, innerhalb der er sein Studium abschließen musste. Aber die war utopisch, er hatte ja noch nicht einmal richtig angefangen. »Die ganze Scheiße verdanke ich nur diesem blöden Arschloch«, schimpfte er. »Ganz ehrlich: Ich bereue keine Sekunde, dass wir ihn fertiggemacht haben. Keine Sekunde! Ich wünschte nur, wir hätten es getan, bevor er meine Alten aufgescheucht hat.«

Ich glaubte ihm kein Wort. Es war die Wut, die aus ihm sprach.

»Und sonst?«, fragte ich ihn. »Was sagen deine Eltern über mich?«

Er schaute mich irritiert an, so als wisse er nicht, was ich meinte. Dann sagte er nur: »Nichts.«

»Gar nichts?«

»Nein, wieso sollten sie? Du oder eine andere, das ist denen scheißegal. Solange ich nicht vorhabe, dich zu heiraten. Und eine solche Dummheit trauen sie nicht einmal mir zu.«

Dummheit?! Ich war sauer.

»Jetzt fang bloß nicht an zu schmollen. Sei lieber froh, dass sie uns nicht für voll nehmen. Spart uns jede Menge Ärger.«

»Und du?«, fragte ich. »Was ist mit dir? Bin ich für dich auch nur noch eine Dummheit?«

»Ach, komm, was soll denn das jetzt?«

Ich war beleidigt, weil ich etwas anderes hören wollte, aber er ging einfach darüber hinweg, indem er sagte: »Ich weiß, wo wir hinfahren.«

»Ach. Wohin denn?«

»Wirst du schon sehen.«

Sein Ziel war, wie ich schon bald merkte, die baufällige Kapelle, wo es mit uns so richtig angefangen hatte, und dass ihm ausgerechnet das jetzt einfiel, versöhnte mich. Wie damals fuhren wir bis zum Wald, ließen das Auto stehen und gingen den Rest des Weges zu Fuß. Adrian nahm irgendwann meine Hand und ließ sie nicht mehr los, bis wir bei der Kapelle ankamen.

Das Fenster, durch das wir eingestiegen waren, war wieder vernagelt, neue Verbotsschilder waren angebracht. Wir küssten uns, und für einen Moment gelang es mir, alles andere zu verdrängen. Nein, egal was passiert war, Adrian und ich gehörten zusammen, und zwar für immer.

Doch jeder Kuss endet irgendwann. Adrian löste sich von mir, trat ein paar Schritte zur Seite und umgab sich mit dröhnendem Schweigen. Schließlich sagte er: »Wir haben's versaut, Siri. Total versaut.«

Er entfernte sich noch ein paar Schritte, aber ich ertrug es nicht, wie er sich von mir absetzte, deshalb eilte ich zu ihm, umfasste ihn von hinten und lehnte mich an ihn. Erschütterungen gingen durch seinen Körper, ich fragte mich einen Moment, was mit ihm los war, aber dann hörte ich das Schluchzen und begriff: Er weinte. Das trieb auch mir die Tränen in die Augen. Ich war froh, dass er seine Erschütterung und Verzweiflung endlich zuließ. Das half mir und uns mehr, als wenn er immer nur blöde Sprüche abließ und den Starken spielte, der über allem stand und an den nichts rankam.

»Du darfst uns nicht aufgeben, Adrian«, beschwor ich ihn. »Wir gegen den Rest der Welt – das gilt noch …«

Ihr könnt euch vorstellen, wie heftig ich erschrak, als ein paar Tage später mein Handy klingelte und im Display der Name *Niklas* stand. Ich weiß nicht mehr, was ich dachte. Wahrscheinlich gar nichts. Alles, was ich noch weiß, ist, dass ich das Handy klingeln ließ und wie eine Irre in meinem Zimmer auf und ab lief. Irgendwann hörte es auf. Ob er was auf meine Mailbox gesprochen hatte? Ich hörte sie ab, aber nichts. Da klingelte es noch einmal. Wieder *Niklas.* Okay, dachte ich, das endet erst, wenn ich rangehe. Also nahm ich ab.

»Hallo? Siri? Bist du's?«

Eine Frauenstimme.

»Ja?«

»Lena Fechter. Niklas' Mutter.«

Ich atmete durch. Na klar, sie hatte Niklas' Handy, und im Adressbuch war meine Nummer.

»Äh … ja?«, fragte ich bloß.

»Du wolltest doch Niklas besuchen. Aber wahrscheinlich ist es schwierig für dich, ins Klinikum nach Ingolstadt zu kommen. Ich könnte dich mitnehmen, wenn du willst.«

»Oh … das ist aber … nett …«

Ich wollte eigentlich nur eines: in Ruhe gelassen werden. Aber so leicht würde ich aus der Nummer nicht rauskommen. Ich musste mir was einfallen lassen.

»Die nächsten Tage ist es schlecht«, sagte ich. »Die Schule hat wieder angefangen und …«

»Klar, das verstehe ich. Wie sieht's am Wochenende aus? Das müsste doch gehen. Nur für eine Stunde oder so.«

Ihr Drängen fing an mich zu nerven. Jetzt wusste ich, woher Niklas seine Hartnäckigkeit hatte. Was sollte ich sagen? Mir fiel keine Ausrede ein. Also gab ich nach. Am Samstag um zwei würde sie kommen und mich abholen.

Hinterher ärgerte ich mich über mich selbst. Wieso hatte ich mich von ihr zu diesem Besuch überreden lassen? Wieso hatte ich nicht gesagt, dass ich viel zu sensibel war, um Niklas in seinem Zustand zu sehen? Dass ich Albträume davon kriegen würde. Hätte sie das nicht respektieren müssen? Nein. Sie war wie ihr Sohn. Sie würde gar nichts respektieren. Es musste immer nach ihrem Kopf gehen.

Je länger ich darüber nachdachte, desto klarer wurde mir, dass ich da nicht hinwollte. Ich musste mir etwas einfallen lassen. Und mir fiel etwas ein.

Samstagvormittag fuhr ich mit dem Fahrrad unsere Straße runter und ließ mich einfach vom Sattel fallen. In voller Fahrt, ungebremst. Ich schlug mir beim Sturz das Knie auf, hatte eine heftige Abschürfung am Arm und eine Platzwunde über der Augenbraue, weil ich mit dem Kopf gegen den Lenker knallte. Ich blutete wie ein Schwein. Unter Schmerzen humpelte ich nach Hause.

Als Papa mich sah, erschrak er heftig. »Ist nicht so schlimm, wie es aussieht«, beschwichtigte ich ihn. Dann bat ich ihn, Niklas' Mutter anzurufen und ihr Bescheid zu sagen. Das machte er auch, während ich mit Verbänden und Pflastern auf dem Sofa lag.

»Was hat sie gesagt?«, fragte ich, nachdem er aufgelegt hatte.

»Es tut ihr sehr leid. Sie wünscht dir gute Besserung. Und sie meldet sich wieder.«

Das würde sie heute sicher nicht mehr machen. Mir gute Besserung wünschen, meine ich. Schon eher eine schlimme, unheilbare Krankheit. Wie könnte ich es ihr verdenken? Ich an ihrer Stelle wäre wahrscheinlich genauso. Ist schon ein Scheißgefühl, wenn du weißt, jemand hasst dich und wünscht dir alles Schlechte, und das auch noch zu Recht.

Du denkst, eigentlich kann es nicht mehr schlimmer werden, und was passiert? Es wird schlimmer. Dabei hatte ich nach einer knappen Woche Schule gerade in eine Alltagsroutine zurückgefunden, die mich hoffen ließ, dass es für mich irgendwann wieder so etwas wie ein normales Leben geben könnte. Doch als ich an diesem Nachmittag Papas Auto mit offener Tür vor dem Haus stehen sah, wusste ich sofort, dass was nicht stimmte. Scheiße, dachte ich und schob die Gartentür auf. Ihr Quietschen erschien mir so nervtötend wie nie zuvor. Im Rasen lag etwas Kleines, Knallgelbes. Erst auf den zweiten Blick erkannte ich, dass es ein Unterhemd meiner Mutter war. Die Haustür war nur angelehnt.

Ich schob sie vorsichtig auf, ging rein und war für eine Sekunde oder zwei plötzlich in einem ganz anderen Film. Das war nicht mehr unser Flur, sondern der von Niklas, und ich hatte diese dumpfen Schläge im Ohr, einmal, zweimal, dreimal … Mein Herz fing an zu rasen, ich kriegte eine Beklemmung in der Brust. In meiner Angst zwickte ich mich so fest in den Oberschenkel, dass es wehtat, so sehr, dass ich am liebsten geschrien hätte. Das half. Ich bekam wieder Luft, die Beklemmung wich von mir, und mein Puls fiel auf normal. Während ich langsam ruhig wurde, hörte ich ein Schluchzen. Oder bildete ich es mir nur ein? War es überhaupt ein Schluchzen oder mehr ein Stöhnen? Was auch immer, es war da, und es kam von oben. »Papa?«, rief ich, oder besser: Ich versuchte zu rufen, aber meine Stimme war nur ein Stimmchen. »Mama?« Keine Antwort. Vorsichtig stieg ich die Treppe hinauf. Die Laute kamen aus dem Bügelzimmer, wo die Tür halb offen stand. Ich blieb kurz davor stehen, dann schob ich sie auf.

Papa hockte zwischen knittriger Bügelwäsche auf dem Boden und weinte. Von meiner Mutter keine Spur. Er bemerkte mich erst, als ich ihn sacht an der Schulter berührte. Erschrocken fuhr er hoch und schaute mich an. Rote Augen, wirres Haar, kreidebleiches Gesicht – ich werde diesen Anblick nie vergessen. Alles, was er sagte, war: »Sie ist weg, Siri. Einfach weg …«

Natürlich meinte er meine Mutter. Aber damit hörten die Gewissheiten schon auf, und die Fragen fingen an. Was machte er zum Beispiel jetzt schon zu Hause? Wieso war meine Mutter verschwunden, ohne sich von mir zu verabschieden? Klar, sie hatte angekündigt, dass sie weggehen wollte, aber China stand erst im Spätherbst an, und ich war davon ausgegangen, dass sie so lange bleibt. Oder wenn sie geht, dass sie zumindest vorher mit mir spricht, ich sollte ja *Verantwortung übernehmen,* wie sie es ausdrückte. Ich hatte zuletzt sogar leise Zweifel gekriegt, ob sie es überhaupt durchziehen würde. Reden und Handeln sind ja oft zwei sehr verschiedene Dinge, vor allem bei ihr. Wie auch immer, das hier passte überhaupt nicht, hier war gar nichts geplant abgelaufen, es wirkte auf mich eher wie eine spontane Aktion, eine Flucht. Der Eindruck sollte sich noch verstärken, als ich ins Schlafzimmer meiner Eltern schaute: Schränke, Kommoden waren aufgerissen, die Sachen lagen überall verteilt.

Papa war noch eine ganze Weile unfähig, mir zu erzählen,

was genau passiert war. Nicht mal, ob meine Mutter Svea aus der Kita geholt und mitgenommen hatte, wusste er. Das ließ sich durch einen kurzen Anruf klären. Svea war fort. Was ebenfalls nicht zu dem Plan passte, den sie mir verklickert hatte. Erst nachdem er im Wohnzimmer zwei Gläser Kräuterschnaps aus der Hausbar gekippt hatte, löste sich Papas innere Starre allmählich, sodass er endlich reden konnte.

Am Vormittag war ein Bekannter zu ihm in die Bank gekommen. Er wollte einen Kredit, den Papa ihm nicht genehmigen konnte. In seiner Wut hatte der Mann plötzlich Andeutungen über meine Mutter gemacht. Als Papa nicht darauf reagierte, wurde der Typ deutlich, indem er sagte, dass meine Mutter einen anderen hatte und dass das schon so ziemlich jeder wusste, nur Papa nicht. Ich behaupte ja, Papa hat es auch gewusst, er hat es nur nicht wahrhaben wollen. Aber jetzt, da schon Außenstehende ihn darauf ansprachen, konnte er die Augen nicht mehr verschließen, wenn er keine totale Lachnummer sein wollte. Er musste was tun. Er fuhr also sofort nach Hause und stellte meine Mutter zur Rede. Sie leugnete nichts, redete Klartext und erklärte ihm, dass sie vorhabe, ihn zu verlassen, und nur noch auf den richtigen Zeitpunkt gewartet habe. Papa rastete total aus, warf Sachen nach ihr und schlug auf sie ein. Sagt meine Mutter, und obwohl man ihr nicht alles glauben darf, das glaub ich ihr. Natürlich ließ meine Mutter sich das nicht bieten, sie packte so viel von ihrem Kram ein, wie sie auf die Schnelle zu fassen kriegte, auch die wichtigsten Sachen von Svea, und verließ das Haus. Das war ungefähr zwei Stunden bevor ich heimkam. Papa hatte mehrfach versucht, sie zu erreichen, aber sie ging nicht ans Handy.

»Hast du es auch gewusst?«, fragte er mich nach einer Weile klammem Schweigen.

Was sollte ich sagen? Die Wahrheit? »Irgendwie schon«, sagte ich schließlich. »Du nicht? Sei mal ehrlich.«

Er zuckte mit den Schultern, stand auf, nahm die Flasche Kräuterschnaps und zog sich ins Schlafzimmer zurück. Ich blieb allein im Wohnzimmer sitzen. Das Klingeln meines Handys riss mich kurz aus meiner Lethargie. Adrian. Ich ließ es klingeln.

LEBENDIG BEGRABEN – SO FÜHLTE ich mich. Tieftraurig, aber ohne Tränen. In meinem Kopf die absolute Leere. Wie lange lag ich schon so da und starrte an die Decke? Minuten? Oder Stunden? Das Handy hatte ein paarmal geklingelt, aber ich hatte nicht mal nachgesehen, wer es war. Irgendwann löste ich mich doch aus meiner Erstarrung, zumindest ein wenig, und holte den Laptop ran, um mich mit ein paar Musikclips abzulenken. Dabei bemerkte ich, dass ich eine E-Mail gekriegt hatte. Von Adrian. Mit einer Videodatei als Anhang. *Weil du es mir wert bist*, stand als einzige Nachricht in der Mail. Ich wusste nicht genau, was das bedeuten sollte, und der Videoclip erklärte es mir auch nicht wirklich, aber das machte nichts, er war trotzdem schmerzhaft schön.

Adrian hatte Fotos und kleine Videos, die er in Italien mit dem Handy aufgenommen hatte, zusammengeschnitten und mit Klaviermusik unterlegt. Der Film zeigte mich im Wasser, mit einem unbeschwerten Lachen oder nackt auf dem Bett und am Pool oder wie ich mich gerade ausziehe; oder beim Kochen mit verschmierter Schürze oder in den edlen Klamotten, bevor wir ins Restaurant sind, wo wir die Zeche geprellt haben; oder als sexy Luder mit Hotpants und Push-up-BH, wie ich mit beiden hochgestreckten Händen ein Victoryzeichen mache; oder total fertig am Tag nach der Techno-Party, wo ich genauso aussehe, wie ich mich gefühlt habe.

Wer ist diese Siri? Wo ist sie hin? Gibt es sie noch? Ich hab sie nicht mehr gespürt, und Adrian vielleicht auch nicht, und wahrscheinlich hat er deshalb diesen Film gemacht. Um mich und ihn daran zu erinnern, dass es diese Siri und diesen Adrian gegeben hatte. Und dass wir eigentlich nur zurück an einen Punkt mussten, an dem wir schon mal waren. Es hörte sich so verführerisch leicht an, ich wollte es so gerne glauben, und für die paar Minuten, die sein Clip dauerte, glaubte ich es auch, aber dann waren der Film und die Musik zu Ende, und alles, was blieb, war eine unstillbare Sehnsucht und eine bedrückende Realität.

Diese Realität brachte mir ein Anruf meiner Mutter wieder brutal in Erinnerung. Im ersten Moment war ich erleichtert, ja froh, als ich *Mama* im Display las, aber noch ehe ich ranging, kippte das Gefühl zu Wut. Wie konnte sie mich einfach so im Stich lassen! Und Papa! Das war total egoistisch! Waren wir ihr völlig egal? War sie jetzt glücklich, weil sie uns endlich los war? Nein, glücklich hörte sie sich nicht an. »So habe ich das nicht gewollt, Siri«, bedrängte sie mich, »das musst du mir glauben. Er hat mich geschlagen. Was hätte ich tun sollen? Niemand schlägt mich! Niemand!«

»Was hast du gedacht, dass er tut?«, fragte ich frech zurück.

Ich wusste selbst, dass es klang, als rechtfertigte ich Papas

Schläge. Tat ich aber nicht. An ihrer Stelle wäre ich garantiert auch abgehauen. Aber ich konnte ihr das nicht sagen. Weil sie genau darauf aus war: dass ich sie freisprach. Während sie mich durch ihre Flucht praktisch in Ketten gelegt hatte. Und dann sagte sie auch noch: »Du musst auf ihn aufpassen, Siri. Wenn er so drauf ist, ist er zu allem fähig. Du weißt, was ich meine.«

Natürlich wusste ich es.

»Komm zurück«, flehte ich sie an. »Bitte komm zurück, Mama!«

»Das kann ich nicht, Schatz. Tut mir leid.«

»Und ich?«

»Du bist stark, Siri. Stärker, als du denkst. Ich ruf dich wieder an.«

Am nächsten Tag hatte ich wieder ein Treffen mit Kommissar Fahrenheit. Diesmal lauerte er mir zumindest nicht vor der Schule auf, sondern rief mich an, um sich mit mir zu verabreden.

»Ich würde dich auf ein Eis einladen, wenn du willst«, meinte er.

»Ich bin sechzehn und nicht zehn«, gab ich schnippisch zurück.

Er lachte und entschuldigte sich. Aber weil ich trotz meines fortgeschrittenen Alters eine Schwäche für Eiscreme hatte, ließ ich die Einladung gelten. Obwohl es in Tinos Eisbar am Marktplatz das beste Eis der Stadt gab, schlug ich ein anderes Lokal vor. Bei Tino hingen einfach zu viele Leute aus unserer Schule ab, und ich wollte nicht mit einem Polizisten gesehen werden. Nicht schon wieder. Also schlug ich die Eisdiele in der Neustadt vor.

Fahrenheit erwartete mich schon. Er saß an einem Tisch auf dem Bürgersteig, unter einem Sonnenschirm, und hatte eine Espresso-Tasse vor sich. Als ich herantrat, stand er, ganz alte Schule, auf, um mich zu begrüßen. Etwas später bestellte ich Vanilleeis mit heißen Himbeeren. »Ganz klassisch«, kommentierte Fahrenheit. Ich traute seiner lässigen Freundlichkeit nicht, und nicht zu Unrecht, wie sich gleich zeigen sollte.

Während ich auf das Eis wartete, zündete ich mir eine Zigarette an.

»Was hast du da gemacht?«, fragte er und deutete auf die verkrustete Platzwunde in meinem Gesicht.

»Fahrradunfall«, erklärte ich. »Das Knie auch.« Obwohl man nichts sehen konnte, weil ich eine lange Jeans trug, streckte ich das Bein aus. »Aber es geht schon wieder.«

Er nickte. »Ist es eigentlich richtig«, fragte er in beiläufigem Ton, »dass ihr Niklas aufgelauert habt? Du und Adrian, meine ich. Am See, als er beim Joggen war.«

Kann sein, dass ich eine Sekunde länger zögerte, als gut war. Ich bin einfach erschrocken. »Wer sagt das?«, fragte ich.

»Jemand, dem Niklas davon erzählt hat. Stimmt es?«

»Das war noch bevor wir uns mit ihm ausgesprochen haben. Dazu waren wir am See. Um zu reden. Aber Niklas wollte nicht.«

»Angeblich habt ihr ihn bedroht. Zumindest hat Niklas es so dargestellt.«

»Kann schon sein, dass wir so auf ihn gewirkt haben. Mein

Gott, wir wollten, dass er aufhört, unser Leben zu stören. Er hat mich praktisch gestalkt.«

»Gestalkt? Das hat sich bisher anders angehört.«

Ich merkte, dass ich einen Fehler gemacht hatte. Je bedrohlicher ich Niklas erscheinen ließ, desto unglaubwürdiger wurde die Versöhnung. »Also, nicht richtig gestalkt«, relativierte ich deshalb sofort. »Er war nur ziemlich lästig.«

»Verstehe.«

Mein Eis kam. Allerdings verging mir mit jedem weiteren Wort, das der Kommissar nun sagte, der Appetit, weshalb ich mehr darin herumstocherte, als dass ich davon aß. Mit einer Frage fing es an: »Was weißt du eigentlich über Adrians Vergangenheit?«

Ich zuckte die Schultern. »So einiges. Was meinen Sie?«

Während er einen Kaffee bestellte und langsam austrank, erzählte er mir, dass Adrian als Jugendlicher wiederholt durch Gewaltausbrüche aufgefallen war, dass er Mädchen belästigt und im Kaufhaus geklaut hatte. Das habe zwar irgendwann aufgehört, nicht zuletzt dank eines Jugendpsychologen, und in den letzten Jahren sei er auch nicht mehr auffällig gewesen, aber es gebe nun mal diese Vergangenheit.

War ich schockiert?

Ich weiß es nicht mehr. Irgendwie schon. Aber andererseits passte das, was Fahrenheit erzählte, nicht zu dem Adrian, den ich kannte und den ich erlebt hatte. Bis auf jene Nacht natürlich, in der er auf Niklas eingeschlagen hatte. Aber war nicht ich diejenige gewesen, die damit angefangen hatte, wir müssten Niklas beseitigen? Hatte ich damit vielleicht etwas in Adrian geweckt, das er mühsam ruhiggestellt hatte?

»Siri? Alles okay mit dir?«

Ich blickte auf.

»Was? Ach so … nein, ich hab das nicht gewusst über Adrian. Aber ich kann verstehen, dass er es mir nicht erzählt hat. Hätte ich an seiner Stelle auch nicht getan. Ist ja auch nicht wichtig. Heute ist er ein toller Mensch, und ich liebe ihn.«

»Da kann er froh sein, dass du so tolerant bist.«

Ich sagte nichts, rührte nur in der rot-weißen Suppe, die sich inzwischen in meinem Eisbecher gebildet hatte. Ich wünschte, ich wäre wirklich so cool gewesen, wie ich tat. In Wahrheit war ich enttäuscht. Wieso erzählte mir Adrian nichts von sich? Vertraute er mir nicht? Gleichzeitig fragte ich mich, wie viele solche Geheimnisse er wohl noch hatte.

»Laut psychologischem Gutachten von damals ist Adrian ein Mensch von begrenzter Empathiefähigkeit«, sagte Fahrenheit weiter. »Weißt du, was das bedeutet? Er kann sich nur bis zu einem gewissen Grad in andere Menschen einfühlen. Im Mittelpunkt seines Denkens und Fühlens steht er selbst. Das heißt: Wenn er von Liebe spricht, dann meint er vielleicht nicht dasselbe wie du.«

Was er sagte, verunsicherte mich, aber es machte mich auch aggressiv. Was wusste dieser alte Mann schon? Adrian liebte mich, das spürte ich. Und bloß weil er nicht in eine der Schubladen passte, die für uns alle vorgesehen sind, wurde er gleich als gefühlloser Gewalttäter und Psychopath abgestempelt.

»Wieso stochern Sie eigentlich in Adrians Vergangenheit rum?«, fragte ich, und ich weiß, dass ich meinen Zorn nicht wirklich verbergen konnte. »Wenn Sie glauben, dass er was mit dem Überfall auf Niklas zu tun hat, dann irren Sie sich. Wir waren in der Nacht zusammen. Das haben wir Ihnen doch schon gesagt.«

»Ja, stimmt, das habt ihr.«

»Heißt das, Sie verdächtigen mich auch?«

»Ganz ruhig, Siri. Wir verdächtigen niemanden.«

»Was ist eigentlich mit dieser Tierschutzsache, von der Sie beim letzten Mal erzählt haben? Gibt's da was Neues?«

»Wir sind dran. Ist dir dazu noch was eingefallen?«

Ich war versucht, ihm eine Lüge aufzutischen. Aber ich ließ es bleiben, bevor ich mich in irgendwelche Widersprüche verwickelte. Deshalb sagte ich nur: »Nee, gar nichts.«

Während ich das Gefühl nicht loswurde, dass Kommissar Fahrenheit über uns kreiste wie ein Geier, bröckelte es in meiner kleinen Welt an allen Ecken und Enden. Papa gab sich Mühe, den Absturz in das große schwarze Loch zu verhindern, aber ich konnte zusehen, wie er jeden Tag ein Stückchen mehr hineinrutschte. Gestern war es nur ein schlecht gebundener Krawattenknoten gewesen, mit dem er das Haus verlassen hatte, heute ging er schon unrasiert in die Bank, morgen zog er vielleicht ein ungebügeltes Hemd an. Solche Nachlässigkeiten gab es bei ihm normalerweise nicht. Er kam auch früher heim als sonst oder ging später weg oder beides zusammen, und wenn er zu Hause war, saß er vor dem Fernseher und trank ein Bier nach dem anderen und dazwischen Kräuterschnaps.

Meine Mutter rief mich jeden Tag an, aber immer nur, wenn sie wusste, dass ich in der Schule war und Pause hatte. Sie fragte, wie es uns ging, wie Papa zurechtkam, und ich wurde von Mal zu Mal wütender, denn wenn es sie wirklich interessiert hätte, dann hätte sie bloß zurückkommen müssen. Aber wenn ich sie darauf ansprach, sagte sie nur: »Das kann ich nicht. Tut mir leid. Er hat mich geschlagen.« Wahrscheinlich war sie insgeheim froh, dass er so ausgerastet war, denn nun hatte sie eine tolle Entschuldigung dafür, dass sie uns im Stich ließ. Einer Frau, die geschlagen wurde, macht niemand einen Vorwurf, wenn sie einen Schlussstrich zieht.

Und dann war da noch Adrian. Ich hatte ihm natürlich von meinem Gespräch mit Kommissar Fahrenheit erzählt, aber noch nicht, was ich seitdem über seine Vergangenheit wusste. Je länger ich es aufschob, desto schwieriger wurde es, die Sachen auf den Tisch zu bringen. Zumal Adrians Laune sowieso von Tag zu Tag schlechter wurde. Immerzu drängte er darauf, dass wir uns sahen. Ich wollte ja auch, aber ich musste zumindest das Nötigste im Haushalt tun, denn wenn ich auch noch alles schleifen ließ, würde Papa noch mehr den Halt verlieren. Eine halbwegs geordnete Umgebung würde ihm helfen, sein inneres Gleichgewicht zu halten, das wusste ich von seinen früheren Depressionen. Adrian hielt das alles für Ausreden, und irgendwann sprach er es aus: »Bist du dabei, mich abzuservieren? So wie den armen Jungen, den ich für dich totgeprügelt habe? Machst du das immer so? Hast du vielleicht schon einen anderen?«

Ich war baff. Kurz musste ich an das denken, was Kommissar Fahrenheit über Adrians angeblich begrenzte Fähigkeit zur Einfühlung gesagt hatte, aber dann dachte ich wieder: Quatsch, er ist bloß frustriert. Das wäre ich an seiner Stelle sicher auch.

»Ich liebe dich«, beschwor ich ihn. »Das ist jetzt eine schwierige Zeit. Wir müssen alle Opfer bringen. Glaubst du, ich möchte nicht, dass wir zusammen sein können?«

»Es sieht zumindest nicht so aus.«

Selbst über die nicht so tolle Skype-Verbindung konnte ich in seinen Augen sehen, dass er mich mit Absicht verletzte, und das machte es noch schlimmer.

»Außerdem ist Niklas nicht tot«, sagte ich. »Und du hast das nicht für mich getan, sondern für uns.« Ich zögerte einen Moment. Der Schmerz war noch immer da und nährte in mir den Wunsch, mich zu revanchieren. »Du hättest ja nicht so auf ihn einprügeln müssen.«

Das saß. Ich hatte zwar schon davor manchmal vorsichtig Andeutungen in diese Richtung gemacht, aber noch nie so direkt einen Vorwurf geäußert.

»Jetzt verstehe ich, wohin die Reise geht«, sagte er. »Ich bin der Killer, und du wolltest das alles nicht. Erzählst du das auch diesem Bullen? Versuch das ja nicht. Sonst erzähle ich denen nämlich auch was.«

Was sollte das denn bedeuten? Wieso drohte er mir?

Als ich nichts sagte, beschimpfte er mich bloß noch als »blöde Schlampe« und beendete die Verbindung.

Außer mir vor Angst und Schmerz und Zorn lief ich im Zimmer auf und ab. Wieso verletzte er mich so? Wieso ging er überhaupt auf mich los, gerade jetzt, da wir doch zusammenhalten mussten?! Aber auch wie ich zu ihm gewesen war, tat mir weh. Wenn wir anfingen, uns gegenseitig fertigzumachen, war das der Anfang vom Ende!

Ich versuchte, ihn anzurufen, doch er ging nicht ans Telefon. Deshalb schrieb ich SMS-Nachrichten und E-Mails, bat ihn um Verzeihung und schwor ihm tausendmal meine Liebe. Ich schrieb sogar, dass ich es richtig fand, was er mit Niklas gemacht hatte, und dass er das mit jedem machen sollte, der unserer Liebe gefährlich wurde. Er hat blöderweise alle Nachrichten aufgehoben und gerade diese eine dem Gericht gezeigt, um zu beweisen, dass alles meine Idee war und er nur unter meinem Einfluss gehandelt hat. Das hat mir nicht gerade geholfen, wie ihr euch vorstellen könnt.

Auf keine meiner Nachrichten kam eine Antwort. Er ließ mich hängen. Und was machte ich dumme Kuh? Statt vernünftig über alles nachzudenken, schaute ich mir unseren Italien-Clip rauf und runter an und heulte mir dabei die Augen aus dem Kopf. Es schien fast so: Je schlechter er mich behandelte, desto stärker war mein Verlangen nach Adrian. Selbst nach dem, was er später noch mit mir tun sollte, konnte ich ihn nicht hassen.

Alle um mich rum freuten sich aufs Wochenende, nur ich nicht. Die Vorstellung, zwei ganze Tage mit Papa allein zu sein, war der reinste Albtraum für mich. Noch schlimmer wurde es dadurch, dass Adrian sich seit unserem Streit nicht mehr gemeldet hatte. Geschlagene zwei Tage lang! Obwohl ich ihm im Halbstundentakt Nachrichten schickte. Hatte er mich abgeschrieben? Oder wollte er mich auf diese Weise bestrafen? Wie konnte er mich derart leiden lassen, wenn er mich doch angeblich liebte? Oder war längst alles vorbei? Ein Satz von Kommissar Fahrenheit über Adrian fiel mir wieder ein: *Wenn er von Liebe spricht, dann meint er vielleicht nicht dasselbe wie du.* Aber das ist Blödsinn!, wehrte sich sofort wieder etwas in mir.

Um am Wochenende wenigstens für ein oder zwei Stunden von zu Hause zu entfliehen, verabredete ich mich schon am Freitagnachmittag mit Anna-Lena zu einer Shoppingtour am Samstag. Es gab mir Sicherheit, was vorzuhaben.

Als wir dann wie früher durch die Innenstadt zogen, merkten wir beide einmal mehr, dass die alten Zeiten vorbei waren. Und dass sie wahrscheinlich auch nicht wiederkommen würden. Bei einem Boxenstopp im American Burger fragte Anna-Lena mich nach meiner Mutter und nach Adrian, aber das waren beides keine Themen, über die ich gerne redete. Also quatschten wir hauptsächlich über Schulhofklatsch und Klamotten, und irgendwie waren wir wohl beide froh, als der Nachmittag rum war und jede wieder nach Hause konnte.

»Sorry, dass ich gerade nicht so gut drauf bin«, entschuldigte ich mich beim Abschied.

»Ist doch klar, bei allem«, meinte Anna-Lena und drückte mich.

Als ich mit meinem Fahrrad in unsere Straße einbog, fiel mir schon von Weitem das Auto auf, das vor unserem Haus parkte. Na, so was, dachte ich, das sieht ja genauso aus wie das von Adrian. Als ich näher kam und das Kennzeichen lesen konnte, dachte ich: Und sogar aus München. Aber ich musste danebenstehen und das Chaos aus Zigarettenschachteln, Fast-Food-Tüten und CDs auf dem Rücksitz sehen, ehe ich auf die Idee kam, dass dieses Auto tatsächlich das von Adrian war! Wieso parkte er vor unserem Haus? War er total durchgedreht?!

Fieberhaft schaute ich mich um. Ich rechnete damit, dass er gleich irgendwo hervorkommen würde. Aber nichts. Was hatte das zu bedeuten?

Ich schob mein Fahrrad in die Auffahrt. Die Garage stand offen, Papas Auto war da. Voller Angst ging ich ins Haus. Keine Ahnung, womit ich rechnete. Dass ich Adrian über Papas Leiche gebeugt vorfinden würde, mit einem Messer oder einem Baseballschläger in der Hand und einem irren Blick in den Augen? Und dass er grinsen und verkünden würde: Jetzt steht uns keiner mehr im Weg? Ich hätte alles für möglich gehalten, nur nicht das, was ich gleich im Garten erblicken sollte.

»Noch ein Bier?«

Das war das Erste, was ich hörte, als ich auf die Terrasse trat, wo mir Schwaden von Grillgeruch entgegenkamen.

»Gerne«, war die Antwort.

Die beiden, die da so vertraut miteinander taten, waren niemand anders als Papa und – Adrian!

Ich überlegte einen Moment, ob ich nicht wieder verschwinden konnte, das Ganze kam mir so strange vor, dass ich nicht wusste, wie ich darauf reagieren sollte. Aber dann entschied ich mich doch zu bleiben und sagte: »Was geht'n hier ab?«

Adrian schaute vom Grill auf, wo er gerade ein Steak wendete, mein Vater drehte sich um, mit einer Flasche Bier in der Hand, die er eben einer Kühlbox entnommen hatte.

»Hi, Süße«, rief Adrian. »Hunger? Es ist genug da.«

»Danke. Ich hab schon gegessen.«

»Wieso hast du mir Adrian nicht früher vorgestellt?«, fragte Papa. »Der ist doch nett.«

»Wie gesagt: Unsere süße Siri dachte, Sie würden sie in Ketten legen und in den Keller sperren«, rief Adrian aus der zweiten Reihe. »Aber ich finde Sie echt cool, Mann.«

Ich brachte kein Wort heraus. Irgendwie kam ich mir vor, als wäre ich in eine Theateraufführung gestolpert, und ich war die Einzige, die ihre Rolle nicht kannte. Ja, wie zwei Schauspieler wirkten die beiden auf mich, wobei Papa eindeutig der schlechtere war. Aber wieso hatte er Adrian nicht hochkant rausgeworfen, so wie ich es erwartet hätte? Später hab ich es natürlich kapiert: Er hatte Angst, dass ich auch noch abhaue, wenn er mir wieder dazwischenfunkt. Theoretisch hatte ich ja jetzt die Möglichkeit, bei meiner Mutter zu leben. Dass ich das nie im Leben gemacht hätte, konnte er nicht sicher wissen. Wieso Adrian hier unangemeldet auftauchte, war mir sofort klar: Er wollte noch mehr ein Teil meines Lebens werden. Das Überraschendste dabei war: Ich wusste nicht mehr, ob mir das gefiel.

Adrian blieb über Nacht. Er hatte mehrere Flaschen Bier intus, und deshalb ließ Papa nicht zu, dass er sich ans Steuer setzte. Während ich das Gästebett im Bügelzimmer für ihn fertig machte, kam er rein und blieb an der Tür stehen. Ich tat so, als bemerkte ich ihn nicht, bis er sagte: »Ich weiß gar nicht, was du hast. Dein Alter ist eigentlich ganz in Ordnung.«

Ich drehte mich um, und dann entlud sich der gesamte in mir aufgestaute Ärger. »Wieso tauchst du hier einfach auf? Ohne vorher mit mir zu reden! Das ist total übergriffig, weißt du das?!«

»Aber es ist doch nur wegen dir.« Er kam näher. »Es tut mir

leid, dass ich die ganze Zeit so egoistisch war. Weißt du, eigentlich finde ich es echt klasse, wie du für deinen Vater da bist. Allerdings frag ich mich, warum du vorher so ein Drama wegen ihm gemacht hast. Und jetzt bist du sauer, statt dich zu freuen. Kann es sein, dass es nie dein Vater war, der mich nicht hier haben wollte, sondern du?«

Ganz ehrlich: Ich fragte mich das inzwischen selber. Aber das gab ich natürlich nicht zu. Denn die Erklärung für Papas Verhalten lag auf der Hand: »Mein Vater ist nur deshalb so nett zu dir, weil er Angst hat, mich auch noch zu verlieren. Wenn er nicht so schlecht drauf wäre, wärst du schon längst wieder in München.«

Adrian grinste. »Na, das ist doch super!«

»Was ist super daran, dass es meinem Vater scheiße geht?«

»Für uns, meine ich.« Er nahm mich an beiden Schultern und sah mir in die Augen. Ich roch den Alkohol in seinem Atem und wehrte mich erst dagegen, dass er mich küsste, aber dann ließ ich es zu. Es fühlte sich befremdlich an, von ihm geküsst zu werden, hier im Haus meiner Kindheit, während Papa einen Stock tiefer das schmutzige Geschirr vom gemeinsamen Grillen in die Spülmaschine räumte.

Ich machte mich von Adrian los. »Besser, ich schau mal nach, wie unten die Stimmung ist«, sagte ich. »Das Bad ist schräg gegenüber. Ein frisches Handtuch findest du in dem weißen Schrank. Du kannst meine Zahnbürste benutzen. Es ist die blaue.«

Ich hörte mich diese Sätze sagen, und sie klangen irgendwie falsch in meinen Ohren. So wie auch alles andere falsch war. Adrian hier – auch wenn es im Moment nach Harmonie aussah, auf Dauer konnte das nicht gut gehen. Ich fragte mich nur, wer es am Ende versauen würde: Papa, Adrian – oder vielleicht gar ich selbst?

Als ich in die Küche kam, stand Papa regungslos vor der Spülmaschine und starrte in den herausgezogenen Korb mit schmutzigen Gläsern. Meditierte er? Oder war er im Stehen eingeschlafen?

»Alles okay?«, fragte ich.

Erst jetzt bemerkte er mich und drehte sich zu mir um.

»Klar«, sagte er, »ich bin nur erledigt.« Ich machte für ihn die Maschine fertig und schaltete sie ein. Während es in ihrem Inneren zu rumoren begann, sagte Papa: »Warum hast du mir nichts von Adrian erzählt?«

»Fragst du das im Ernst?«

»Okay, schon klar. Aber er ist nett.«

»Findest du das wirklich?«

Er sah mich ausdruckslos an. Das war mir Antwort genug. Nachdem wir eine Weile schweigend der Spülmaschine gelauscht hatten, sagte er: »Du bist doch noch ein halbes Kind, Siri. Nur mit jemandem Sex zu haben, macht einen noch nicht erwachsen.«

»Immer nur bei seinem Papa auf dem Schoß zu sitzen aber auch nicht«, antwortete ich, doch ohne besonderen Nachdruck. Ich wollte nicht mit ihm streiten.

»Auch wieder wahr.« Er setzte sich an den Tisch, stützte die Ellbogen auf, und ich erinnere mich gut, wie er aussah und wie schrecklich ich mich bei dem Anblick fühlte. Auch davor hatte er schon schwierige Phasen gehabt, sie waren oft wie aus dem Nichts gekommen, aber so hatte ich ihn noch nie gesehen. Blass, ja fahl und um viele Jahre älter, als er war.

»Ich lass dich nicht im Stich, Papa«, versprach ich.

»Das hast du schon.« Er wartete eine kurze Weile, bis der Schmerz tief in mich eingedrungen war, ehe er mich zumindest teilweise wieder davon erlöste. »Aber es ist nicht deine Schuld. Das ist das Leben. Man kann es nicht aufhalten. Leider.«

»Scheiß Leben«, sagte ich.

»Für dich doch nicht. Du bist verliebt.« Er streckte seine Hand nach mir aus. »Setzt du dich wenigstens ein Mal noch auf Papas Schoß?«

Ich tat es. Er legte seinen Arm um meine Schulter, strich mir das Haar aus dem Gesicht und sah mich an. »Macht bloß keine Dummheiten, Siri.«

»Das haben wir vielleicht schon.«

Entsetzen trat auf sein Gesicht.

»Nein, ich bin nicht schwanger.«

Ein Aufatmen. Er konnte sich nicht vorstellen, dass wir etwas Schlimmeres getan haben könnten, als ein neues Leben zu zeugen. Das ließ mich meine Schuld nur noch schwerer empfinden. Ich spürte in mir die Versuchung, mir die Last ein wenig zu erleichtern, indem ich sie mit ihm teilte. Doch ich schwieg.

»Was habt ihr denn getan?«, fragte er nach.

Ich sah ihn weiter nur an. Meine Kehle wurde immer enger, Tränen stiegen in meine Augen. Sollte ich es ihm sagen? Wie würde er mich danach sehen? Wie würde er damit klarkommen, dass seine geliebte Siri eine Verbrecherin war? Würde ihm das den Todesstoß versetzen?

Während ich noch überlegte, kam von der offenen Tür ein Räuspern. Adrian stand dort. »Sorry«, sagte er. »Kann ich mir Siri kurz ausleihen?«

»Wir reden später«, sagte Papa, während ich aufstand.

»Müssen wir nicht. Alles gut.«

Ich ging zu Adrian. Er nahm meine Hand, so fest, dass es fast schon wehtat.

EIGENTLICH HATTE ER NUR mit mir vor die Tür gehen wollen, um eine zu rauchen, aber dann war daraus ein Nachtspaziergang durch meine Gegend geworden. Nicht dass es dort irgendwas Besonderes zu sehen gäbe. Es sind nur die üblichen Einfamilien- und Reihenhäuser mit ihren Gärten, wie es sie in allen Siedlungen gibt. Doch Adrian tat so, als liefen wir durch Venedig. Ich wurde den Eindruck nicht los, dass er mich verarschte, obwohl er das vehement bestritt.

»Mir ist jeder Quadratzentimeter Boden, den dein Fuß berührt hat, heilig«, sagte er.

»Schon klar«, antwortete ich nur und rollte mit den Augen.

Adrian zündete zwei Zigaretten an und gab mir eine.

»Wir reden so gut wie nie über das, was passiert ist«, brach ich nach einer Weile die Stille.

»Nicht? Mir kommt es so vor, als würden wir über nichts anderes reden.«

»Ist aber nicht so.«

»Was gibt's da auch zu sagen? Passiert ist passiert.«

»Wie geht es dir damit?«

»Komm, lass! Ich hab da jetzt keinen Bock drauf.«

Er klang gereizt, deshalb beließ ich es tatsächlich dabei. Jeder hat seine eigene Art, mit Schuld umzugehen, dachte ich. Er verdrängt sie. Und was tat ich? Versuchte das auch, aber ich war mir nicht sicher, ob ich das durchhalten würde.

Auf dem Nachhauseweg wurde Adrian gesprächig. Er redete eine Menge Zeug, bei dem ich mir nicht sicher war, ob er noch ganz richtig tickte. Ich meine, Sachen über unsere Zukunft. Zum Beispiel fragte er mich, ob es schwer sei, hier eine Wohnung zu finden, und wie teuer die Mieten so wären. Wir beide in einer schnuckeligen kleinen Wohnung (genau das waren seine Worte), das wäre doch super. Er wollte weg von da, wo er war: aus dem Dunstkreis seiner Familie und auch aus der Großstadt, wo es so unpersönlich zuging und die Leute nicht mal ihre Nachbarn kannten.

Die glorreichste Idee war: Jetzt, da meine Mutter und meine kleine Schwester nicht mehr da seien, könnte er doch bei uns einziehen. Dann wäre Papa nicht allein, wir wären eine Familie, das wäre doch super. »Vielleicht kommt Mama ja wieder zurück«, wandte ich vorsichtig ein, aber dazu meinte er nur: »Die kommt nicht wieder. Wenn Frauen in dem Alter abhauen, dann für immer.« Ich fragte mich, woher er diese Weisheit nahm. Und auch alles andere. Seit wann fand er ein Leben, das er vor Kurzem noch als total spießig bezeichnet hatte, plötzlich so erstrebenswert? Aber wahrscheinlich tat er das gar nicht. Ich denke, es war eher ein Hilferuf, aus Verzweiflung. Ein Hilferuf, den ich überhört habe. Leider. Denn wozu diese Verzweiflung ihn trieb, sollte ich noch erleben.

Doch in jener Nacht erschienen mir seine Vorstellungen so absurd, dass ich einfach darüber hinwegging und stattdessen sagte: »Du hast nie viel über dich erzählt. Wie du als Jugendlicher warst, zum Beispiel.«

»Das ist doch uninteressant.«

»Finde ich nicht. Kommissar Fahrenheit hat ein paar Sachen erwähnt …«

Adrian blieb stehen und hielt mich am Arm fest. »Sachen? Was für Sachen?«

»Du weißt schon, was ich meine.«

»Weiß ich nicht.«

Seine Augen waren schmal geworden, der Griff um meinen Arm schloss sich immer fester. Ich hatte keine Angst vor ihm, aber ich fühlte mich auch nicht wohl.

»Er hat was von Gewaltausbrüchen erzählt und von Ladendiebstählen. Und dass du Mädchen belästigt hast.«

»Dieser Drecksack!«, rief er aus. »Und du glaubst ihm natürlich!«

»Frei erfunden wird er es ja nicht haben. Sag mir, was da los war.«

»Jugendsünden, nichts weiter. Ich war halt nie so angepasst wie du. Und nicht ich hatte Probleme, sondern die anderen. Diese Mädchen zum Beispiel. Erst haben sie mich scharfgemacht, und dann rennen sie zu ihrem Lehrer. Das ist doch voll gestört!«

»Du warst bei einem Psychologen.«

»Nur weil ich musste. Damit das Gericht mich in Ruhe gelassen hat.« Er ließ meinen Arm los, aber dafür packte er mich an beiden Schultern und schüttelte mich. »Denkst du, ich bin ein Psycho?«

»Quatsch.«

Er stieß mich weg.

»Kapierst du nicht, was die für ein Spiel spielen? Die erzählen dir solche Sachen über mich, damit du an mir zweifelst. Die wollen uns auseinanderbringen. Die wissen genau: Solange wir zusammenhalten, können sie uns nichts anhaben.«

Was er sagte, erschreckte mich. »Denkst du denn … dass sie uns verdächtigen?«

»Sie wissen, dass wir dem Arsch schon mal aufgelauert haben. Und irgendwelche Verdächtige brauchen sie, sonst kriegen sie Ärger.« Seine Miene, sein Blick veränderten sich. Er packte mich erneut. »Glaub ja nicht, du kommst glimpflich aus der Nummer raus, wenn du mir alles in die Schuhe schiebst. Es war deine Idee. Ganz allein deine Idee.«

Dass er glaubte, ich wäre fähig, ihn ans Messer zu liefern, um meine Haut zu retten, kränkte mich. Wie konnte er behaupten, er liebe mich, wenn er mir so wenig vertraute?

»Wir waren das beide«, sagte ich, »keiner kommt aus der Sache raus. Keiner!«

PAPA ERWARTETE UNS SCHON. Adrian und ich waren müde und wollten gleich schlafen gehen. Wir waren schon auf der Treppe, als Papa uns nachkam, mein Handy hochhielt und sagte: »Es hat geklingelt. Vor einer halben Stunde oder so.« Mir war gar nicht aufgefallen, dass ich es nicht bei mir hatte. Ich nahm es und sah, dass Niklas' Mutter angerufen hatte. »Nicht so wichtig«, sagte ich zu Papa, ging mit Adrian nach oben und erzählte ihm, wer der Anrufer gewesen war.

»Was will die von dir?«, fragte er.

»Es wird um Niklas gehen.«

»Glaubst du, er ist tot?«

Ich hörte die Mailbox ab. Niklas' Mutter hatte eine Nachricht hinterlassen, von der ich nicht wusste, ob ich mich freuen oder mir in die Hose machen sollte. Sie sagte: »Niklas geht es besser. Es kann sein, dass er bald aufwacht. Wann kommst du ihn besuchen?«

»Scheiße«, sagte Adrian, der mitgehört hatte.

DIESMAL WAR ICH FÄLLIG. Oder sollte ich mich noch einmal selbst verletzen? Mir beim Brotschneiden den kleinen Finger absäbeln? Oder eine schlimme Krankheit erfinden? Nicht dass ich nicht darüber nachgedacht hätte. Niklas' Mutter hätte jede Ausrede, egal wie billig, akzeptieren müssen. Was hätte sie schon tun können? Mich zwingen? Genau das schärfte Adrian mir ein. »Bleib da weg«, beschwor er mich, »die kann dir gar nichts.« Ich war in seinen Augen nicht stark genug für die Konfrontation mit Niklas. »Du brichst zusammen«, meinte er. Ich musste ihm versprechen, dass ich mich zu nichts überreden ließ. Schwören musste ich. Bei unserer Liebe. Und das tat ich auch.

Eine Zeit lang war ich erleichtert. Ich wollte da nicht hin, in diese Klinik, an Niklas' Bett. Auf keinen Fall. Und deshalb würde ich auch nicht hingehen. Ende. Aber dann rief Niklas' Mutter noch einmal an und fragte, ob ich am Samstag schon was vorhätte. Wieso sagte ich Nein? Ich wusste doch, worum es ging. Jedenfalls sagte sie nur: »Schön. Dann hole ich dich ab. So gegen eins. Passt dir das?«

Sie war auf die Minute pünktlich. Weil ich nicht wollte, dass sie klingelte, wartete ich auf dem Bürgersteig vor dem Haus. Papa sollte so wenig wie möglich von allem mitkriegen. Er fand es nicht okay, wie sie mich bedrängte. »Ist ihr klar, was sie dir zumutet?«, hatte er geschimpft, als ich ihm von dem Anruf erzählte. »Diese Leute glauben, die Welt dreht sich nur um sie. Aber wir haben unsere eigenen Probleme.« Ich hätte ihn nur bitten müssen, mit Niklas' Mutter zu reden, und die Sache wäre erledigt gewesen. Doch ich tat es nicht.

Als ich das Auto in unsere Straße einbiegen sah, fing mein Herz an zu rasen, und meine Knie schlotterten vor Angst. Wieso hörte ich nicht auf Adrian und Papa? Wieso brach ich sogar einen Schwur, den ich auf den einzigen Halt geleistet hatte, den ich noch besaß?

Niklas' Mutter sah blendend aus. Obwohl man ihr ansah, was sie in den letzten Wochen durchgemacht hatte. Die Hoffnung schien sie verjüngt zu haben. Sie fragte mich, wie es mir ginge, aber auf eine Weise, die nicht wirklich interessiert wirkte. Dann erzählte sie, dass Niklas in eine private Reha-Klinik im Alpenvorland verlegt worden war.

»Ist aber ein Stück weiter weg von zu Hause«, wandte ich ein.

»Es gibt gleich nebenan ein Gästehaus für Angehörige«, antwortete sie. »Wir haben es sowieso noch nicht geschafft, in unser Haus zurückzukehren. Keinen Schritt könnte ich da rein tun. Vielleicht verkaufen wir es und ziehen weg.«

»Wirklich? Es ist dort immer noch so, wie …«

»… die Polizei es hinterlassen hat. Nur mein Mann war dort, um zu sehen, ob etwas gestohlen wurde. Er hat geweint. Mein Mann weint sonst nie.«

Ich weiß nicht, warum die Vorstellung, dass dieser Ort sich

nicht verändert hatte, mich derart schockierte. Jedenfalls kroch mir eine Gänsehaut über den ganzen Körper. Während Niklas' Mutter längst über etwas anderes redete, versuchte ich mir die ganze Zeit fast schon zwanghaft vorzustellen, wie es jetzt wohl in dem Haus aussah.

DIE PRIVATKLINIK LAG IN der Nähe eines hübschen oberbayerischen Städtchens und wirkte auf den ersten Blick eher wie eine Ferienanlage. Auch im Innern merkte man nicht auf Anhieb, dass das ein Krankenhaus war. Niklas war erst seit ein paar Tagen hier, deshalb fand seine Mutter sich nur mühsam zurecht. Sie wirkte aufgekratzt. Nervös. »Stell dir vor«, sagte sie, nahm dabei meine Hand und drückte sie fest, »er wacht auf, während du da bist. Die Ärzte sagen, dass Komapatienten sehr viel mehr mitkriegen, als man annimmt. Er wird spüren, dass du da bist. Und es wird ihm guttun.«

Ich wünschte in dem Moment nur, dass sie endlich den Mund hielt. Mir vorzustellen, dass der bewusstlose Niklas meine Anwesenheit tatsächlich mitkriegen würde, machte mich geradezu panisch. Wenn er wirklich gleich wegen mir aufwachte, dann sicher nur aus blankem Horror. Seine Mutter ließ meine Hand los – es wunderte mich, dass sie sie überhaupt so lange gehalten hatte, so klamm und feucht, wie sie war – und deutete auf ein Zimmer am Ende des Flurs. »Da vorne ist es!« Sie machte ein paar schnelle Schritte, um vor mir da zu sein und die Tür aufzuhalten.

Ich blieb abrupt stehen.

»Was ist?«, fragte sie.

»Ich … ich kann da nicht reingehen.« Meine Stimme war weg, es war nur ein Flüstern, das aus meiner Kehle aufstieg.

Niklas' Mutter kam zu mir und hakte sich bei mir unter. »Ich verstehe, dass du Angst hast, ihn so zu sehen. Das hatte ich auch, am Anfang. Jedes Mal wieder. Aber wir halten mehr aus, als wir denken … für die, die wir lieben.«

Fast zog sie mich in das Zimmer, wo Niklas' Vater schon auf uns wartete. Er stand neben dem Bett wie ein Wächter, die zusammengerollte Zeitschrift in seiner Hand kam mir wie eine Waffe vor, und er sah mich auf eine Weise an, als habe er meinen Besuch nicht befürwortet, ja als misstraue er mir zutiefst. Später hat er genau das zu irgendeiner Zeitung gesagt: dass ich ihm von Anfang an nicht geheuer war.

Von Niklas' Verbänden sah ich nur den am Kopf, der Rest seines Körpers lag unter einer Decke. Neben dem Bett stand ein Infusionsständer, außerdem Apparate, die Niklas' Zustand überwachten. Seine Mutter erzählte mir, er habe eine Reihe komplizierter Brüche gehabt, die operiert und mit Drähten, Nägeln und Schrauben fixiert worden waren. Auch der Kiefer sei mehrfach gebrochen gewesen und werde mittels einer Titanplatte oder so was zusammengehalten. Sie erzählte mir noch einiges mehr, das ich nicht mehr genau weiß. Am schwersten abzusehen seien die Folgen der Kopfverletzungen, es habe Blutungen im Gehirn gegeben, von denen man noch nicht sagen könne, wie sie sich auswirken würden. »Wir hoffen auf das Beste und sind auf das Schlimmste gefasst«, sagte sie. Ihr Mann stand die ganze Zeit stumm daneben.

Ich hatte erwartet, dass ich beim ersten Blick auf Niklas zusammenbrechen und heulend aus dem Zimmer rennen würde.

Vielleicht hatte ich mir unbewusst sogar genau davon eine Art Reinigung erhofft. Aber das geschah nicht. Vielmehr passierte wieder das, was ich nun schon mehrfach erlebt hatte: Mein Bewusstsein spaltete sich, ein Teil zog sich tief in mein Innerstes zurück, der andere trat irgendwie neben mich und wurde zum emotionslosen Zuschauer, so als ginge mich das alles gar nichts an.

Niklas' Mutter schob mir einen Stuhl heran, ich ließ mich nieder und saß da, ich weiß nicht, wie lange. Ich hatte so wenig ein Gefühl für die Zeit wie für irgendwas sonst. Ich glaube, ich habe seine Hand berührt, sie vielleicht sogar eine Weile gehalten, aber genau weiß ich es nicht mehr. Irgendwann war der Besuch zu Ende, und ich verließ zusammen mit Niklas' Mutter das Zimmer. Sein Vater blieb. Auf dem Flur wurde mir plötzlich schlecht, ich rannte zur nächsten Toilette und übergab mich. Etwas löste sich, ich musste mit einem Mal heulen wie verrückt und zitterte am ganzen Körper. Wann sie genau reingekommen ist, weiß ich nicht mehr, aber irgendwann hielt Niklas' Mutter mich im Arm und tröstete mich. »Lass es raus«, sagte sie und streichelte meinen Rücken, »tapferes Mädchen, du.«

Ich hasste mich. Ich wollte tot sein. Ja, dort in dieser Toilette dachte ich zum ersten Mal und meinte es auch: Ich will sterben! Sofort!

NATÜRLICH ERZÄHLTE ICH ADRIAN nichts von meinem Besuch bei Niklas. Und Papa musste versprechen, auch nichts zu sagen. Gelegenheiten hätte es dazu gegeben, denn Adrian tauchte immer öfter bei uns auf. Meistens kündigte er sein

Kommen erst kurz vorher an, manchmal gar nicht. Papa war das überhaupt nicht recht. Aber er beherrschte sich und machte gute Miene zum bösen Spiel. Ich weiß nicht, ob Adrian gemerkt hat, wie sehr Papa seine dauernden Besuche nervten. Vielleicht nicht. Vielleicht bereitete ihm aber auch gerade das eine besondere Genugtuung. Dazu passte, dass er Papa fast wie einen Kumpel behandelte. Der Altersunterschied war ja nicht so riesig, Papa war nur ein Jahr älter als Adrians ältester Bruder. Trotzdem fand ich es irgendwie respektlos, wenn zum Beispiel Papa von der Arbeit nach Hause kam und Adrian aus der Küche rief: »Soll ich dir ein Bier aufmachen, Chris?«

Im Großen und Ganzen gingen diese Dinge damals aber eher an mir vorbei. So wie alles andere. Schule sowieso, aber auch die sich mehr und mehr vertiefende Depression von Papa. Und alles, was mit meiner Mutter zu tun hatte. Sie rief mich ja immer noch alle paar Tage an, erkundigte sich, wie es uns ginge, und fragte mich nach Papa, aber ich sagte jedes Mal nur: »Wenn du wissen willst, wie es ihm geht, musst du ihn schon selber fragen.« Um die Wogen zu glätten, erzählte sie mir von Svea, was sie wieder Witziges gebrabbelt oder gemacht hatte und dass sie mich und Papa vermisste. Natürlich vermisste ich meine kleine Schwester auch, genau wie meine Mutter. Deshalb war ich ja so sauer auf sie!

Aber, wie gesagt, das beschäftigte mich nicht besonders intensiv. Fast schon zwanghaft recherchierte ich im Internet über Komapatienten und Leute, die Hirnschäden erlitten hatten. Ich kannte natürlich Niklas' genaue Diagnose nicht, deshalb wusste ich nicht, was davon überhaupt auf ihn zutraf. Also ging ich einfach davon aus, dass alles zutraf. Sollte er jemals erwachen, würde er gelähmt sein, nicht sprechen, vielleicht nicht einmal richtig essen können, den ganzen Tag im Bett liegen oder bestenfalls sabbernd in einem Rollstuhl hängen. Er würde keine Kontrolle über seine Körperfunktionen haben, und in seinem Zimmer würde es nach Medikamenten, Desinfektionsmitteln, Schweiß und Scheiße riechen.

Und ich war daran schuld!

Nein, war ich nicht. Adrian war schuld! Er hatte auf Niklas eingeschlagen. Natürlich hatten wir gemeinsam geplant, ihn umzubringen, aber ich an seiner Stelle hätte es trotzdem nicht über mich gebracht. Wäre ich ganz alleine gewesen, hätte ich wahrscheinlich den Notarzt gerufen. Nein, hätte es Adrian nicht gegeben, wäre ich gar nicht dort gewesen. Adrian war schuld! Adrian!

Aber dann erinnerte ich mich daran, dass ich ein Messer aus der Küche geholt hatte. Dass ich hinterher keine Sekunde daran gedacht hatte, Hilfe zu holen. Mein einziger Gedanke, mein einziger Wunsch war gewesen, so schnell wie möglich wegzukommen.

PASSEND ZU MEINER STIMMUNG änderte sich in diesen Tagen auch das Wetter von Spätsommer zu Herbst. Ich war nie besonders wetterfühlig, aber der Regen, die Stürme, die einsetzten, die kühleren Temperaturen verstärkten mein Gefühl von Endzeit. Oft wachte ich mitten in der Nacht auf und konnte nicht mehr einschlafen. Manchmal war mir von jetzt auf gleich danach, loszuheulen. In der Schule sagte ich so gut wie nichts mehr, nicht einmal zu Anna-Lena, die sich rührend um mich bemühte. Alle dachten, es sei wegen meiner Mutter, und ich widersprach nicht. Obwohl ich manchmal in mir den Drang verspürte, mitten in einer Schulstunde aufzustehen, vor die Klasse zu treten und laut zu sagen: »Ich, Siri Dahlke, bin schuld daran, dass Niklas im Koma liegt. Ich wollte ihn töten! Warum, weiß ich nicht mehr. Es tut mir leid!« Aber das tat ich nicht. Alles, was ich tat, war, mich in meinem Schweigen zu vergraben.

Dass ich innerlich so verfiel, hatte sicher auch damit zu tun, dass die Dinge zwischen mir und Adrian sich verschlechterten. Ich war gefühlsmäßig leer, nicht einmal meine Liebe zu ihm spürte ich noch. Oder gab es sie gar nicht mehr? War da nur noch die Anhänglichkeit einer Verbrecherin an ihren Komplizen? Am deutlichsten spürte ich die Leere zwischen uns, wenn ich mit ihm schlief. Ich hatte zunehmend einen Widerwillen dagegen und war froh, wenn es vorüber war. Natürlich merkte er das. Doch das verdarb ihm anscheinend nicht die Lust. Nur nannte er es nicht mehr so. Er sagte jetzt so was wie: »Hey, hab Bock zu ficken.« Ich ließ es zu, keine Ahnung, warum, vielleicht weil ich es als eine Art Strafe betrachtete, die es mir erleichterte, meine Schuld zu tragen. Martina meint zumindest, so könnte es gewesen sein.

Wir redeten nicht mehr über das, was wir getan hatten, aber durch die Art, wie wir davon schwiegen, war es ständig präsent. Dieses Schweigen wurde zu etwas Bedrohlichem, weil Adrian mir mit jedem Tag weniger vertraute. Immer wieder kamen Bemerkungen wie: »Pass bloß auf, was du tust.« Selbst Liebesbeteuerungen verstand ich als Drohungen, und sie waren wohl auch so gemeint: »Uns gibt es nur zusammen. Einer ohne den anderen geht unter.«

Dabei wusste ich selbst nicht, wovor ich mich eigentlich fürchtete. Dass er mich umbringen würde, wenn ich zur Polizei ging und alles erzählte? Er hatte zwar schon bewiesen, dass er fähig war, jemanden zu töten. Doch mir machte die Vorstellung zu sterben keine Angst. Im Gegenteil. Daran zu denken beruhigte mich. Der Tod erschien mir mehr und mehr wie ein Zufluchtsort. Frieden. Stille. Ruhe. Danach sehnte ich mich. Adrians Spruch »Denn morgen sind wir tot« wirkte inzwischen wie eine Verheißung.

Ich konnte nicht vergessen, was Niklas' Mutter mir auf der Fahrt in die Klinik gesagt hatte: dass der Tatort noch immer in dem Zustand war, in dem die Polizei ihn verlassen hatte. Als mich in einer dieser Nächte der Wind, der um die Häuser pfiff, um halb vier Uhr morgens aus dem Schlaf riss, war ich im Traum wieder dort gewesen, zusammen mit Adrian und Niklas. Niklas hatte noch gelebt, ich wollte ihn warnen, aber ich hatte keinen Mund. Dann hatte er tot vor mir gelegen, ich konnte noch immer nicht sprechen, dafür rannen mir die Tränen in Strömen über das Gesicht. Nicht nur im Traum. Meine Wangen, ja sogar das Kissen, waren klatschnass. Der Schmerz würgte meine Kehle.

Ich musste raus. An die frische Luft!

Ich zog mich an, warf mir die Regenjacke über, steckte eine Taschenlampe ein und verließ das Haus. Warum nahm ich die Lampe mit? Wusste ich da schon, wo mein Spaziergang hinführen würde? Mein Unterbewusstsein anscheinend schon. Kaum war ich aus dem Windschutz des Hauses getreten, zerrte der

Sturm wie wild an mir. Es fühlte sich gut an. Ich ging die Straße hinab. Die Fenster waren noch alle dunkel, bis auf ein oder zwei vielleicht, wo jemand wohnte, der auch keinen Schlaf fand oder zur Frühschicht in seinem Betrieb musste. Immer weiter ging ich, einfach dahin, wohin meine Füße mich trugen. Erst als ich die schwarzen Umrisse der riesigen ineinander verkeilten Würfel vor mir sah, wusste ich, dass dies mein Ziel gewesen war: Niklas' Villa.

Ich hielt Abstand, um nicht in die Reichweite der Bewegungsmelder für die Außenbeleuchtung zu geraten, und näherte mich dem Haus von der Rückseite, wo nur Felder waren. Der Zaun war kein Hindernis. Im Garten angekommen, ging ich auf das Haus zu, das mir wie ein großes schwarzes Monster vorkam. Am Pool blieb ich stehen. Im Wasser schwamm massenhaft Laub. Ich musste an das Blatt denken, das ich bei meinem Besuch herausgefischt hatte, und an Niklas' Geschichte von Siegfried, der im Drachenblut badete, um unverletzlich zu werden, und dem ein einzelnes Blatt zum Verhängnis wurde. Irgendwas geht immer schief, dachte ich voll Bitterkeit, ohne zu wissen, was ich eigentlich damit meinte.

Ich ging zu dem großen Fenster, hinter dem das Wohnzimmer lag, und leuchtete hinein. Soweit ich es erkennen konnte, herrschte dort noch immer das Chaos, das wir hinterlassen hatten. Der Lichtfinger meiner Lampe deutete auf einen großen dunklen Fleck im Teppich: eine eingetrocknete Blutlache. Ich leuchtete zu der Tür, hinter der ich gestanden und gelauscht hatte. Ich hatte wieder die dumpfen Schläge im Ohr, das Knacken der Knochen, das Röcheln. Sie kamen nicht von außen. Sie waren in mir.

ICH SEHE MICH SELBST im städtischen Schwimmbad, oben auf dem Fünfmeterturm, einen Schritt von der Kante entfernt. Im Becken ist kein Wasser, die Badesaison ist seit ein paar Wochen vorbei. Der Wind zerrt an mir, er drängelt und schubst, so als könnte er es nicht erwarten, bis ich endlich springe. Ich bibbere am ganzen Körper, vor Kälte und vor Angst.

Wie bin ich hierhergekommen? So genau weiß ich es nicht mehr, ich bin rumgelaufen und stand plötzlich vor dem Drehkreuz, und da bin ich einfach drübergestiegen, so wie ein paar Freundinnen und ich es im Sommer davor mal gemacht haben, aus Spaß und Übermut. Und nun stehe ich hier, und von unten strecken sich langfingrige Hände nach mir, und sie tun so, als würden sie mich sanft nach unten tragen und ganz weich auf dem hellblauen Grund des Schwimmbeckens ablegen wollen. Aber das werden sie nicht. Ich weiß das. Trotzdem zieht die Tiefe mich an.

Nur ein Schritt trennt mich von der Erlösung. Ein Schritt, ein tiefer Fall, ein Aufschlag – und alles ist vorbei. Der Schmerz wird nicht lange dauern. Hoffe ich.

Niemand wird wissen, warum ich das getan habe. Man wird vermuten, es sei wegen meiner Eltern. Sie werden sich schuldig fühlen. Vielleicht brauchen sie das, um wieder zueinanderzufinden. Das würde mich freuen. Nicht nur für die beiden, vor allem für Svea. Meine kleine Schwester, die ich viel zu wenig beachtet habe, weil ich dauernd mit mir selbst beschäftigt war. Adrian wird natürlich wissen, warum ich es getan habe. Er wird sich denken, dass ich nicht hart genug war, um mit den Folgen meines Handelns zu leben. Stimmt ja auch. Werde ich ihm fehlen? Ich denke schon. Wenn auch nicht so sehr, wie ich es gerne hätte, fürchte ich. Ein Teil von ihm wird froh sein, dass es keine Komplizin mehr gibt, die etwas verraten könnte. Er wird nicht vor Schmerz und Trauer zugrunde gehen, wenn ich weg bin, diese Sorge muss ich mir sicher nicht machen. Er wird, wie immer, nur nach vorne schauen, aber auch nicht allzu weit.

Niklas' Eltern fallen mir ein. Wenn Niklas nicht aufwacht, werden sie wohl nie erfahren, wer das Leben ihres Sohnes zerstört hat. Außer die Polizei findet doch noch einen Beweis dafür, dass wir es waren. Soll ich ihnen zuliebe einen Abschiedsbrief schreiben? Eine SMS schicken, an Niklas' Handy? Ich könnte Adrian schützen und alle Schuld auf mich nehmen. Aber Kommissar Fahrenheit würde das durchschauen. Er ist zu klug für so eine billige Lüge. Vielleicht wird er Adrian sogar verdächtigen, auch mit meinem Tod etwas zu tun zu haben. Das will ich nicht, also keine Nachricht.

Ich stelle mich an die Kante, breite die Arme aus und schließe die Augen. So stehe ich da und warte. Frei wollte ich sein, und nun sind alle Freiheiten auf diese eine Wahl zusammengeschmolzen: Leben oder sterben. Da fasst der Wind unter meine Achseln, zerrt an meiner Regenjacke, mir ist, als hebe er mich hoch, denn ich spüre den Boden nicht mehr unter meinen Füßen. Wo ist oben, wo ist unten? Fliege ich durch die Luft wie ein Blatt im Wind? Oder falle ich wie ein Stein? Wie viele Sekunden bis zum Aufprall?

Nein!, schreit alles in mir.

Nein!

In dieser Nacht bin ich gestorben. Und zugleich wurde ich neu geboren. Ich riss die Augen auf und begriff, dass ich immer noch an der Kante des Sprungturms stand. Erst als mir das bewusst wurde, fing ich an zu schwanken. Mit einem Satz nach hinten rettete ich mich, ich ließ mich auf die Holzplanken fallen und blieb weinend liegen. Keine Ahnung, wie lange ich so dalag. Aber irgendwann rappelte ich mich auf und stieg vom Sprungturm runter. Es fühlte sich gut an, wieder mit beiden Beinen fest auf der Erde zu stehen. Doch das allein war nicht der Grund, warum ich mich plötzlich besser fühlte. Ich hatte etwas kapiert, da oben: Ich wollte leben. Ich wollte eine Zukunft. Und ich war bereit, alles zu tun und alles auf mich zu nehmen, damit ich auch eine hatte. Das bedeutete: zur Polizei gehen, ein Geständnis ablegen, den Hass und die Verachtung ertragen, büßen – und auf eine zweite Chance hoffen. Aber das konnte ich nicht alleine, denn Adrian hing in dieser Sache mit drin, und ich wollte ihn nicht gegen seinen Willen ans Messer liefern. Wir mussten diesen Schritt gemeinsam tun, und dann hatten wir vielleicht auch eine gemeinsame Zukunft.

Wieder zu Hause, stieß ich auf Papa, der gerade aufgestanden war. Er sah mich an wie ein Gespenst. »Wo kommst du denn her?«, fragte er. Aus der Hölle, hätte ich am liebsten geantwortet, doch ich sagte nur: »Konnte nicht schlafen. Da bin ich ein wenig spazieren gegangen.«

»Ist ja auch das richtige Wetter dafür.«

»Genau.«

Wir sahen uns eine Weile stumm an.

»Wir stehen das durch, Papa«, brach ich das Schweigen.

»Tun wir das?«

»Ich hab dich lieb, Papa.«

»Ich dich auch, Siri.«

Wir umarmten uns. Zum ersten Mal wieder, seit einer Ewigkeit.

Später hat mir Papa gesagt, dass das ein ganz wichtiger Moment für ihn war, weil er da spürte, dass er nicht allein war. Und mir ging es genauso.

In meinem Zimmer überfiel mich die Müdigkeit. Ein Blick auf die Uhr: Es war kurz nach halb sechs. Bevor ich mich hinlegte, um wenigstens noch ein, zwei Stunden zu schlafen, schrieb ich Adrian eine SMS: *Wir müssen uns sehen und reden. Kuss. Siri.* Ja, meine Liebe zu ihm war wieder da. Aber sie fühlte sich anders an. Keine Ahnung, wie ich es beschreiben soll. Vielleicht so: Sie fühlte sich an wie der Herbst nach einem langen heißen Sommer.

ADRIAN MELDETE SICH NICHT. Er rief nicht an, schickte keine SMS, keine E-Mail, nichts. Er hatte sogar seine Mailbox abgeschaltet. Ich begann, mir ernsthaft Sorgen zu machen. Dafür erhielt ich einen Anruf von Niklas' Mutter. Aufgeregt erzählte sie mir, dass Niklas kurz bei Bewusstsein gewesen war. Sie fragte mich, ob ich ihn bald wieder besuchen würde, erklärte aber sofort, dass sie mich nicht drängen wolle. Mein Zusammenbruch beim letzten Mal hatte ihr wohl Angst gemacht. »Irgendwann komme ich bestimmt«, sagte ich, »aber nicht gleich.« Es war okay für sie.

Auch Kommissar Fahrenheit meldete sich, doch nur um zu

fragen, wo Adrian sei. »Keine Ahnung«, sagte ich, »ich versuche selbst schon die ganze Zeit, ihn zu erreichen.« Dann erzählte auch er mir, dass Niklas wach gewesen war. »Weiß ich bereits«, antwortete ich, »seine Mutter hat angerufen.« Er schwieg einen langen Moment, ich dachte schon, er hätte aufgelegt, bis er fragte: »Ist dir noch irgendwas eingefallen, Siri? Etwas, das uns helfen könnte?« Was sollte die Frage? War es überhaupt eine? Oder nicht eher die Aufforderung, mein Schweigen endlich zu brechen? Meine Seele, mein Gewissen zu erleichtern? Nichts hätte ich lieber getan. Und irgendwann würde ich es tun. Doch nicht an diesem Tag. Deshalb antwortete ich: »Nein, nichts. Sonst hätte ich schon Bescheid gegeben.« Er bat mich, Adrian zu sagen, dass er sich bei der Polizei melden sollte.

Ich bekam es mit der Angst. Wo steckte Adrian nur? War ihm etwas zugestoßen? War er geflohen? Hatte er sich etwas angetan? Ich hielt alles für möglich.

Und dann stand er am nächsten Tag vor der Schule, so als wäre es das Selbstverständlichste auf der Welt. Lehnte an seinem Auto, rauchte eine Zigarette und erwartete mich. Ich verabschiedete mich von meinen Freundinnen, mit denen ich auf den Hof kam, und ging auf ihn zu.

»Wo warst du?«, fragte ich ihn, genauso erleichtert wie stinksauer. »Wieso hast du nicht angerufen?! Ich hab mir verdammt noch mal Sorgen gemacht!« Und ich schob nach: »Die Polizei hat auch schon nach dir gefragt.«

»Das ist alles geklärt«, behauptete er bloß. »Du wolltest mit mir reden? Okay, reden wir. Steig ein.«

»Wo fahren wir hin?«

»An einen Ort, wo es ein bisschen ruhiger ist als hier. Oder willst du auf der Straße reden, vor deinen neugierigen Freundinnen?«

Auf der anderen Straßenseite steckten meine Mitschülerinnen wirklich schon die Köpfe zusammen. Also stieg ich ein.

Wir waren gerade losgefahren, als ich ihm die Neuigkeiten zu Niklas erzählte. Er zeigte keine Reaktion. Entweder war es ihm egal, oder er wusste es bereits. Überhaupt redete er wenig, und jedes Gespräch, das ich anstoßen wollte, würgte er gleich wieder ab. So kam ich nicht dazu, das anzusprechen, was mir am meisten auf der Seele brannte. Es würde sich schon noch ein passender Moment dafür finden.

Ich nahm an, dass er zu mir wollte, aber er fuhr an der Kreuzung, an der er hätte abbiegen müssen, geradeaus durch. Okay, dachte ich, es geht wohl ins Hotel. Aber auch da fuhr er einfach vorbei und weiter auf die Bundesstraße, die zur Autobahn führte.

»Wenn wir zu dir fahren, muss ich Papa Bescheid sagen«, erklärte ich und holte mein Handy raus.

»Das musst du nicht.« Adrian riss mir das Handy aus der Hand.

»Spinnst du?«, fuhr ich ihn an. »Was soll denn das?«

»Wirst du schon sehen.«

Er ließ das Seitenfenster herunter und warf mein Handy raus. Einfach so. Ich protestierte nicht mal, so platt war ich. Und als ich endlich was sagen wollte, griff er in seine Hemdtasche, nahm sein eigenes Handy und warf es auch raus.

»Die brauchen wir nicht mehr«, sagte er.

Da verstand ich, was los war: Wir waren auf der Flucht.

Weil mir wegen meinem Schlafdefizit der letzten Nächte dauernd die Augen zugefallen waren, war ich irgendwann auf den Rücksitz geklettert, um zu schlafen. Davor hatte ich versucht, aus Adrian rauszukriegen, was er vorhatte, aber ich bekam nur sein blödes »Wirst du schon sehen« oder »Das erfährst du schon noch« zu hören. Deshalb gab ich auf. Ich machte mir natürlich Sorgen, doch Angst hatte ich keine. Schon gar nicht vor Adrian. Das kam erst später. Als ich nun die Augen wieder aufschlug, wusste ich nicht, wie lange ich geschlafen hatte. Ziemlich lange, wie es schien, denn der herbstgraue Himmel war sommerlich blau, und ich schwitzte in meinem Pulli. Wo waren wir? Ein Blick aus dem Fenster, und ich wusste es: in Italien! Und da begriff ich, wo die Reise hinging – zu Onkel Alberts Villa.

»Wieder unter den Lebenden?«, fragte Adrian.

Ich seufzte bloß. »Was sollen wir hier?«

Keine Antwort.

Ich zog meinen Pulli aus und kletterte wieder nach vorn.

»Bei deinem Onkel suchen sie uns doch als Erstes«, sagte ich.

»Wir bleiben nur ein paar Tage.«

»Und dann?«

»Vertrau mir einfach. Alles wird gut.«

Ich fragte nicht weiter. Hatte eh keinen Sinn.

Weil ich durstig war, griff ich nach hinten, wo er einige Flaschen Wasser verstaut hatte. Dabei geriet meine Hand unter den Fahrersitz und stieß auf etwas, das sich nicht nach einer Flasche anfühlte. Metall, Kunststoff … was war das? Ich zog es heraus – und mir blieb vor Schreck der Atem weg.

Eine Knarre!

»Wozu brauchst du die denn?«

Er nahm mir das Ding aus der Hand und schob es wieder unter seinen Sitz.

»Nur für Notfälle«, sagte er. »Vergiss, dass du sie gesehen hast.«

Wie sollte ich das vergessen? Und von was für Notfällen redete er?

DIE VILLA WAR UNVERÄNDERT und wirkte trotzdem ganz anders. Ich hatte sie größer in Erinnerung gehabt, irgendwie prächtiger. Ich fand sie noch immer toll, doch der besondere Zauber vom ersten Mal fehlte. Adrian hatte einen Koffer dabei, ich nur meine Schultasche und die Sachen, die ich am Leib trug. Ich setzte mich alleine an den Pool. Das Wetter war noch immer warm genug zum Schwimmen, doch ich hatte keine Lust. Ich musste nachdenken. Zwei Dinge waren für mich sonnenklar: 1. Ich wollte nach Hause. 2. Auf keinen Fall wollte ich ein Leben lang weglaufen. Was sollte ich also tun? Mein Vorhaben, Adrian davon zu überzeugen, dass wir uns am besten stellten, erschien mir im Moment aussichtslos und musste warten.

Ich ging zu ihm ins Wohnzimmer, wo er damit beschäftigt war, die Waffe zu putzen. Er behandelte das Ding mit einer Aufmerksamkeit, die mich beunruhigte. Doch ich sagte nichts, sondern setzte mich einfach auf die Kante eines Sessels.

»Willst du dir nicht was Leichteres anziehen?«, fragte er mich. »Die Schränke sind voll. Bedien dich.«

»Mir gefällt das nicht«, sagte ich nur.

»Was?«

»Alles. Und wenn du mir nicht endlich sagst, was du vorhast, verschwinde ich. Zu Fuß, wenn es sein muss.«

Er schaute mich an wie ein quengelndes Kind, legte die Waffe hin und sagte: »Wir gehen nach Süditalien. Dort tauchen wir unter. Wir kriegen neue Pässe. Ein neues Leben. Ich hab schon alles angeleiert. Ich nehme eine Arbeit an, du wirst auch irgendwas machen. Wir können eine Familie gründen, irgendwann. Wenn du willst.«

»Als was willst du arbeiten?«, fragte ich sarkastisch. »Als Auftragskiller für die Mafia?«

»Vielleicht«, antwortete er.

Meinte er das ernst? Oder verarschte er mich? Ich war nicht in Stimmung für schlechte Witze. Und diese Flucht, sein Getue mit der Waffe und überhaupt die ganze Show, die er abzog, kamen mir allmählich vor wie ein einziger schlechter Witz. Klarer denn je erkannte ich: Das konnte nicht die Lösung sein.

»Das glaubst du doch selbst nicht, Adrian. Und überhaupt, was soll denn das für ein Leben sein? Dauernd versteckt, ohne Kontakt zur Familie.«

»Und was schlägst du vor?«

Ich zuckte die Schultern.

Er nahm die Waffe wieder in die Hand. »Wir stellen uns nicht, falls du an so was denkst. Auf keinen Fall!«

ALS ICH NACH DEM Duschen wieder im Zimmer war, hörte ich von draußen zwei Männerstimmen. Sie kamen vom Pool her. Eine von ihnen gehörte Adrian. Die andere kannte ich nicht. In ein Badetuch gewickelt trat ich ans Fenster, um nachzusehen, wer der andere Mann war, und um zu hören, worüber sie redeten. Beides vergeblich. Ich konnte von hier oben nur Adrian sehen, und sie sprachen italienisch, wobei Adrian um jedes Wort rang. War an seiner Story mit den neuen Pässen, dem neuen Leben und dem Job bei der Mafia doch was dran? Zum ersten Mal kriegte ich Angst. Würde er mich einfach so gehen lassen, wenn ich mich weigerte, mitzukommen und eine Mafiabraut zu werden?

Ich wartete, bis der Fremde weg war, dann ging ich nach unten. Adrian saß rauchend auf der Terrasse. »Wer war das eben?«, fragte ich ihn.

Sein Blick huschte über mich hinweg, etwas blitzte darin auf, das mir unangenehm war. Ich hielt das Badetuch fester zusammen.

»Nur der Typ, der für meinen Onkel hier alles in Schuss hält«, erklärte er. »Er wird ihm nicht erzählen, dass wir hier sind. Hat er zumindest versprochen.«

Konnte ich das glauben?

»Ich will hier weg«, sagte ich. »Nicht mal Unterwäsche hab ich mit.«

»Die Schubladen sind doch voll. Nimm dir was.«

»Glaubst du, ich zieh Wäsche an, die schon eine andere getragen hat? Igitt!«

»Sei doch keine solche Pussy!«, schnauzte er mich an. »Hier geht's um unser Leben, und du zickst mich an wegen so einem Scheiß!?«

Ich erschrak. »Hä? Um unser Leben? Was soll das denn heißen?«

Er sah mich verächtlich an. »Vergiss es.«

Bestimmt fragt ihr euch schon eine Weile, wieso ich dumme Kuh überhaupt noch an Adrian festhielt. Warum ich nicht einfach gegangen bin. Noch hätte ich das ja gekonnt. Gegenfrage: Habt ihr schon mal jemanden geliebt, der euch nicht wollte? Der euch überhaupt nicht beachtet hat? Ihr wusstet, dass es sinnlos ist und ihr euch zum Deppen macht – aber habt ihr deshalb aufgehört zu lieben? Nee, habt ihr nicht. Man hört nicht auf zu lieben, bloß weil es einem der Kopf sagt. Oder? Noch viel weniger, wenn einen so etwas verbindet wie das, was wir gemacht hatten. Natürlich war ich nicht so naiv zu glauben, alles werde eines Tages wieder so sein wie am Anfang. Aber dass es eine gemeinsame Zukunft für uns gab, daran glaubte ich. Oder machte es mir zumindest vor, keine Ahnung. Weil es sie einfach geben musste. Wir hatten jemanden ins Koma geprügelt. Da sagt man nicht einfach: »Hey, war 'ne coole Zeit mit dir, hat aber irgendwie nicht geklappt mit uns, also tschüs.« Das ging nicht. Ich hätte das nicht ertragen. Und Adrian auch nicht. Deshalb musste es weitergehen mit uns, irgendwie.

Dass aber Süditalien nicht die Lösung war, nicht für mich, nicht für ihn, nicht für uns – das war mir klar. Es gab in meinen Augen nur einen Weg, und zwar den, den ich für mich gefunden hatte. Die ganze Zeit fragte ich mich, wie ich Adrian davon überzeugen konnte, ihn mit mir zu gehen? Ich hatte ja keine Ahnung, dass auch er nicht an Süditalien glaubte, sondern etwas ganz anderes im Sinn hatte.

Am Abend versöhnten wir uns wieder. Wir kochten gemeinsam, machten eine Flasche Wein auf. Es war nicht wie früher, klar, wir redeten wenig, und es lag eine seltsame Schwere über allem, aber wir waren zumindest entspannt, oder vielleicht auch nur müde. Im Nachhinein muss ich sagen, dass alles schon den Abschied in sich trug, aber in der Situation hab ich das nicht so empfunden.

»Lust auf Nachtisch?«, fragte Adrian.

»Klar.«

Ich dachte, er meinte Sex, weil wir das richtige Dessert schon hinter uns hatten, und das tat er auch, aber nicht nur. Er holte ein Tütchen Koks raus und zog für jeden von uns beiden eine Line auf dem Tisch. Ich hatte eigentlich keine Lust darauf, war irgendwie durch mit den Drogen. Was soll's, dachte ich dann, ihm zuliebe, ein letztes Mal. Es würde in dieser Nacht so vieles zum letzten Mal sein, das wusste ich bloß noch nicht. Ich zog mir das Zeug also rein, es wirkte, wenn auch anders als früher. Weniger heftig, der große Flash blieb aus. Nicht nur bei mir, hatte ich den Eindruck, auch bei ihm.

Plötzlich bekam ich Lust zu schwimmen. Also gingen wir in den Pool. Es war noch angenehm warm, die Zikaden zirpten wie verrückt, die Mondsichel hing über uns in einem Himmel wie aus Samt. Die Kühle des Wassers und die Bewegung machten mich schneller nüchtern, als mir lieb war. Ich schwamm zu Adrian, der am Beckenrand hing. Das Wasser reichte ihm bis zur Brust. Wir umarmten und küssten uns. Seine Haut an meiner zu spüren brachte das Verlangen nach ihm zurück, und auch die Hoffnung, dass auf eine ungeahnte Weise alles gut und unsere Liebe neu geboren werden könnte. Wie dieser Phönix aus der Asche. Mein Gott, ich war so ahnungslos. Wir waren weiter denn je von einem Happy End entfernt.

In dieser alles entscheidenden Nacht schlief ich zum letzten Mal mit Adrian. Nachdem wir aus dem Pool gestiegen waren, hatte er mich auf seine Arme genommen, nach oben getragen und ins Bett gelegt. Er war so romantisch und zärtlich wie schon lange nicht mehr. Es fühlte sich nicht mehr so wild und leidenschaftlich an wie früher, aber es war schön, und ich dachte: Hey, wenn es für immer so zwischen uns sein wird, wäre das für mich voll okay. Die Verbundenheit war da, und darauf kam es doch an, oder? Anders als in unseren unbeschwerten Tagen blieb Adrian danach nicht neben mir liegen, sondern stand sofort auf, schlüpfte in seine Boxershorts und verschwand. Während er draußen war, dachte ich mir, dass ich die relaxte Stimmung vielleicht nutzen konnte, um in Ruhe mit ihm über uns und unsere Zukunft zu reden.

Er kehrte zurück und setzte sich auf die Bettkante. Ich wollte mich aufrichten, doch er bat mich, liegen zu bleiben. »Ich hab eine Überraschung für dich«, sagte er und lächelte bittersüß. Also blieb ich liegen. Nach dem, wie der Abend und die Nacht bisher verlaufen waren, erwartete ich nichts Böses. Er zog die Nachttischschublade auf, setzte sich aber so, dass ich nicht sehen konnte, was er herausholte. »Etwas für dein zartes Händchen«, sagte er.

Ein Ring! Das war mein erster bescheuerter Gedanke.

Es war tatsächlich so was wie ein Ring, und ehe ich merkte, was los war, war er um mein Handgelenk zugeschnappt. Noch ein Klick, und ich war an den Bettpfosten gefesselt. Handschellen. Er hatte mir Handschellen angelegt.

»Was soll das?«, fragte ich verwirrt.

»Ich dachte, wir probieren mal was Neues aus«, meinte er.

»Wir haben doch gerade erst … nee, du, das ist nicht mein Ding … echt nicht …«

»Seit wann bist du so ein Spießer? Chill mal, Baby, und lass es einfach passieren.«

»Passieren? Was denn passieren?« Nervös zerrte ich an der Fessel. »Perverse Sexspiele bringen uns nicht weiter, Adrian. Wir müssen reden!«

»Hier geht es nicht um Sexspiele, Siri, sondern um Vertrauen. Du vertraust mir nicht mehr, ich spüre es schon die ganze Zeit. Wahrscheinlich hast du mir nie richtig vertraut.«

Du hast doch einen Knall, dachte ich, aber okay, wenn es der Sache dient.

Ich wehrte mich nicht, als er mir auch den anderen Arm mit Handschellen an den Bettpfosten fesselte, und auch nicht, als er meine Beine festband. Wehe, er fängt gleich mit irgend so einem Sadomaso-Scheiß an, dachte ich, dann bin ich aber weg. Fragte sich nur, wie. Nee, mir war nicht wohl. Bloß weil ich jetzt ein Witzchen machen kann, dürft ihr nicht glauben, dass das für mich ein Spaß war.

Nachdem er mich so fixiert hatte, ging er aus dem Zimmer. Er blieb eine ganze Weile weg. Verarschst du mich, Alter?, dachte ich erbost und rief nach ihm. Keine Ahnung, wie viel Zeit vergangen war, bis er wiederkam. Als er wieder auftauchte, hatte er eine kleine Kamera und ein Stativ dabei.

»Das ist jetzt aber nicht dein Ernst«, sagte ich.

Ohne was zu erklären, baute er das Ding auf und schaltete es ein. Ich sah es an dem roten Lämpchen.

»Mach mich los, Adrian«, verlangte ich und zerrte an meinen Fesseln. »Ich hab keinen Bock auf so 'nen Scheiß.«

»Du musst dir keine Sorgen machen«, sagte er sanft. »Das ist nur für die Polizei.«

»Polizei?«

»Sie sollen wissen, was in dieser Nacht passiert ist und was geredet wurde, und überhaupt alles.«

Ich kapierte überhaupt nichts mehr.

Adrian setzte sich an die Bettkante, wandte sich mir zu, nahm eine Zigarette aus der Schachtel auf dem Nachttisch und zündete sie an.

»Du wolltest reden. Also reden wir.«

WER WAR ADRIAN? MEHR als je zuvor wurde mir in dieser Nacht klar, dass ich keinen Schimmer hatte, wen ich in den letzten Monaten geliebt hatte. Während er mit kalten Augen auf mich runterschaute, sah ich ihn wieder vor mir, wie er in der Nacht in Niklas' Haus gewesen war. Alles an ihm hatte gebebt, aber seine Augen, so glaubte ich mich zu erinnern, waren genauso unbewegt und kalt gewesen wie jetzt. Da bekam ich zum ersten Mal richtig Angst vor ihm. Ich bat ihn, mich loszumachen. Ich verlangte es. Ich beschwor ihn. Ich wurde panisch. Zerrte an den Fesseln. Er sah mir nur ungerührt zu, wie einem Käfer, der auf dem Rücken liegt und sich vergeblich bemüht, wieder auf die Beine zu kommen. Als ich aufgab und wieder ruhig dalag, begann er zu reden.

»Du willst zur Polizei gehen und alles sagen, richtig? Klar, für dich ist das super. Und was ist mit mir? Ich hab Niklas ins Koma geprügelt. Wen interessiert schon, dass alles deine Idee war? Dein Plan? Deinen Lügen werden alle glauben. Deinem hübschen Gesicht und deinen großen Augen. Dagegen hab ich keine Chance. Ich bin der Bad Guy, der dich manipuliert und ausgenutzt hat. Genau das werden sie sagen.«

»Ich will dich nicht reinreiten, Adrian. Echt nicht! Ich werde … wir werden alles sagen, so wie es war. Auch was meine Schuld daran ist. Ich schwör!«

»Es ist doch völlig egal, was du denen sagst!«, schrie er mich an. »Einer wie ich hat keine Chance! Keine Chance! Das war schon immer so. Wieso sollte es ausgerechnet jetzt anders sein?«

Er wurde wieder ruhiger, bedeckte seine Augen mit der Hand, blieb eine Weile so. Nur sein Atmen war zu hören. Dann nahm er die Hand wieder weg und beugte sich über mich.

»Polizei, Gericht – das alles ist völlig egal, Siri. Darum geht es hier gar nicht.«

»Sondern?«

»Um uns geht es. Um dich. Ich liebe dich. Ich hätte für dich noch viel schlimmere Dinge getan. Alles hätte ich für dich getan. Alles.«

Was sollte ich dazu sagen? Ich erinnerte mich an die Worte des Kommissars: Wenn jemand wie Adrian über Liebe spricht, meint er vielleicht etwas anderes als du. War diese Situation nicht der beste Beweis dafür? Ich lag gefesselt auf dem Bett, und er redete davon, wie sehr er mich liebte?!

»Wenn du mich liebst, dann mach mich los«, verlangte ich.

Er ging einfach darüber hinweg und fragte nur, ob ich ihn auch noch liebte.

»Das tue ich, Adrian«, versicherte ich. »Aber dass du mich nicht losmachen willst, obwohl ich dich darum bitte, das macht es mir gerade ein bisschen schwer, dir zu vertrauen.«

»Das Schwere ist bald vorbei, Siri. Dann wird alles ganz leicht sein. Für uns beide.«

Er griff unter das Bett und zog die Waffe heraus.

Scheiße, was soll das?, dachte ich. Was hat er vor?

»Wir gehen nicht in den Knast, Siri. Und wir gehen auch nicht nach Süditalien. Da, wo wir hingehen, können sie uns nichts. Da sind wir sicher vor ihnen.«

Ich wollte etwas sagen, aber ich brachte kein Wort über die Lippen. Nicht nur meine Stimme versagte, auch mein Kopf. Das Denken war völlig blockiert. Alles wurde gelähmt von unbezwingbarer Angst. Todesangst.

»Bitte … nicht …« Mehr brachte ich nach schier endloser Zeit nicht hervor. Und es war auch nur ein Hauchen.

Er streichelte meine Wange. »Hab keine Angst, Siri. Alles wird gut.«

Als er aufstand und die Waffe auf mich richtete, zerbrach die Lähmung, die mich festhielt. Ich fing an, mich hin und her zu winden, zerrte an meinen Fesseln. Ich schrie. Ich bettelte und flehte. Doch vergebens. Ich kam nicht los.

Wieso schoss er nicht? Die Hoffnung keimte in mir auf, dass das Ganze nur ein perverses Spiel war. Vielleicht ein Test. Jedenfalls nichts, was mit meinem, mit unserem Tod enden würde.

Er nahm ein Kissen und drückte mich damit nieder. Ich hatte zum Glück den Kopf drehen können, sodass ich wenigstens Luft bekam. Doch dann spürte ich, wie sich die Mündung der Pistole durch das Kissen auf meine Schläfe drückte.

Das war's also, dachte ich. Gleich bin ich tot.

Ich rechnete jeden Moment mit dem Schuss, der mein Leben beendete. Aber er kam nicht. Kam einfach nicht.

Was war los?

Mit jeder Sekunde, die verstrich, wuchs meine Hoffnung.

Er nahm das Kissen von meinem Gesicht. Stand wieder über mir und schaute auf mich herab. Die Waffe hing in seiner Hand, aus seinen Augen liefen Tränen. Warum auch immer, er hatte es nicht fertiggebracht, mich zu erschießen.

»Hau ab!«, schrie er. »Du bist es nicht wert!«

Ich zerrte an meinen Fesseln. »Wie denn?!«

Er schloss eine der beiden Handschellen auf, warf mir den Schlüssel für die andere hin. Hastig befreite ich mich. Was nicht leicht war, denn meine Hände zitterten so sehr, dass ich den kleinen Schlüssel kaum halten, die Knoten der Schnüre, mit denen meine Beine gefesselt waren, kaum lösen konnte. Adrian saß die ganze Zeit neben mir auf der Bettkante, mit dem Rücken zu mir.

Als ich endlich frei war, sprang ich vom Bett und rannte los. Ich wollte nur weg. Was aus Adrian wurde, war mir in dem Moment egal. Ob er sich umbrachte oder weiterlebte oder was immer. Die Haustür war nicht abgeschlossen, ich riss sie auf und rannte hinaus. In meiner Panik war ich so verwirrt, dass ich erst nach eine Weile merkte, dass ich völlig nackt war. Also lief ich zum Pool, wo meine Klamotten lagen, und zog mich hastig an.

Ich lief in die Nacht hinaus, den Weg entlang, der zum Tor führte. Keine Ahnung, wie weit ich schon von der Villa entfernt war, als ich hinter mir einen Knall hörte. Zweifellos ein Schuss. Ich blieb stehen. Hatte Adrian sich …? Ich wagte es nicht, den Gedanken zu Ende zu denken. Ich war entsetzt, aber ich empfand keine Trauer. Ich empfand gar nichts. Ich wollte nur weg.

Doch wohin sollte ich gehen? Ich hatte kein Geld, keinen Ausweis, kein Handy. Da war das Tor an der Einfahrt noch mein kleinstes Problem. Eigentlich gab es nur einen Ort, wo ich hinkonnte: zur Polizei. Ich brauchte gut zwei Stunden, bis ich ins nächste Städtchen kam, und danach dauerte es noch eine Weile, bis ich die Polizeistation fand. Die Polizisten sprachen kaum Englisch (meines ist auch nicht so doll), aber irgendwie konnte ich ihnen verständlich machen, wo ich herkam und was passiert war. Als Erstes wurde Onkel Alberts Aufpasser verständigt, es war wirklich der Mann, mit dem Adrian am Pool gesprochen hatte, und mit ihm zusammen fuhren mehrere Polizeiautos zur Villa. In einem davon saß ich.

Die Polizisten gingen rein, ich blieb mit einer Frau im Wagen zurück. Was sie da drinnen wohl finden würden? Ich wollte Adrian nicht sehen, wie er dalag in einer Blutlache. Regungslos. Tot. So wie Niklas. Jetzt wusste ich, was er durchgemacht hatte in jener Nacht. Wie Todesangst sich anfühlte. Mit Gesten und Mimik gab ich der Polizistin zu verstehen, dass ich gerne rauchen würde und ob sie eine Zigarette für mich hatte. Sie hielt mir eine Schachtel und ein Feuerzeug hin. Ich stieg aus und zündete mir eine an. Erst nach einer Weile fiel mir auf, was ich eigentlich sofort hätte bemerken müssen: Das Auto war weg.

Adrian lebte! Hatte sich nicht umgebracht. Warum hatte er dann geschossen? Oder war der Knall überhaupt kein Schuss gewesen? Ich lief ins Haus, die Treppe rauf, ins Schlafzimmer. Die Polizistin folgte mir. Wahrscheinlich dachte sie, jetzt dreh ich komplett durch und tu mir was an. Da war ich also wieder, in dem Zimmer, in dem ich hätte sterben sollen. Das Bett war noch so, wie ich es verlassen hatte, mitsamt der Handschellen und Fesseln. Dann sah ich, auf was Adrian geschossen hatte: Die Kamera, die unseren dramatischen Abgang dokumentieren sollte, lag zerfetzt auf dem Boden.

Krasse Sache, das alles, oder? Vielleicht fragt ihr euch gerade, wie das ist, wenn einen der Mensch, den man liebt, umbringen will. Wird Liebe dann zu Hass? Möchte man sich rächen? Oder empfindet man gar nichts mehr? Ich kann nicht für andere reden, die auch so was durchgemacht haben, aber was mich angeht: Ich hatte weder Hassgefühle noch Rachegedanken. Adrian wollte mir ja eigentlich nichts Böses antun, er war verzweifelt und wollte uns irgendwie retten. Klar, ist eine total verquere Logik, und ich bin heilfroh, dass er mich nicht »gerettet« hat. Aber nennt mich meinetwegen dumm, naiv, unbelehrbar – für mich macht das einen Unterschied. Adrian ist vielleicht gestört, krank, total neben der Spur. Aber er ist nicht böse. Zumindest nicht mehr als andere. Nicht mehr als wir alle.

Papa hatte sich natürlich Sorgen gemacht, weil ich nicht von der Schule nach Hause gekommen war. Er hatte herumtelefoniert und von meinen Freundinnen erfahren, dass ich mit einem Mann weggefahren war, der nach der Beschreibung nur Adrian gewesen sein konnte. Das beruhigte ihn zunächst. Aber nicht lange. Als er mich nicht erreichte und ich am Abend immer noch nicht zu Hause war, war er zur Polizei gegangen. Man hatte ihn gebeten, mit einer Vermisstenanzeige bis zum nächsten Morgen zu warten. Das erledigte sich, weil ich ihn noch in der Nacht von Italien aus anrief. Ich erzählte ihm eine ziemlich entschärfte Version von dem, was passiert war. Nur, dass Adrian und ich uns gestritten hatten und dass er mich sitzen lassen hatte.

Papa kam am nächsten Tag den ganzen Weg von Deutschland, um mich abzuholen. Ich musste heulen, als ich ihn sah, und warf mich ihm an den Hals. Keine Ahnung, wie lange wir uns in den Armen lagen. Ewig. Ich wünschte, er hätte mich für den Rest meines Lebens so gehalten. »Wir können reden, wann immer du bereit bist«, sagte er. »Hauptsache, dir geht es gut.« Er dachte natürlich, dass er es nur mit dem etwas zu melodramatischen Ende einer Teenager-Liebe zu tun hatte, mit jeder Menge Herzschmerz, der im Laufe der Zeit von selbst heilen würde. Für ihn war das alles in allem eine gute Nachricht: Er hatte mich wieder ganz für sich, er musste nur der liebe, fürsorgliche, einfühlsame Papa sein, und alles würde sich einrenken. Bis zur nächsten großen Liebe, die nach dieser Enttäuschung hoffentlich nicht so bald kam.

Nach der langen Herfahrt wollte er nicht gleich wieder zurück, also mieteten wir uns in einer Pension ein. Wir verbrachten den Rest des Tages miteinander. Ohne viel zu reden. Je mehr ich es wollte, desto weniger fand ich aus meinem Schweigen heraus.

Schließlich sagte Papa: »Wieso erzählst du mir nicht einfach, was dir auf der Seele liegt? Ich merke doch, dass dich etwas quält.«

Wie sagt man seinem Vater, der einen noch für ein halbes Kind hält, dass man einen Mordanschlag verübt hat? Gibt es dafür einen schonenden Weg?

Ich druckste noch ein wenig herum, dann sagte ich: »Adrian und ich, wir haben was Schlimmes getan.«

Er erschrak. »Bist du … schwanger …?«

»Ich wünschte, es wäre nur das.«

»Was …?«

»Das mit Niklas … du weißt schon … das waren wir.«

KEINE AHNUNG, WAS FÜR eine Reaktion ich von Papa erwartet hatte. Schreien, Toben, Vorwürfe, vielleicht sogar Schläge. Etwas in der Art. Und kein Scheiß, ich wäre ihm für jede Ohrfeige dankbar gewesen. In meinen Augen hatte ich noch viel Schlimmeres verdient. Aber er tat mir den Gefallen nicht. Er schwieg. Den ganzen Tag und die gesamte Rückfahrt. Ich fragte mich, ob er überhaupt begriffen hatte, was ich ihm erzählt hatte. Erst als wir fast schon zu Hause waren, sagte er zu mir: »Du redest mit niemandem darüber, klar? Wir müssen gut überlegen, was wir jetzt tun.«

Ich kapierte nicht, worauf er hinauswollte. Was gab es da zu überlegen? Adrian und ich waren schuld, dass Niklas im Koma lag. Und es war nicht irgendein blöder Unfall aus Leichtsinn oder so was gewesen. Wir hatten mit Vorsatz gehandelt. In der Absicht, ihn umzubringen.

»Ich gehe zur Polizei, Papa«, sagte ich.

»Das wirst du nicht.« Er sah mich streng an. »Du kannst nichts mehr rückgängig machen, Siri. Wozu dein Leben ruinieren? Für etwas, zu dem ein anderer dich verleitet hat.«

Hallo?!, dachte ich. Wann genau sollte ich ihm das erzählt haben? Ich konnte mich nicht erinnern. Aber jeder legte sich halt, bewusst oder unbewusst, seine eigene Wahrheit zurecht, und zwar so, wie er sie am besten aushalten konnte.

Im Haus wurde Papa allmählich gesprächiger. »Es ist alles Adrians Schuld. Ich wusste, dass er nicht gut für dich ist. Du bist ja noch ein Kind und hast von nichts eine Ahnung.«

»Ich weiß, was ich getan hab, Papa«, sagte ich eindringlich. »Dazu muss ich stehen.«

»Ja, ja, das ist moralisch gesehen sicher richtig. Trotzdem schadet es nicht, wenn wir uns vorher ein paar Gedanken machen, oder? Zur Polizei kannst du immer noch gehen.«

Er rief meine Mutter an und erklärte ihr, es sei was passiert, deshalb müsse sie erscheinen. Weil er ihr bis auf ein paar vage Andeutungen nicht sagte, worum es ging, hielt sie es zunächst für einen Trick, um sie herzulocken. Erst als ich ihr versicherte, dass es nicht so war, erklärte sie sich bereit.

Sie kam allein. Ohne Svea. Die hatte sie bei ihrem Timo gelassen, aus Sorge, Papa könnte die Kleine festhalten. Die Begegnung meiner beiden Eltern war frostig. Nicht mal Hallo sagten sie zueinander. Meine Mutter nahm mich sofort zur Seite und wollte von mir alleine erfahren, was los war. Sie schloss sogar die Tür ab, damit Papa uns ja nicht störte. Ich erzählte ihr alles, so wie ich es davor Papa erzählt hatte. Sie war völlig geschockt. Als ich fertig war, packte und schüttelte sie mich, ja, sie schlug mit Fäusten auf mich ein. »Was hast du getan, du dummes Kind!«, schrie sie mich an. »Du machst uns alle unglücklich!« Ich wehrte mich nicht, ich schützte mich nicht einmal. Sie hielt das wohl für ein Zeichen von Gleichgültigkeit, und das machte sie noch wütender. Papa hämmerte wie wild gegen die Tür, aber wir machten nicht auf.

Als meine Mutter sich wieder beruhigt hatte, erklärte ich, dass ich zur Polizei gehen und denen alles erzählen wollte. Wie schon Papa, so war auch meine Mutter dagegen. »Nichts überstürzen«, sagte sie, »so was muss wohlüberlegt sein.«

»Ich will das aber, sonst frisst es mich auf.«

Zornig sah meine Mutter mich an. »Ich, ich, ich!«, wurde sie gleich wieder laut. »Immer denkst du nur an dich! Was ist mit uns? Das bleibt auch an uns hängen. Papa kann seinen Job verlieren, wenn er nur noch der Vater der Mörderin ist. Und ich … ich bin auch am Ende. Sogar Svea muss darunter leiden. Die anderen Kinder werden mit Fingern auf sie zeigen.«

Zugegeben, an diese Folgen hatte ich nicht gedacht.

»Wahrscheinlich werden diese Leute uns verklagen«, zählte sie weiter auf. »Oder ihre Versicherung. Sie werden behaupten, wir hätten unsere Aufsichtspflicht verletzt. Wenn wir für die ganzen Kosten aufkommen müssen, sind wir erledigt, und zwar für den Rest unseres Lebens. Hast du eine Vorstellung, was die Behandlung dieses armen Jungen kostet? Jahr für Jahr, und wer weiß, wie lange sich das hinzieht. Da kommen wir nie mehr aus den Schulden raus.«

Okay, auch über so was hatte ich mir keine Gedanken gemacht.

»Du siehst, wir hängen alle mit drin«, wiederholte meine Mutter. »Drum ist es nicht allein deine Entscheidung.« Sie strich mir ein wenig zu grob über die Wange und fügte hinzu: »Obwohl ich es schon gut finde, dass du zu deiner Tat stehen willst.«

Meine Eltern besprachen die Lage ohne mich. Na ja, eigentlich machten sie sich nur gegenseitig Vorwürfe. Papa behauptete, meine Mutter sei mit schuld, weil sie mich geradezu ermuntert habe, mich mit Jungs rumzutreiben. »Bloß weil du ein Leben als Schlampe erfüllend findest, musstest du Siri auch dazu machen«, warf er ihr vor. Papa kann richtig gemein sein, das stimmt schon, aber meine Mutter ist auch nicht ohne. Hätte er mich und Niklas nicht auseinandergebracht, behauptete sie, dann wären Adrian und ich nie zusammengekommen. Es sei allein seine Schuld! Beides war völliger Quatsch. Einig waren sie sich nur in zwei Dingen: 1. Ich war das Opfer eines Psychopathen geworden. 2. Niemand sollte erfahren, was Adrian und ich getan hatten.

SICHER, ES IST WAS Gutes, wenn Eltern ihre Kinder beschützen wollen, auch vor sich selbst. Weil wir als Teenager, seien wir mal ehrlich, schon eine Menge Scheiß anstellen, ohne an die Folgen zu denken. Und das können wir nur, weil wir wissen, dass unsere Alten hinter uns ausputzen und alles möglichst wieder geradebiegen. Natürlich denken sie dabei auch an sich. Wer tut das nicht? Trotzdem haute es mich fast um, dass meine beiden Eltern, die sich sonst in so gut wie nichts einig waren, ja die gerade im offenen Kriegszustand miteinander lebten, in einer Frage völlig einer Meinung waren: Ihre süße Siri sollte nicht unter den Folgen ihres Verbrechens leiden. Sie hatte eine dicke zweite Chance verdient, auch wenn mir niemand sagen konnte, womit. Ich meine, ich hatte so ziemlich alles getan, was mir mindestens einer von ihnen beiden strengstens verboten hatte, ich hatte sie und andere belogen und hintergangen, und das war alles plötzlich entschuldigt mit dem billigen Argument, dass ich ja noch so jung war. Na ja, nicht wirklich entschuldigt, das nicht, sie ließen mich sehr wohl spüren, dass ich für sie eine Enttäuschung war. Aber ansonsten sollte das Leben für mich weitergehen wie bisher. Okay, dachte ich mir nur, wieder was gelernt.

Ein, zwei Tage später rief Adrian mich an. Wir hatten damit gerechnet, dass er sich melden würde, und ich hatte klare Anweisungen, was ich ihm sagen sollte: dass meine Eltern Bescheid wüssten und dass sie und ich schweigen würden, wenn er ebenfalls schwieg. (Wegen Niklas machte sich übrigens keiner Sorgen, er lag nach wie vor im Koma, und die neuesten Prognosen waren eher düster. Meine Eltern gaben sich beide betroffen, aber ich merkte trotzdem, dass das für sie eine gute Nachricht war.) Adrian war noch in Italien, er verriet mir nicht, wo. Ich sagte ihm, dass ich noch nicht bei der Polizei gewesen war, und er meinte, das habe er sich schon gedacht, weil er nichts im Internet gelesen hatte.

»Was in der Villa passiert ist … tut mir leid«, sagte er. »Ich hab die totale Panik geschoben. Weil … dass wir beide getrennt werden könnten … der Gedanke hat mich fertiggemacht. Du hast Megaglück, dass ich so ein Versager bin. Ich krieg echt gar nichts auf die Reihe.«

Ich fand das alles andere als witzig. Aber es war mir trotzdem nicht egal, was aus ihm wurde.

»Weißt du noch den Clip, den ich dir geschickt hab? Unser Best-of? Ich schau es mir rauf und runter an. Wir hatten schon eine geile Zeit, oder?«

»Ich hab den Clip gelöscht«, behauptete ich, obwohl ich ihn noch auf meinem Laptop hatte und immer noch habe. Aber ich wollte nicht, dass wir jetzt den schönen Zeiten nachtrauerten und dabei so taten, als sei eigentlich alles super gewesen, bis auf den einen kleinen Ausrutscher, den wir uns geleistet hatten, in jener Nacht. »Die Bilder, die ich dauernd sehe«, sagte ich, »in meinem Kopf, das sind die, als wir Niklas umbringen wollten, und wie er jetzt daliegt.«

»Okay«, sagte Adrian, »verstehe. Und was wirst du tun?«

»Keine Ahnung. Ehrlich gesagt hoffe ich, dass dieser Kommissar endlich was findet, das uns überführt. Ich will kein Verräter sein, Adrian.«

»Dann sei einfach keiner.«

Er legte auf.

EIN PAAR TAGE LANG versuchte ich mein früheres Leben weiterzuleben. Ich ging nach der Schule mit Freundinnen shoppen, ich quatschte mit Anna-Lena über das übliche Zeug, aber alles kam mir so hohl vor. Ein Zitat fiel mir wieder ein, das wir mal in Deutsch gekriegt hatten, als Thema für einen Aufsatz. Ich weiß nicht mehr, von wem es stammt, keiner von uns konnte was damit anfangen, ich auch nicht. Jetzt verstand ich es auf einmal. Das Zitat ging in etwa so: Es gibt kein wahres Leben im falschen. Ich begriff irgendwann, dass ich genau das gerade versuchte: ein wahres Leben im falschen zu führen. Und dadurch wurde irgendwie alles falsch.

Trotzdem war ich noch nicht ganz an dem Punkt, an dem ich nicht mehr anders konnte, als das zu ändern – auch gegen den Willen meiner Eltern. Es brauchte ein zusätzliches Schockerlebnis. Und das kam, als ich eines Tages in meinem Schrank nach irgendwas suchte. Dabei stieß ich in der hintersten Ecke, unter einem Haufen anderem Zeug, auf eine Tüte mit Klamotten. Ich nahm sie und leerte sie auf dem Boden aus. Es waren die Sachen, die ich in der Nacht getragen hatte, als wir Niklas überfallen hatten. Sein eingetrocknetes Blut klebte noch daran. Ich hatte sie eigentlich vernichten wollen, es aber nie getan. Jetzt versetzten sie mir einen so tiefen Schrecken, dass ich fast eine Panikattacke bekam. Hastig stopfte ich die Klamotten zurück in die Tüte, nur damit ich sie nicht mehr anschauen musste. Mir wurde klar, dass ich damit nicht weiterleben konnte. Es musste etwas geschehen.

Ich machte mich auf den Weg zur Polizei. Doch ich kam nicht einmal bis zur Haustür. Jetzt, wo es darauf ankam, war die Vorstellung, in die Polizeiinspektion zu gehen, dort in einem Büro zu sitzen und meine Geschichte zu erzählen, der reinste Horror für mich. Eine Sache vorzuhaben und sie dann auch zu tun waren eben zwei Paar Stiefel, das zeigte sich hier mal wieder. Trotzdem gab es kein Zurück. Ich rief Kommissar Fahrenheit an und bat ihn um ein Treffen, wieder in der Eisdiele, in der wir schon mal gewesen waren. Wir verabredeten eine Zeit.

Bevor ich losging, schrieb ich Papa eine Nachricht, in der ich ihm erklärte, wo ich war und warum. Nur für den Fall, dass ich nicht mehr nach Hause kommen würde, weil der Kommissar mich gleich verhaftete.

Ich war pünktlich da, hatte die Tüte mit den blutverschmierten Klamotten auf dem Schoß. Wahrscheinlich sah ich aus wie ein Geist, einige der Leute an den Nebentischen deuteten heimlich auf mich und tuschelten dann irgendwas. Als der Kommissar endlich kam, war ich so aufgeregt, dass mir schwindlig wurde. Er setzte sich und bestellte einen Cappuccino. »Was gibt es so Dringendes?«, fragte er dann.

Okay, der Moment war da. Wenn ich ihm alles gestanden hatte, konnte ich das nicht mehr rückgängig machen. Dann war ich für alle Zeiten gebrandmarkt.

»Siri?«

Ich hob die Tüte hoch. »Das hier … das wollte ich Ihnen geben.«

Er guckte die Tüte einen Moment an. »Was ist da drin?«

»Klamotten.«

»Okay, und was …?«

»Wenn Sie sie untersuchen, werden Sie Blutspritzer daran finden.«

Mein Herz raste.

»Du meinst … Niklas' Blut?«

Ich nickte.

»Wie kommst du an die Sachen?«

»Gefunden.«

»Wo?«

»In meinem Schrank.«

»Und wie sind sie da hingekommen?«

»Weil ich sie da reingetan habe.«

Er beugte sich vor, legte seine Hand auf meine und sagte in eindringlichem Ton: »Willst du mir irgendwas Bestimmtes sagen, Siri?«

Ich nickte wieder. Nein, es ließ sich nicht länger aufschieben. Die Wahrheit musste raus.

»Ich habe Niklas überfallen. In seinem Haus.«

»Du?« Er schaute ungläubig, was mich wiederum überraschte, denn ich war davon ausgegangen, dass er mich und Adrian die ganze Zeit schon auf dem Kieker hatte. »Du allein?«

»Adrian war dabei.«

»Was soll das bedeuten: Er war dabei?«

Nun erzählte ich ihm alles, so wie es passiert war. Ein paarmal kamen mir die Tränen, aber es tat gut, diese Dinge loszuwerden. Wobei es ja nicht so ist, dass man sie wirklich loswird. Die Last verteilt sich nur auf mehr Schultern.

Keine Ahnung, wie lange wir da saßen. Zusammen mit dem Kommissar ging es dann nach Ingolstadt zur Polizeiinspektion, wo ich meine Geschichte noch einmal fürs Protokoll erzählte. Ich verbrachte eine Nacht in Polizeigewahrsam, am nächsten Tag wurde ich einem Haftrichter vorgeführt, der entschied, dass ich bis zur Gerichtsverhandlung nach Hause durfte.

ADRIAN WURDE EIN PAAR Tage später verhaftet. In der Villa. Weil er nicht wusste, wohin, hatte er sich dort versteckt, aber der Aufpasser seines Onkels bemerkte es und rief die Polizei. Im Gegensatz zu mir musste er in Untersuchungshaft, weil bei ihm Fluchtgefahr gesehen wurde. Es gab Momente, in denen wünschte ich mir, dass ich auch in einer Zelle sitzen durfte, abgeschieden von einer Welt, die mich mit einer Mischung aus Neugierde und Abscheu beäugte. Denn obwohl die Polizei weder meinen noch Adrians Namen bekannt gab, wusste natürlich jeder Bescheid. In einer Kleinstadt lässt sich so was nicht geheim halten. Über Facebook erhielt ich massenhaft Hass-Mails, ein Shitstorm war das, weshalb ich meinen Account kündigte. Auch die anderen Internetverbindungen zur Welt kappte ich.

Eine Weile belagerte die Presse unser Haus, wir lebten hinter heruntergelassenen Rollläden. Alle Welt wollte die gefühlskalte Killerbraut knipsen, die wahlweise ihrem Lover hörig war oder andersherum ihn zu ihrem Werkzeug gemacht hatte. Keiner meiner sogenannten Freunde hielt zu mir. Wenn mich überhaupt noch jemand anrief, dann waren es immer dieselben Fragen, die gestellt wurden: Warum? Wie konntet ihr? Natürlich war auch Anna-Lena total schockiert, als sie alles erfuhr. Ich hatte vorgehabt, es ihr selbst zu erzählen, aber ich wusste einfach nicht, wie, und dann hatte sie es schon von anderen erfahren. Als ich sie danach anrief, reagierte sie total hysterisch, heulte bloß, sodass sie kaum ein Wort rausbrachte, alles, was ich verstand, war: »ihr Monster«, »der arme Niklas« und »ihr seid doch total wahnsinnig«. Man hätte meinen können, Niklas würde ihr total nahestehen, dabei hatte sie ihn nur flüchtig gekannt. Na ja, so aufgebracht war sie wohl vor allem, weil ich sie enttäuscht hatte. Ich hab danach nichts mehr von ihr gehört. Hab ich was anderes erwartet? Keine Ahnung. Vielleicht. Es wäre jedenfalls schön gewesen, wenigstens eine Freundin zu haben, die zu mir hält, egal was ich mir zuschulden kommen lassen hab.

Nur Papa hielt zu hundert Prozent zu mir. Er entschuldigte sich sogar dafür, dass er mir hatte ausreden wollen, reinen Tisch zu machen. »Ich bewundere dich, Siri, für deinen Mut«, sagte er. »Alles andere kriegen wir schon irgendwie geregelt.« Er verteidigte mich überall und gegen jeden. Leider war meine Mutter in ihrer Haltung nicht ganz so eindeutig. Irgendwann kam die Idee auf, ich könnte vielleicht bei ihr wohnen, um den Attacken und den aufdringlichen Reportern zu entgehen. Doch meine

Mutter wand sich. Sie behauptete, ich sei dort kein bisschen sicherer, denn auch sie sei schon belästigt worden, und dann schob sie sogar ihren Lover vor, der angeblich nicht wollte, dass ich bei ihnen wohnte, nicht mal vorübergehend. »Das hast du nun davon«, warf sie mir vor. »Haben wir es dir nicht gesagt?« Okay, dachte ich, alles klar, und schloss innerlich mit meiner Mutter ab. So pendelte ich, natürlich in Absprache mit Polizei und Gericht, zwischen verschiedenen Verwandten, unter denen ich mich wie ein Alien fühlte, nicht bloß weil ich sie bis dahin nur sehr selten gesehen hatte und daher kaum kannte, sondern weil sie mich genau so anschauten: wie jemanden von einem fremden Planeten.

Da ich nicht zur Schule ging, hatte ich sehr viel Zeit zum Nachdenken. Ich nutzte sie zunächst dafür, Niklas' Eltern einen Brief zu schreiben. Später wurde behauptet, ich hätte das nur auf Anraten meines Anwalts getan, um vor Gericht einen besseren Eindruck zu machen, aber das stimmt nicht, ich tat es aus eigenem Antrieb, noch bevor jemand es mir raten konnte. Nach ungefähr einer Million vergeblichen Anläufen brachte ich etwas zustande, das mir nicht von vorneherein blöd und falsch vorkam. Ich schrieb einfach, dass es eine Verirrung gewesen war, ein böser Irrsinn, zu dem wir uns aus Wut und Hass und Überheblichkeit hatten verleiten lassen, und dass es mir unendlich leidtat. Wörtlich schrieb ich: *Ich würde mein Leben dafür geben, um diese schreckliche Tat rückgängig zu machen.* Das meinte ich auch so. Damals wie heute. Ein paar Tage später kam ein mittelgroßer Umschlag zurück. Darin war mein Brief, in viele Fetzen zerrissen. Und auf einem Zettel die Botschaft: *Fahr zur Hölle, Miststück!*

Unser Gerichtstermin war im Januar. Kurz davor erfuhr ich von meinem Anwalt, dass Adrian ein umfassendes Geständnis abgelegt hatte. Bis dahin hatte er die Aussage verweigert. Nun gestand er nicht nur alles, er nahm mich sogar in Schutz und den Hauptteil der Schuld auf sich. Ich muss zugeben, dass mich das auf eine Weise bewegte, die ich nicht erwartet hätte. Zwischen uns hatte es keinen Kontakt mehr gegeben, alles, was ich von ihm hörte, hörte ich über andere, hauptsächlich meinen Anwalt. Ansonsten wusste ich nur, was in den Nachrichtenportalen im Internet über ihn geschrieben wurde. Gefühlskalt, berechnend und skrupellos wurde er dort dargestellt. Obwohl ich ihn nicht so erlebt hatte, hatte ich diese Darstellung bis zu einem gewissen Grad übernommen. Was wusste ich schon von ihm? Wie sollte ich unterscheiden, was echt gewesen war und was nur Show? Doch dass er mich jetzt in Schutz nahm, zeigte mir wieder den anderen Adrian, mit dem ich eine kurze Zeit gelebt und den ich geliebt hatte. Ich schaute mir sogar wieder den Clip an, den er mir geschickt hatte, unser Best-of. Es packte mich auf eine merkwürdige Weise, alte Gefühle erwachten, oder zumindest war ein Echo davon zu spüren, ich überlegte mir sogar, dass wir irgendwann wieder zusammenkommen könnten, nicht als Paar, aber vielleicht als Freunde oder auch nur als Schicksalsgenossen, und sicher auch erst in vielen, vielen Jahren. Der Gedanke hatte etwas Tröstliches.

Die zarte Hoffnungsblase platzte, als ich Adrian vor Gericht begegnete. Wir verbargen beide unsere Gesichter vor den Fotografen im Saal, er mit einem Pappordner, den er sich vorhielt, ich mit einem Seidentuch, das ich mir um den Kopf wand. Als die Fotografen draußen waren, sahen wir uns an. Wir saßen beide auf derselben Bank, zwischen uns waren nur unsere Anwälte. Die Kälte in Adrians Blick erschreckte mich. Dennoch näherte ich mich ihm und dankte ihm für sein Geständnis. »Das war echt nobel von dir«, sagte ich.

»Lass stecken«, meinte er bloß. »Ich hab das nur gesagt, weil mein Anwalt es mir geraten hat. Das Gericht steht auf so 'nen Scheiß. Und wenn es mir ein Jährchen weniger bringt, soll's mir recht sein.« Er machte eine Pause, dann sagte er: »Eins verstehe ich nicht, Siri.«

»Was denn?«

»Wieso musstest du blöde Kuh den Bullen sagen, dass wir da hin sind, um diesem Arsch die Lichter auszublasen? Wieso konntest du nicht einfach sagen, wir wollten ihn nur vermöbeln? Was anderes hätte uns kein Mensch nachweisen können.«

»Weil ... weil es die Wahrheit ist ...«

Ich merkte selbst, wie naiv und dumm diese Antwort in seinen Ohren klingen musste.

»Klasse. Deine Wahrheit kostet uns einige Jahre.«

Da erkannte ich, dass nicht nur sein Blick kalt war, der ganze Mensch war zu einem Eisblock geworden. Oder war er schon immer so gewesen, und ich hatte es bloß nicht gemerkt? Nein, die Flucht und die Untersuchungshaft mussten ihn dazu gemacht haben. Doch ich verabscheute ihn nicht deswegen. Auch nicht, als er wieder anfing, mir die Schuld zuzuschieben, weil sein Geständnis nicht die erhoffte Wirkung zeigte. Er brachte jetzt die Nachricht auf seiner Mailbox vor, in der ich noch nach der Tat gesagt hatte, dass ich alles wieder so machen würde. Nein, ich verabscheute ihn nicht wegen alldem. Ich hatte Mitleid. Und ich fühlte mich schuldig. Niklas war ja mein »Problem« gewesen, nicht seines. Ich hoffte, dass mir das Leben eines fernen Tages die Möglichkeit geben würde, ihm zu helfen und etwas wiedergutzumachen, zumindest ein kleines bisschen. Das hoffe ich noch. Und ich muss zugeben: Es gibt bis heute keinen Tag in meinem Leben, an dem ich nicht an Adrian gedacht hätte.

So was wie ein Nachwort

Was bleibt noch zu sagen? Das Gericht verurteilte Adrian zu sieben Jahren Haft. Ich wurde zu zweieinhalb Jahren Jugendstrafe verurteilt. Absitzen musste ich nur zwei Jahre, der Rest wurde zur Bewährung ausgesetzt. Der Richter schob Adrian die Hauptschuld zu, während ich als Mitläuferin eingestuft wurde, die aus emotionaler Abhängigkeit mitgemacht hatte. Ich weiß nicht, wie das Gericht zu dieser Einschätzung kam, ich habe alles gesagt, so wie es war, ohne mich selbst zu schonen. Dass Adrian so viel länger eingesperrt wurde als ich, fand ich nicht gerecht. Ich habe im Gefängnis mein Abi fertig gemacht und würde gerne studieren, aber ich weiß noch nicht, was. Das Schreiben hat mir Spaß gemacht, vielleicht bleib ich dabei. Aber wahrscheinlich wird aus alldem nichts, weil ich mir einen Job suchen muss, um Geld zu verdienen. Niklas' Eltern bzw. deren Versicherung will jeden Cent, den die Behandlung kostet, von uns zurück. Papa hat schon das Haus verkauft, noch haben wir Ersparnisse, aber die reichen nicht ewig, und ich will nicht, dass er allein für alles aufkommt. Ich wohne jetzt in einer anderen Stadt, zusammen mit ihm, in einer sehr kleinen Wohnung, was für mich völlig okay ist. Schließlich hab ich zwei Jahre auf ein paar Quadratmetern gelebt, da lernt man, sich einzuschränken.

Papa hat mich bei jeder Gelegenheit im Gefängnis besucht, und das hat mir sehr geholfen. Mit meiner Mutter ist es anders. Sie ist zwar auch gekommen, aber nicht so oft und wohl nur, weil sie es als ihre Verpflichtung ansah, nicht weil sie mich unbedingt sehen wollte. Ich glaube, sie hat mir nicht verziehen, dass ich durch meine »Dummheiten«, wie sie es nennt, auch ihr Leben verpfuscht habe. Sie hat sich, ein halbes Jahr, nachdem ich meine Haft angetreten habe, von Papa scheiden lassen, um mit ihrem Timo von vorne anzufangen. Das Neueste, was ich von ihr gehört habe: Sie ist schwanger und will wieder heiraten. Komisch, aber ich hab den Eindruck, dass ihr neues Leben ihrem alten schon bald ziemlich ähnlich sehen wird. Aber das ist ihr Ding. Ich merke jedenfalls, dass sie sich aus unserem, aus meinem Leben immer mehr ausklinkt. Papa hat die Scheidung besser verkraftet als erwartet. Na ja, durch die Probleme, die ich ihm gemacht hab, hatte er keine Zeit, sich über seine eigenen Gedanken zu machen. Das heißt nicht, dass er glücklich ist, aber er sieht, dass er gebraucht wird, und das gibt ihm die Kraft, mit der er alles managt. Schade finde ich, dass ich meine kleine Schwester so selten sehe. Ins Gefängnis wollte meine Mutter sie nicht mitbringen, was ich richtig fand. Svea lebt bei ihr, Papa und ich haben sie nur zweimal im Monat für ein Wochenende. Vielleicht werden wir ja trotzdem irgendwann zwei verschworene Schwestern, ich würde es mir wünschen, die kleine Svea wächst mir nämlich mit jedem Besuch mehr ans Herz.

Noch etwas zu meiner Mutter. Papa hat meinen Bericht gelesen, und er findet, dass sie darin zu schlecht wegkommt. Er meint, sie ist nicht so hart und egoistisch und kaltherzig, wie ich sie darstelle. Das Problem zwischen ihr und mir sei immer gewesen, dass wir uns zu ähnlich sind. Das führt zu Konflikten, und meistens ärgern einen genau die Eigenschaften an einem anderen, die man auch selbst hat. Martina bestätigt das mit diesem verstohlenen Grinsen, das sie manchmal draufhat. Na, wie auch immer, wenn meine Mutter glaubt, dass meine Beschreibung ihr nicht gerecht wird, kann sie das ja richtigstellen.

Sicher wird Adrian auch so einiges anders sehen. Und das schmerzt mich wirklich. Der Blick, mit dem er mich nach der Urteilsverkündung ansah – den werde ich nie vergessen. Und dann sagte er auch noch: »Deine Rechnung ist aufgegangen. Du stehst da wie die verführte Unschuld, ich bin der Böse. Dabei hast du mich von vorne bis hinten manipuliert, nicht andersrum.« Ich habe ihn nicht manipuliert, das stimmt nicht, aber ich hab auch nie behauptet, dass ich die verführte Unschuld bin. Keine Ahnung, warum alle Welt das glaubt. Zu gerne würde ich Adrian das sagen. Ich hab es versucht, in vielen Briefen, aber sie kamen alle zurück mit dem Vermerk *Annahme verweigert*. Nachdem ich wieder raus war, wollte ich ihn sogar besuchen. Ich hab nicht erwartet, dass er zustimmt, das hat er am Ende auch nicht, aber ich musste es einfach versuchen. Gelegentlich schreibe ich ihm noch heute, in der Hoffnung, dass er irgendwann doch antwortet. Papa meint, mein Verhalten zeige nur Adrians Gefährlichkeit, denn ich sei noch immer emotional abhängig von ihm. Das ist Quatsch. Ich liebe Adrian nicht mehr. Jedenfalls nicht mehr so wie früher. Wir haben jeder im anderen was gesehen, was der nicht war. Wir waren so aufeinander fixiert, dass wir die Wirklichkeit aus den Augen verloren haben. Oder dass wir unsere Vorstellungen und Wünsche für die Wirklichkeit hielten. Wir fühlten uns so stark, dass wir dachten, wir hätten das Recht, uns über alles hinwegzusetzen.

Im psychologischen Gutachten vor Gericht stand, wir seien beide wenig gefestigte Persönlichkeiten, und dazu noch jede Menge Blaba. Mag ja alles stimmen. Aber es gibt trotzdem noch eine andere Wahrheit, und die sieht so aus: Adrian und ich sind verbunden, für immer. Schon durch die Schuld, die wir teilen. Deshalb kann ich nicht so tun, als wäre er für mich erledigt. Das wird er nie sein. Das geht gar nicht. Eines Tages werde ich ihn wiedersehen, wir werden über alles reden, und erst dann werden wir vielleicht verstehen, warum alles so gekommen ist. Kann sein, dass wir bis dahin schon uralt sind, zum Beispiel als Rentner im Hof eines Altersheims sitzen oder so und in den Sonnenuntergang schauen. Wir werden finden, dass nicht alles schlecht war zwischen uns und dass wir es selbst verbockt haben, aus welchen Gründen auch immer. Vielleicht trauern wir um das Leben, das wir hätten führen können. Oder wir werden erkennen, dass das mit uns von Anfang an nur in die Katastrophe führen konnte. Keine Ahnung, wir werden sehen.

Die Einzigen, die nicht Adrian, sondern mir die Hauptschuld geben, sind übrigens Niklas' Eltern. Sie hassen mich. Das haben sie nach der Urteilsverkündung in alle laufenden Kameras und Mikrofone gesagt, die ihnen hingehalten wurden. Direkten Kontakt haben wir mit ihnen keinen, alles, was es zu regeln gibt, läuft über Anwälte. Wahrscheinlich wünschen sie mir, dass ich Krebs oder eine andere schlimme Krankheit kriege und elend krepiere. Ich verstehe das. Ich hab ihnen das Liebste genommen, was kann ich also anderes erwarten? An ihrer Stelle würde ich sicher genauso empfinden.

Ich würde Niklas wirklich gerne besuchen, ihn um Verzeihung bitten – nein, Verzeihung, das ist vielleicht zu viel, das darf ich nicht mal hoffen. Aber ihm wenigstens zu sagen, dass es mir unendlich leidtut, das wäre mir schon wichtig. Ich wünschte nur, er wäre weniger hartnäckig gewesen, es wäre für uns alle besser gewesen. Wieso hast du mich nicht einfach gehen lassen, dummer Junge? Über ein paar Ecken hab ich erfahren, dass er wohl nicht mehr aufwachen wird. Nachdem er jahrelang stabil gewesen war, hat sein Zustand sich verschlechtert, er könnte bald sterben. Wenn es die bessere Lösung für ihn ist, soll es so sein, aber mir zerreißt es trotzdem das Herz, wenn ich nur daran denke. Was kann ich tun? Nichts. Das ist das Schlimmste.

Für euch ist meine Geschichte hier zu Ende. Wie ihr sie versteht und was ihr daraus mitnehmt, ist allein eure Sache. Ich hab sie euch überlassen, lernt was daraus oder auch nicht. Für mich geht diese Geschichte weiter, sie ist ja mein Leben. Ende offen …

… UND DANN NOCH DAS!

ALS ICH SCHON FERTIG war mit meiner Story und nichts mehr ändern konnte (bzw. wollte), bekam ich einen Brief von jemandem, den ich schon komplett abgeschrieben hatte: Anna-Lena. Es ist ein sehr, sehr langer und ein bisschen wirrer Brief, aber eine Sache, die sie schreibt, lässt das, was passiert ist, noch mal in einem etwas anderen Licht erscheinen. Mich hat das glatt umgehauen, ich möchte Anna-Lena am liebsten ohrfeigen, doch woher sollte ausgerechnet ich das Recht nehmen, jemand anders für seinen Scheiß zu verurteilen? Ich hänge nicht den ganzen Brief an, sondern nur die Stelle, auf die es ankommt, im O-Ton:

Du denkst vielleicht, ich hab all die Jahre Funkstille bewahrt, weil ich dich verurteile für das, was ihr mit dem armen Niklas gemacht habt. Das ist nicht ganz falsch, aber es ist bloß ein Teil der Wahrheit. Es war auch aus schlechtem Gewissen.

Du erinnerst dich ja bestimmt noch an unsere Reise an den Gardasee, wo Niklas auf einmal aufgetaucht ist. Und dann bist du ja abgehauen mit Adrian, was mich echt total angepisst hat. Noch viel mehr, als ich es dir gesagt hab. Ich hab es nicht so hoch gehängt, weil ich von unserer Freundschaft noch was retten wollte. Du warst mir immer total wichtig. Jedenfalls, während du auf deinen Adrian gewartet hast, hab ich Niklas getroffen, er war total fertig und hat mir total leidgetan. Und ich hab dich wirklich gehasst, dass du den armen Kerl so abserviert hast. Es war doch total süß von ihm, dass er dir bis nach Italien nachgefahren ist. Voll romantisch. Wenn das ein Junge für mich getan hätte, den hätte ich nicht so behandelt. Ich hab ihm das auch gesagt, also, wie ich dein Verhalten finde, und so sind wir ins Reden gekommen. Er war echt total am Boden zerstört, er hat geflennt und gesagt, dass er dich so liebt und alles. Aber so wollte er sich nicht behandeln lassen, nicht mal von dir. Für ihn bist du gestorben, hat er gesagt, Schluss, aus. Soll sie doch in ihr Unglück rennen. Er meinte es ernst. Keine Ahnung, ob er den Entschluss durchgehalten hätte, aber in dem Moment meinte er es ernst. Und da hab ich dumme Kuh zu ihm gesagt, dass er sich nicht täuschen lassen soll und dass du mir mal gesagt hast, dass du ihn total liebst und es dir voll imponiert, wenn ein Junge um dich kämpft. Und dann kam halt Adrian, der dir den Kopf verdreht hat, der aber nicht gut für dich ist. Okay, ich hab ihn angelogen und wieder heiß auf dich gemacht, zum Teil aus Rache, weil du einfach abdampfen wolltest, aber auch weil ich mir Sorgen gemacht hab. Und ich hab ihm auch erzählt, wo Adrian dich abholt. Es hat mich voll genervt, wie du immer so getan hast, als wäre das mit deinem Adrian das ganz große Kino und ich und alle anderen, wir wären nur verschnarchte Penner. Jedenfalls ist Niklas nur deshalb nicht nach Hause gefahren, sondern hinter euch her, weil ich ihn dazu ermuntert hab, und immer wenn er später wieder frustriert aufgeben wollte, hab ich ihn wieder aufgebaut. Die Sache im See, dass er dich zur Insel lockt, das war auch meine Idee, und ich hatte ihm vorher schon gesagt, dass du doch noch mit Adrian zusammen bist. Ich fand es einfach nur unmöglich von dir, wie du mit Niklas umgesprungen bist. Er hat dich geliebt, er war ein Romantiker, der nicht so wie die anderen Jungs nur ein Mädchen flachlegen will und sie dann abschießt, er wollte wirklich DICH, du blöde Kuh. Ist es nicht genau das, von dem wir träumen? (Okay, ich hab mal gesagt, dass er wahrscheinlich schwul ist, aber das war nur dahergesagt, und heute würde ich sagen, er war mindestens bi, jedenfalls hat er es ernst gemeint mit dir.) Und du schmeißt das einfach weg wie Dreck, ich fand das so was von scheiße von dir. Ich wollte, dass du mit Niklas zusammenkommst, ihm zuliebe und weil ich gehofft hab, dass du dann wieder so wirst wie früher. Nur deshalb bin ich deine Freundin geblieben, sonst hätte ich garantiert schon nach der Sache am Gardasee den Abflug gemacht. (Okay, ich geb zu, ein bisschen wollte ich dir und Adrian auch die Show verderben, weil du mich für ihn einfach aus deinem Leben gekickt hast. Aber das war nicht der Hauptgrund! Ich schwöre!) Keine Ahnung, ob du das verstehst, für mich war es jedenfalls so.

Ich lass das einfach so stehen, weil ich nicht weiß, was ich dazu sagen soll. Ob ich wütend oder traurig sein soll. Vielleicht bin ich eines Tages in der Lage, auf diesen Brief zu antworten. Im Moment bin ich es nicht.